EXPULSANDO OS NAZISTAS

EXPULSANDO OS NAZISTAS

A LIBERTAÇÃO ALIADA DA EUROPA OCIDENTAL, OUTONO DE 1944

MARTIN KING

PÉ da letra

Driving Back the Nazis - The Allied Liberation of Western Europe, Autumn 1944

Os direitos desta edição pertencem à
Pé da Letra Editora
Rua Coimbra, 255 - Jd. Colibri - Cotia, SP, Brasil
Tel.(11) 3733-0404
vendas@editorapedaletra.com.br / www.editorapedaletra.com.br

Esse livro foi elaborado e produzido pelo

Sr. ARANDA ESTÚDIO
(11) 93020-0036

Tradução Fabiano Flaminio
Design e diagramação Adriana Oshiro
Revisão Larissa Bernardi e Paula Santana
Coordenação Fabiano Flaminio

Impresso no Brasil, 2021

Dados Internacionais de Catalogação na Publicação (CIP)
Câmara Brasileira do Livro, SP, Brasil
Angélica Ilacqua - CRB-8/7057

King, Martin
Expulsando os nazistas : a libertação aliada da Europa ocidental, outono de 1944 / Martin King ; tradução de Fabiano Flaminio. – Brasil : Pé da Letra, 2021.
256 p. : il.; 16 x 23 cm

ISBN: 978-65-5888-286-2

Título original: Driving Back the Nazis - The Allied Liberation of Western Europe, Autumn 1944

1. Guerra Mundial, 1939-1945 I. Título II. Flaminio, Fabiano

21-2538 CDD 940.53

Índices para catálogo sistemático:
1. Guerra Mundial, 1939-1945

*E não nos cansemos de fazer o bem,
pois, no tempo próprio, o colheremos,
se não desanimarmos.*

Gálatas 6:9

SUMÁRIO

PREFÁCIO

PARA MUITOS EUROPEUS, OS MESES de setembro, outubro e novembro de 1944 foram um tempo de libertação e jubilação, mas foi simultaneamente um tempo de anarquia e retribuição para os outros. Os historiadores negligenciam, frequentemente, o que se passou entre o encerramento da campanha da Normandia e o início da Batalha do Bulge, mas isso iria definir a eventual duração e direção da Segunda Guerra Mundial no Teatro Europeu. Em muitos aspectos, esses três meses seminais marcaram o mais baixo vazamento nas fortunas Aliadas desde o Dia D.

A decisão de Eisenhower de atacar em todos os lados ao mesmo tempo não se revelou particularmente vantajosa e serviu apenas para mostrar precisamente porque a guerra não terminaria definitivamente no Natal. No entanto, os generais da SHAEF (Força Expedicionária Aliada Suprema, Centro de Comando de Eisenhower) concordaram, inicialmente, que a vitória estava à vista, e havia um sentimento generalizado, quase palpável, a se espalhar pelas fileiras de "temos os nossos inimigos em fuga". À medida em que a resistência inimiga diminuiu e o ímpeto Aliado aumentou, parecia que partes da Europa estavam finalmente começando a emergir de quatro longos anos de subjugação nazi-punitiva.

Apesar de terem sofrido mais danos do que inicialmente previsto, os exércitos Aliados começaram a correr através da França em direção às fronteiras belga e luxemburguesa após o Dia D. Entusiasmado com os recentes sucessos, o Terceiro Exército do General George S. Patton tinha esticado as suas linhas de abastecimento até o ponto de ruptura. Um confronto iminente e uma preocupante falta de coesão na SHAEF tinham resultado em uma confusão generalizada e em problemas logísticos quase intransponíveis. Aquela onda inicial de euforia triunfalista, rapidamente se dissipou durante os combates do Outono, tal como a confiança na perspicácia militar dos Aliados.

À medida que os uniformes verde oliva e cáqui das colunas Aliadas espalhavam seus tentáculos e se instalavam em cidades e vilarejos franceses, a maioria dos que estavam sendo liberados estavam irreprimivelmente extasiados. Elas derramavam lágrimas de felicidade, revestiam as ruas com bandeiras onduladas e aplaudiam de coração. Os heróis conquistadores foram recebidos com '*Vive les Allies*', abraços, beijos e copiosas garrafas de bebidas. Para alguns, foi um grande momento para estar vivo, uma grande sorte para viver o momento. A excitação consumia tudo, os vencedores tinham finalmente chegado, para o inferno dos nazistas malvados; agora era o momento de dissipar o passado e absorver o clima de festa. Bem, era para a maioria, mas haviam exceções marcantes.

Se você ou sua família tivessem colaborado ativamente, ou mesmo passivamente, com os nazistas, as coisas estavam prestes a ficarem muito feias. Se você não escapasse antes da chegada dos Aliados, a gloriosa libertação tinha o potencial de se transformar em castigo. E quanto aos soldados alemães derrotados? Uma massa cinza-esverdeada vencida de rostos abatidos e castigados pelo tempo, tanto jovens quanto velhos, marchando laboriosamente e avançando em uniformes esfarrapados, com olhos inexpressivos vidrados em olhares fixos, mal reconhecendo as provocações e insultos de veículos Aliados que passavam, ou as cuspidas e socos de civis recentemente encorajados. Não houve absolutamente nenhuma piedade pela procissão aparentemente interminável, uma vez que ela se encaminhava para um futuro muito incerto. O consenso geral era de que os nazistas foram derrotados. A mídia era inequívoca. Essas sentinelas insidiosas, que haviam infligido anos de miséria e terror à Europa, não mereciam compaixão e nem perdão. Eles eram o epítome do mal e, pelo menos no momento, o bem havia triunfado.

Enquanto os Aliados avançavam, os prisioneiros sofredores nos campos de trabalho e de concentração nazistas tinham outras preocupações prementes. Será que eles sobreviveriam mesmo à libertação? Haviam os milhares de prisioneiros que estavam definhando nos campos de concentração. O que seria deles?

Para muitos, era uma época de grande incerteza. A libertação significaria coisas muito diferentes para pessoas distintas. Neste livro, vou tentar encapsular e relatar as experiências de alguns dos que estavam lá na época, com base em entrevistas individuais com os principais protagonistas e relatos inéditos não publicados anteriormente.

INTRODUÇÃO

ESSAS HISTÓRIAS HUMANAS APENAS DEMONSTRAM o que era realmente estar na Europa durante aquele tumultuoso Outono de 1944. Essas não são as divagações fúteis de generais que se vangloriaram de seus feitos gloriosos por meio de autobiografias. São pessoas reais que estavam emocionalmente empenhadas, que experimentaram a última polêmica de esperança e desespero, amor e aversão, e alguns dos relatos são derivados de familiares imediatos de vítimas que estão, agora, tristemente falecidos.

A palavra "libertação" deriva da palavra latina *liberates*, que significa "libertar". Isso infere igualmente "libertar um território ocupado do inimigo", mas os Aliados demonstraram que a palavra "libertação" tinha muitas conotações. É muito fácil empregar a abordagem apaixonada ao descrever os eventos da Segunda Guerra Mundial. É igualmente difícil dar sentido àqueles que permaneceram moralmente equivocados quando confrontados com as realidades chocantes do que exatamente a adesão à ideologia nazista implicava. Décadas após o fato, devido aos extremos situacionais e emocionais sem precedentes vividos pelos protagonistas, o tema da Segunda Guerra Mundial permanece influente até os dias de hoje.

Essa é a história de um certo tempo durante a Segunda Guerra Mundial, quando o mundo estava se recuperando de um colapso nervoso massivo, e terapias corretivas podem ter estado disponíveis, mas nem sempre foram aplicadas corretamente. A cura para aqueles longos anos de ocupação nem sempre aliviou a condição ou os sintomas porque, para alguns, a aflição era irrevogável, e para outros, foi terminal.

CAPÍTULO 1

UM SETEMBRO SEMINAL

EM 1944, ASSIM QUE AS ÁRVORES CADUCIFÓLIAS começaram a irromper em gloriosos tons de ouro e escarlate, e o Sol lançou longas sombras do Pacífico ao Atlântico e do Báltico ao Mediterrâneo e para além, a guerra ainda estava a colher uma colheita letal de medo e destruição. Seria possível, ou mesmo remotamente concebível, que a hegemonia do Eixo estivesse finalmente começando a desmoronar e a dissipar-se? Estava de fato, mas não antes do mundo ter sido relutantemente obrigado a confrontar-se com uma realidade fundamental. O que a imprensa ocidental tinha descrito como "comportamento desumano" era, de fato, muito humano; a manifestação mais básica da verdadeira alma da humanidade, e esta guerra tinha provado, para além de qualquer dúvida razoável, que as pessoas normais eram, de fato, capazes de decretar atos de maldades petrificantes. Mas, agora os Aliados tinham ganhado a vantagem. Havia indícios claros de que este véu ostensivamente indestrutível de ódio e subjugação, que tinha devastado tantas vidas, estava finalmente começando a levantar-se. Tudo dependeria dessa estação tumultuosa de névoas e da suavidade da fecundidade, uma época que giraria precariamente entre decisão e indecisão, ação e inércia, e que acabaria por determinar o resultado da guerra na Europa.

A opinião generalizada entre os exércitos Aliados em setembro de 1944 era que, após quatro árduos anos, a vitória final sobre a Alemanha nazista estava agora ao alcance da mão. Em 1º de setembro de 1944, o Primeiro Exército canadense capturou Dieppe, o porto francês que havia sido o local do ataque de comando abortivo em 1942, e estava martelando um caminho ao longo da costa norte da França em direção à Bélgica. Poucos dias depois, o Segundo Exército britânico, havia capturado Bruxelas, enquanto o Primeiro Exército americano entrava na cidade belga de Tournai.

Havia mudanças em curso. Recentemente nomeado comandante alemão do teatro ocidental (*Oberbefehlshaber West*), o Marechal de Campo Gerd von Rundstedt, que tinha o hábito de cair em desgraça com Adolf Hitler, havia substituído Walter Model. A nova nomeação pouco faria para prevenir ou deter o tsunami Aliado que atualmente vinha do Leste e do Oeste em direção ao coração da Alemanha.

No final de agosto, o chefe da inteligência do Primeiro Exército dos EUA declarou magnanimamente que, "é improvável que a resistência alemã organizada continue depois de 1º de dezembro de 1944". Houve, entretanto, alguns que não concordaram com sua previsão otimista. O coronel Oscar W. Koch, oficial de inteligência do Terceiro Exército de Patton, permaneceu convencido de que o exército alemão estava apenas "jogando pelo tempo" e se preparando para uma "última luta no campo a todo custo". Sempre faminto por batalha, o general Patton ecoou sua opinião: "Ainda há seis milhões de krauts (chucrutes) que podem pegar um rifle. Eles ainda não estão preparados'. A SHAEF poderia justificadamente ter sido acusada de excesso de confiança, ignorando as advertências de Patton e Koch, mas logo se daria conta de que estava, de fato, fazendo suposições demais. A vitória não era uma conclusão inevitável e o exército alemão não era uma força gasta. O primeiro-ministro britânico Winston Churchill não sofreu de tais ilusões triunfalistas. Ele não acreditou por um momento que a vitória sobre o Terceiro Reich fosse iminente. "Se você está passando por um inferno", disse ele, "continue. O sucesso não é definitivo, o fracasso não é fatal: o que conta é a coragem de continuar". Tudo bem e bom, mas saber exatamente como continuar foi correspondentemente importante.

Enquanto os Aliados regateavam e discutiam sobre os próximos passos, o Terceiro Reich preparava-se rigidamente para contestar o avanço dos Aliados e, sob a direção da Organização Todt, o braço de engenharia e construção do exército alemão, 200.000 trabalhadores forçados estavam prontos para trabalhar 24 horas por dia fortificando a Linha Siegfried.

Em outras partes do mundo, a maré estava, sem dúvida, se virando a favor dos Aliados. Na Itália, as forças do Eixo estavam em plena retirada em setembro de 1944 e a Organização Todt estava trabalhando arduamente mais uma vez, levando aproximadamente 15.000 agricultores e trabalhadores italianos para campos de trabalho onde eram forçados a cavar valas antitanque, a fazer as colocações de armas e metralhadoras para uma pretendida "Linha Gótica" (*Goten Stellung*). Quando os exércitos Aliados circum-navegaram Roma e se aproximaram do norte da Itália, encontraram uma forte resistência, que se devia, em parte, aos esforços inimigos para completarem as defesas antes de caírem de volta para as montanhas. Enquanto isso, os fascistas italianos continuaram a guerra contra os Aliados enquanto mantinham sua aliança com os alemães, participando das deportações e executando suspeitos de serem partidários.

Com o colapso das defesas alemãs na Itália e o avanço dos Aliados para o Norte, os comunistas italianos da liderança partidária decidiram executar Mussolini. Levou alguns meses mas, finalmente, conseguiram seu homem quando ele tentou atravessar a fronteira ítalo-austríaca disfarçado de soldado alemão em um comboio de caminhões recuando em direção a Innsbruck. Junto com sua amante, Claretta Petacci, Mussolini foi morto em 28 de abril de 1945, e seus corpos quebrados foram pendurados publicamente de cabeça para baixo no Piazzale Loreto de Milão.

PROBLEMAS NA FRENTE LESTE

Enquanto os Aliados avançavam pela Europa Ocidental, na Frente Leste, o Exército Vermelho se movia obcecadamente em direção à fronteira alemã, onde a luta continuava a ser um combate erosivo e sem barreiras, que as forças alemãs, defendendo uma frente de 2.250 km contra um exército de 2,4 milhões de pessoas, não tinham esperança de sustentar.

Após conseguir vitórias na Bielorrússia e na Ucrânia ocidental, Stalin, o eterno oportunista, havia sido informado de que a maioria das unidades blindadas do exército alemão havia abandonado a Romênia, aliada do Eixo, ou estava em vias de deixar a região. Com base nessas informações e nos conselhos de seus generais, ele determinou que o tempo estava ajudando para uma nova ofensiva. Em 20 de agosto, o *Stavka* (o alto comando do Exército Vermelho) lançou a ofensiva Iasi-Kishinev, que foi concebida para envolver e aniquilar todas as forças alemãs e romenas restantes. Tendo sucesso em todos os seus objetivos. O outro foco das operações do Exército Vermelho durante o Outono de 1944 estava centrado na região do Báltico.

As baixas sofridas por estes exércitos no Oriente fizeram o teatro ocidental empalidecer, por comparação. Os russos estavam concedendo cerca de 20 baixas por cada alemão morto e, apesar deste desequilíbrio desproporcional e da falta gritante de qualquer estratégia militar significativa, exceto a força dos números, o Exército Vermelho estava mantendo o ímpeto. Naturalmente, Stalin queria todo o crédito. Na sua essência, ele era pouco mais do que um bandido semialfabetizado, um déspota paranoico, assassino, sem qualquer perspicácia militar.

O Exército Vermelho era composto por homens e mulheres que tinham sobrevivido a duas décadas de tumulto nas mãos de um Estado soviético que tinha infligido coletivização e limpas tanto contra os camponeses quanto contra os militares, levando milhões a mortes e deportações. Cada soldado tinha de cumprir a Ordem nº 227 de Stalin "Nem um passo atrás!", e foram designadas unidades de bloqueio para guardar a retaguarda e matar qualquer um que ficasse para trás ou tentasse escapar do campo de batalha. Mas, enquanto alguns comandantes Aliados ainda tinham fé nestes aliados duvidosos, outros consideravam justificadamente 'Tio Joe' Stalin com profunda desconfiança.

Apesar das repetidas ofensivas, Hitler tinha falhado até agora em derrotar decisivamente o Exército Vermelho, e a sua política de *Lebensraum* ("espaço para viver") no Leste tinha sido um desastre não mitigado. O programa nazi de erradicação das populações judaicas e de remoção dos povos indígenas dos territórios ocupados pela Alemanha e das zonas de língua alemã, tais como a Sudetenland, na

Checoslováquia, e a Silésia, na Polônia, tinha se revelado incrivelmente prejudicial para as comunidades agrícolas da região. Os agricultores não tinham se beneficiado minimamente desta pseudofeudalidade nazi de 'mestre e servo'. Além disso, seriam vítimas de terríveis represálias quando o Exército Vermelho chegasse.

Frau Reitner era filha de um agricultor de língua alemã. "Depois que os nazistas foram, não sobrou ninguém para trabalhar nos campos de meu pai", lembrou-se ela. "Colhíamos sempre, mas naquele tempo quase não havia mais ninguém e, em alguns casos, as colheitas inteiras foram deixadas a apodrecer. Depois vieram os russos. Não consigo e nem quero me lembrar de quantas vezes fui violada. Aqueles malditos animais violaram toda a gente na casa. Quando terminaram comigo, começaram pela minha mãe, e depois pela minha avó de 88 anos e pela minha irmã de 6 anos. Até os vi atacar ovelhas e vacas. Eram piores do que animais porque, pelo menos animais estúpidos, só acasalam com a sua própria espécie".

"Eles assassinaram toda a minha família usando pás, todo o jardim estava coberto de sangue e cérebros, mas eu escapei e consegui chegar a Praga. Falava Tcheco muito bem e consegui me fazer passar por uma antiga partidária. Algum tempo depois, mudei-me para Döbeln, na Saxônia, e comecei uma nova vida, mas nunca irei perdoar aqueles bastardos russos. Quando viajei de Praga para Döbeln, lembro-me de ver comunidades inteiras de língua alemã reduzidas a cinzas. Metade dos corpos incinerados e mutilados, que poderiam ter sido de homens ou de mulheres, era difícil de dizer, estavam apenas pendurados nas árvores. Só deixavam lá para se decomporem e cheirarem mal e, desta vez, isso não foi obra dos russos, foram os tchecos que o fizeram. Mas o que é que os alemães tinham feito?"

Mais tarde, Frau Reitner ouviu jovens soldados alemães falando num café em Döbeln sobre a depravação que tinham testemunhado enquanto serviam na Frente Oriental. Um soldado, rindo, disse: "Uma vez, apanhamos uma partidária feminina que estava andado nas redondezas. Primeiro, batemos-lhe nas mamas com um pau e, depois, batemos-lhe com uma baioneta no rabo nu. Depois, todos a violamos, antes de a atirarmos para fora e dispararmos contra ela. Enquanto ela estava ali deitada de costas, atiramos granadas. Cada vez que uma caia perto do seu corpo, ela gritava. Por fim, uma acabou por lhe arrebentar a cabeça. O corpo estava ali deitado e depenado, como uma galinha". Nesta altura, Frau Reitner começava a recuar. Ela levantou-se abruptamente e deu aos soldados alemães um olhar longo e frio antes de se voltar para o grupo e dizer: "Bem, talvez estejamos a receber o que merecemos". Depois, enxugando lágrimas dos seus olhos com um guardanapo de mesa, ela saiu rapidamente.

A Segunda Guerra Mundial testemunhou alguns terríveis atos punitivos contra civis, que não eram inteiramente da alçada das forças do Eixo. Os civis alemães sofreram muito com as devastadoras dores conduzidas pelo poder aéreo Aliado. No Outono de 1944, muitas cidades e vilas alemãs já tinham sido dizimadas. Em 27 de agosto de 1944, a RAF retomou os bombardeios sobre a Alemanha à luz do dia, começando com um ataque à fábrica da Homberg Fischer-Tropsch, em Hamburgo.

Mais de 50% de todas as tripulações ativas do Comando de Bombardeiros se tornaram vítimas durante a Segunda Guerra Mundial. Elas sofreram uma taxa de mortalidade extremamente alta, e estima-se que das 125.000 tripulações aéreas ativas, 55.573 foram mortas enquanto outras 8.403 ficaram feridas em ação e 9.838 se tornaram prisioneiras de guerra. Não havia muitos dissidentes entre as tripulações aéreas aliadas mas, aqueles que se recusaram a voar, tinham seus registros ominosamente marcados com as letras LMF ("Low Moral Fibre" - Baixa Fibra Moral). Consequentemente, esses infelizes indivíduos seriam destituídos de categoria e alocados para as tarefas mais ameaçadoras e desagradáveis. Como com as forças terrestres, pouca ou nenhuma consideração foi dada às consequências psicológicas de um combate duradouro.

A CAMPANHA DA NORMANDIA

Durante os meses anteriores à Normandia, em 1944, os dias tinham sido longos e a luz do dia tinha chegado mais cedo. No final de julho, quase todas as manhãs eram saudadas por raios de luz hesitantes, que revelavam frequentemente um horizonte pontuado por colunas verticais de fumaça negra densa que, em uma inspeção mais atenta, se transformava numa colheita de fumaças de cascos incinerados de tanques, estradas e vários outros vestígios esqueléticos de veículos do exército alemão. Em alguns tanques, os restos carbonizados de antigos ocupantes salpicados em ângulos oblíquos a partir de torres

As ruínas de Caen após os bombardeios.

semiabertas, ou colocados em estreita proximidade, contorcidos em posições grotescas de ballet. Essa foi a colheita sazonal de Typhoons e P-47s Aliados, demonstrando a eficácia da superioridade aérea.

O ataque a Caen tinha sido apoiado por 7.700 toneladas de bombas. Nos dias que antecederam os desembarques do Dia D e a campanha subsequente para libertar a Normandia, os Aliados lançaram mais de 590.000 toneladas de bombas sobre a França, o que foi igual a quase metade da quantidade de bombas lançadas sobre a Alemanha durante toda a guerra. O Marechal Chefe do Ar Leigh-Mallory, no seu levantamento dos principais ataques aéreos na Normandia, declarou que a ofensiva de bombardeios em Caen foi "o ataque aéreo mais pesado e mais concentrado em apoio às tropas terrestres jamais tentado". Custou a vida de cerca de 3,5% da população da cidade. Foi uma vitória esmagadora porque a outrora bela cidade tinha sido completamente reduzida a escombros e cinzas.

À medida que a campanha da Normandia começava a ser concluída, os alemães estavam sangrando em demasia em homens e máquinas, e dois dos seus exércitos tinham, segundo os Aliados, sido praticamente aniquilados. No repentino avanço que se seguiu, os Aliados avançaram mais rapidamente do que os alemães quando invadiram a França na direção oposta quatro anos antes.

A Normandia deixou os soldados alemães desmoralizados e deflacionados, mas, ao contrário do mito popular, não foram completamente destruídos. Os seus comandantes tinham, de fato, demonstrado uma intransigência rígida e previsível, que tinha tornado as suas forças no terreno vulneráveis e mal fornecidas, mas, apesar disso, ainda conseguiram libertar 240.000 homens e trazê-los de volta através do rio Sena. Um jovem soldado alemão que experimentou a campanha em primeira mão foi Rudolf von Ribbentrop, da 1ª Divisão SS-Panzer *Leibstandarte SS Adolf Hitler* e da 12ª Divisão SS-Panzer *Hitlerjugend*. Filho do ministro dos negócios estrangeiros de Hitler, Joachim von Ribbentrop, foi sufocado com a arrogância nazi. Mais tarde, lembrou-se: "Um dia, estive num VW *Kubelwagen* explorando a área onde tínhamos o nosso alojamento no estuário do Sena, entre Bernay e Honfleur, quando fomos atacados por um avião de guerra Aliado de baixa altitude. Já era de noite quando ouvi o seu motor. De repente, as balas de metralhadora começaram a ter impacto na estrada à nossa frente. Coloquei a minha cabeça entre os joelhos de forma habitual, para evitar ser atingido, quando senti um forte golpe entre as minhas escápulas que me paralisou temporariamente. Sangrando profusamente, instruí o condutor a me levar para uma vala próxima o mais rapidamente possível, porque o avião de guerra Aliado estava passando por cima de nós, disparando repetidamente as suas metralhadoras. Não fiquei em choque, mas isso foi, provavelmente, porque já tinha sido ferido várias vezes antes."

"O condutor, de alguma forma, conseguiu arrastar o meu corpo ferido até à vala. Quando o condutor aplicou uma compressa inútil, comecei a perder a consciência e me senti como se, dessa vez, fosse morrer. Então, decidi que ainda não era a minha hora. Senti uma sensação de formigamento nos dedos dos pés, o que me tranquilizou de que a minha medula espinhal estava intacta. Em poucos momentos, a minha capacidade de me mover foi restaurada o suficiente para poder me levantar da vala e voltar para o carro. Fui levado para o hospital da Força Aérea em Bernay, onde o cirurgião me disse que, se a bala da metralhadora tivesse atingido um milímetro para a esquerda, teria cortado completamente a artéria carótida e quebrado minha coluna vertebral. Se esse tivesse sido o caso, acrescentou ele, então, uma operação teria sido uma perda de tempo. Eu havia treinado minha companhia desde o primeiro dia e queria permanecer com eles mais do que tudo. Muitos de nós tínhamos sido endurecidos na Frente Leste. A 12ª Divisão SS-Panzer lutou duramente contra os Aliados e os reteve por semanas". (1)

A campanha na Normandia tinha sido um duro combate, um feito de desgaste intransigente que custou a vida de 36.976 Aliados das forças terrestres e mais 16.714 das forças aéreas Aliadas. A contagem alemã tinha sido ainda mais devastadora; estimulada pelos debilitantes expedicionários do fanatismo, do medo da retribuição e do ódio amargo, as perdas sofridas por suas divisões na Normandia realmente excederam as da Frente Leste na época. Os exércitos na campanha de 77 dias da Normandia sofreram baixas na linha de frente que foram proporcionalmente piores do que algumas das principais batalhas travadas ao longo da Frente Ocidental durante a Primeira Guerra Mundial.

CAPÍTULO DOIS

OCUPAÇÃO E LIBERTAÇÃO

O PRESIDENTE FRANKLIN D. ROOSEVELT DISSE sobre as tropas Aliadas: "eles não lutam pela luxúria da conquista. Eles lutam para acabar com a conquista". (2) Em agosto de 1944, os Aliados haviam desembarcado mais de dois milhões de homens nas praias da Normandia e, em 25 de agosto, os alemães estregaram Paris.

Lutando através das sebes da Normandia, as tropas de campo chamadas *"le bocage"* tinham sido implacáveis e profundamente desmoralizantes tanto para as forças Aliadas quanto para as do Eixo. A chuva incessante de agosto inundou os campos e, ter que suportar um combate quase constante, fez com que todos os combatentes sofressem seu impacto. Somente em junho, na Normandia, 10.000 soldados aliados ficaram incapacitados e foram cuidados devido ao cansaço da batalha. Entre junho e novembro de 1944, isso constituiu espantosos 26% das baixas dos Aliados. Os serviços psiquiátricos estavam disponíveis e foram enviados à Normandia para maximizar o retorno das tropas da linha de frente ao serviço, mas alguns comandantes militares Aliados duvidaram de sua eficácia e acreditavam que sua mera presença prejudicava o espírito de luta de seus homens. Estima-se que cerca de 36% das admissões retornaram ao serviço de combate, enquanto 53% foram evacuados para o Reino Unido. A escala de baixas psiquiátricas sofridas pelos Aliados durante a campanha da Normandia foi sem precedentes.

Depois, houve os graves danos colaterais infligidos em cidades francesas, como St. Lo e Caen, que haviam sido quase 95% destruídas. Durante a campanha, elas foram reduzidas a restos esqueléticos de sua glória anterior e os habitantes sofreram depravações que desafiavam a descrição. Cerca de 35.000 civis franceses haviam morrido como resultado da campanha. Para muitos, isso não foi, definitivamente, a libertação que eles haviam imaginado. Um fazendeiro francês observou que, "de manhã, erámos libertados e, às vezes, à noite, estávamos novamente ocupados. Em determinadas ocasiões, isso se prolongava por dias. A maioria do meu gado estava inchada e apodrecendo nos pastos onde haviam sido dizimados por bombas e balas. Quando fecho os olhos, ainda me lembro desse fedor insidioso". A interação subsequente entre as forças Aliadas e os habitantes franceses resultou, frequentemente, em uma desconfiança visceral que não fez avançar particularmente a causa Aliada.

A diferença de perspectiva entre vilas e cidades era bastante acentuada, particularmente em Paris, onde alguns cidadãos franceses estavam caracteristicamente não impressionados e quase completamente alheios à libertação. Em um subúrbio de Paris, na Rue de Provence, nº 122, a antiga casa do cavaleiro favorito de Napoleão, o flamboyant Joachim Murat, Fabienne Jamet, uma eminente senhora parisiense que dirigia o famoso clube *Le One-Two-Two*, nem mesmo levantou as sobrancelhas pintadas quando ouviu falar dos sucessos dos Aliados. Ela apenas fez um longo desenho em seu Gitane e, através da fumaça exalada, comentou, "alemão, francês, britânico, americano, todos eles têm *le zizi*, sem diferença".

Fabienne era uma mulher de negócios, jovem e sem sentido, que não se importava particularmente de onde vinha o dinheiro, desde que os clientes se divertissem. Seu rosto fino e um pouco angular poderia ter sido pintado por Toulouse-Lautrec. Ela sempre tinha um cigarro fumegante protuberante do lado de sua boca fortemente as-

O prédio que abrigou o infame clube "One-Two-Two" em Paris. O bordel era dirigido por Fabienne e Marcel Jamet, que estavam felizes em receberem dinheiro de ambos os lados.

saltada, e uma taça de champanhe nunca estava longe de seu alcance. Ela não tinha tido nenhum problema particular durante a ocupação: "Lembro-me daqueles homens da SS todos de preto, tão jovens, tão bonitos, tão inteligentes... Falavam perfeitamente francês e inglês, e eram todos bem instruídos. Todos eles adoravam minhas senhoras e a mim, e apreciavam as iguarias que eu oferecia". (3)

Poucas semanas antes dos desembarques Aliados, Jamet havia entretido o corpulento e debochado comandante da Luftwaffe, Hermann Goering, que, sendo um fervoroso amante da vida de luxo, nunca deixou de visitar o bordel quando estava em Paris. Oficiais alemães e colaboradores franceses tinham todos frequentado o local, e os negócios estavam em franca expansão. Durante seus 20 anos de história, o *One-Two-Two* recebeu o rei Leopoldo III da Bélgica, e o estadista britânico Randolph Churchill, juntamente com nomes tão ilustres como Charlie Chaplin, Cary Grant, Humphrey Bogart, Mae West e Marlene Dietrich. O *One-Two-Two* afirmava que poderia atender a todas as fantasias e perversões. Durante uma entrevista pós-guerra, Madame Jamet disse que havia desprezado os alemães, mas, mais tarde, emendou sua posição e contradisse isso, dizendo que havia vivido algumas das melhores noites de sua vida durante a ocupação.

Fabienne não suspeitava que sua vida seria diferente após a libertação e, mesmo tendo levantado suspeitas sobre o nível de seu envolvimento com os nazistas, ela continuou a fazer um comércio ruidoso com os Aliados, enquanto conseguia desviar as atenções. Mas, os danos tinham sido feitos e em 1946 o *One-Two-Two* foi forçado a fechar definitivamente suas portas. Foi apenas um dos vários bordéis franceses famosos que foram vítimas de um paroxismo pouco usual de moralidade pública organizado pelas autoridades francesas recém-nomeadas. Isso não foi bem recebido pelo público francês. Fabienne Jamet e suas infames *femmes de la nuit* foram, mais tarde, fortemente criticadas e acusadas de terem colaborado tanto com os alemães quanto com o regime de Vichy, mas nenhuma acusação foi apresentada contra elas. Fabienne morreu sem um tostão, mas permaneceu desafiadora até o fim. "Que se lixe a libertação", disse ela, "se os alemães tivessem ganho a guerra, os bordéis ainda estariam abertos".

Se Hitler tivesse o que queria, Paris teria sido dizimada, especialmente se o governador alemão de Paris, General Dietrich von Choltitz, tives-

O General von Choltitz foi descrito por alguns como o "Salvador de Paris" por desobedecer a ordem de Hitler de destruir a cidade. Mais tarde, ele alegou que fez isso porque amava a cidade e havia decidido que Hitler não estava mais mentalmente saudável.

se agido conforme as ordens que recebeu do Führer em 24 de agosto de 1944: "Paris não deve cair nas mãos do inimigo ou somente como uma pilha de escombros". (4) No dia em que Choltitz se rendeu aos franceses, alega-se que Hitler lhe telefonou, incandescente de raiva, e perguntou: "Paris está queimando?" Para muitos, Dietrich von Choltitz é considerado como o "salvador" de Paris. Graças à sua recusa em executar as ordens de Hitler, a cidade ficou relativamente intacta e, seus cidadãos aguardando ansiosamente a chegada de seus libertadores.

OS FRUTOS DA LIBERTAÇÃO

A sede da SHAEF, (Força Expedicionária Aliada Suprema, Centro de Comando de Eisenhower) o Comando Supremo Aliado Dwight D. Eisenhower, teve outros problemas urgentes a tratar. Alguns de seus subordinados discordaram veementemente sobre o caminho a seguir. O General Bernard Law Montgomery, esperando sua promoção a marechal de campo, era um defensor implacável do "impulso concentrado de eixo único sobre uma frente estreita", mas sua popularidade entre alguns generais americanos não era particularmente favorável naquela época. Alguns haviam o acusado abertamente de ter sido excessivamente cauteloso e tímido, particularmente em relação à captura de Caen, que foi originalmente um objetivo do Dia D, mas acabou levando quase sete semanas para libertá-la.

Devido à ferocidade da luta, Caen foi, em grande parte, destruída. Mas, mesmo que a Operação Goodwood não tivesse conseguido atingir seu objetivo inicial, engajou forças alemãs significativas para permitir o lançamento e execução da Operação Cobra, a próxima fase da ofensiva da Normandia. No entanto, ela não deixou a população de Caen se sentir particularmente "livre". Em sua defesa, Montgomery sustentou que a razão pela qual ele havia progredido lentamente durante a campanha da Normandia era sua relutância em desperdiçar vidas, da mesma forma que seus comandantes haviam feito na Primeira Guerra Mundial. A ocasião mais notável foi quando ele não adotou esta política, notoriamente, a Operação Market Garden (ver capítulo seis).

Eisenhower era indiscutivelmente um especialista em comunicação e um diplomata consumado, mas seu estilo de comando, ocasionalmente incoerente, muitas vezes, incitava à crítica e até mesmo ao escárnio de seus detratores. Mas seu método era inegavelmente todo-inclusivo, porque sua estratégia de "frente ampla" exigia que forças americanas, britânicas, canadenses e polonesas avançassem em conjunto, para evitar a criação de quaisquer saliências perigosas. No processo, essas forças aplicariam simultaneamente uma pressão constante sobre as linhas de frente alemãs. Bem, essa era, pelo menos, a teoria.

Após o fechamento da Lacuna Argentan-Falaise, Monty começou a desenvolver planos para seu avanço para o Reno. Ele manteve, como ponto de distração, que o melhor caminho era um avanço forte, concentrado e estreito, usando blindados e infantarias coordenadas, ao mesmo tempo em que proporcionaria a proteção apropriada dos flancos. Uma vez que Monty tinha determinado que esse era um plano vencedor, não podia ser convencido do contrário, um fator que, inevitavelmente, causou atrito entre ele e Eisenhower.

Embora Monty não fosse inteiramente querido em alguns departamentos, o líder das forças francesas livres, General De Gaulle, também não se saiu muito bem na popularidade da SHAEF. No entanto, o comando Aliado havia atendido a seu pedido de liderar a 2ª Divisão francesa em Paris naquele momento. Churchill deixou seus sentimentos muito claros quando enviou um telegrama de desculpas a Montgomery, uma semana após o desembarque do Dia D de 1944, a respeito da visita iminente do líder francês. "Devo infligir a você uma visita do General de Gaulle amanhã. Isso, em hipótese alguma, será um fardo para você em quaisquer funções que você tenha que cumprir."(5)

Os pesados combates na Normandia tinham dado aos soldados Aliados todas as razões que eles precisavam para desacelerar. Eles eram os vencedores, a força maior atual e, com o tempo, exigiam os despojos da guerra. Paris logo se tornou o alvo da luxúria desenfreada, pois os jovens carregados de testosterona, andando pelas ruas estreitas da cidade, começaram a brigar bêbados e a invadir os prostíbulos. Um GI (sigla para membro do exército americano) lembrou: "Eu abri minha cereja em Paris junto com outros dois amigos. Aquelas senhoras francesas não cheiravam muito bem, mas estavam absolutamente lindas, por isso não nos importamos. Estávamos fodendo tudo o que se movia e, no meio, estávamos brigando e bebendo como se não houvesse amanhã. Cara, oh, cara, eu acho que foi possivelmente o melhor momento da minha vida". (6) A revista *Life*, uma das publicações proeminentes da época, chegou até a imprimir que "a França é um tremendo bordel habitado por 40.000.000 de hedonistas que passam todo o tempo comendo, bebendo e fazendo amor".

Naturalmente, havia também algumas almas castas entre os Aliados, tais como aquelas que vinham de comunidades devotamente religiosas e que não tinham intenção de comprometer sua honra com Jezebels estrangeiras. De acordo com um veterano britânico, "Você poderia facilmente reconhecer a turma da bíblia. Enquanto o resto de nós fodíamos como coelhos, eles andavam dobrados na maior parte do tempo para esconder suas ereções".

Mas, enquanto muitas tropas Aliadas desfrutavam das oportunidades sexuais que a libertação oferecia, nem todas as mulheres que encontravam eram parceiras dispostas a isso. "Com os alemães, os homens tiveram que se camuflar; quando os americanos chegaram, nós tivemos que camuflar as mulheres", correu uma piada irônica circulando na Normandia não muito depois do Dia D. Estupro e agressão sexual ocorreram, assim como outros crimes. Após a libertação de Bayeux e Caen, as tropas britânicas ignoraram as Convenções de Haia e se entregaram de forma desenfreada às pilhagens em pequena escala. Eles também foram acusados de saque, estupro e execução de prisioneiros.

Um relatório estima que entre 1942 e 1945 os GIs americanos na Europa Ocidental estupraram cerca de 14.000 mulheres. Somente na França, 152 soldados americanos foram acusados de cometerem estupro e 29 foram enforcados. O verdadeiro número de ataques é, certamente, maior, a moralidade da época e a cultura católica conservadora da França garantiram que muitas agressões não fossem relatadas pelas vítimas, desejando evitar o estigma social atribuído ao estupro. A situação pode não ter sido ajudada pela mídia norte-americana que, para recrutar soldados, retratava a guerra como uma oportunidade para conhecerem mulheres francesas atraentes e, para dizer as coisas de forma grosseira, transarem.

É claro que a grande maioria das tropas Aliadas cumpriram alegremente as leis e a cultura dos países que libertaram, e trataram as mulheres com cortesia e respeito. As populações libertadas, em troca, apreciaram o heroísmo e o sacrifício dos soldados Aliados que vieram em seu auxílio. Mas, também, é verdade que o comportamento da pequena minoria de soldados Aliados que se entregaram a estupros, roubos, espancamentos, assassinatos ou outros crimes contribuiu indubitavelmente para a marcada ambiguidade e profunda ambivalência sentida por alguns dos libertados. Deve-se lembrar que a abolição do regime nazista não foi uma experiência totalmente alegre para todos que os Aliados encontraram em sua jornada das praias da Normandia até as avenidas de Paris.

Mas, entre a maioria das pessoas, os Aliados, quando chegaram, foram recebidos de braços abertos. "Os homens, mulheres e crianças se levantaram perto de nossos caminhões de todos os lados, fazendo uma viagem de quatro milhas até nossas posições por horas", escreveu Carlton Stauffer, Companhia G, 2º Batalhão, 12º Regimento de Infantaria, 4ª Divisão de Infantaria, lembrando sua entrada em Paris. "Houve gritos de: "*Merci! Merci! S'ank you, No Boche* nos prédios! *S'ank you, Vive la Amerique!*" As mãos estendidas só para tocar as mãos de um soldado americano. Bebês foram agarrados para serem beijados. As meninas estavam por toda parte, abraçando e beijando os GIs. Os velhos franceses saudavam. Os jovens apertavam vigorosamente as mãos e deram palmadinhas nas costas dos GIs.

"Finalmente, no final da tarde, assumimos nossa posição para a noite. Tive a boa sorte de ser designado para um prédio de química em uma universidade do lado oeste do Sena. Entramos no prédio e fomos recebidos por uma senhora que estava determinada a tornar a vida simplesmente maravilhosa para nós."

"O Capitão Tallie Crocker, que era nosso comandante de companhia naquele momento, espalhou seu cobertor no chão. Sendo um soldado de infantaria, ele estava sempre se aproximando o máximo possível do chão. A senhora, imediatamente, pegou seus cobertores e os espalhou em uma espécie de sofá que parecia uma mesa de operações. Era mais fácil deixá-la fazer isso do que explicar qualquer coisa. Quando ela saiu, o Capitão Crocker colocou seu cobertor no chão. Mais ou menos nessa mesma hora, todos nós ouvimos um forte fogo de metralhadora do lado de fora do prédio. Eu saí com o capitão para ver o porquê de todo o barulho. No pátio fora de nosso prédio, um francês de sua 2ª Divisão Blindada estava em um jipe com uma metralhadora calibre .50 atirando na esquina de um prédio no pátio. O Capitão Crocker se aproximou do francês e perguntou no que ele estava atirando. O francês lhe disse que havia *Boche* no prédio. O Capitão Crocker tentou convencê-lo de que não havia *Boche* no edifício. Não conseguiram se entender. Finalmente,

Tropas americanas desfilam em frente ao Arco do Triunfo, diante de multidões de civis franceses, após a Libertação de Paris.

o capitão levou o francês em uma caçada de *Boche* através do edifício, provando de uma vez por todas que não havia *Boche*. A situação está resolvida! As meninas voltaram para o jipe e fizemos mais passeios selvagens por Paris. Quando voltamos ao prédio da química, o cobertor do Capitão Crocker estava de volta à mesa. Naquela noite, alguns de nós fomos dar uma volta pela cidade, indo a alguns lugares para uma bebida comemorativa. A melhor parte da noite foi voltar ao nosso prédio de química com sua canalização interna".

"Às 09h30 da manhã de 26 de agosto, o Padre Fries, nosso capelão regimental, celebrou a missa na famosa Catedral de Notre-Dame, a primeira missa após a libertação. Joe Dailey e eu participamos. Foi uma visão estranha para Notre-Dame nos ver, soldados fardados, sentados na missa com nossos rifles e equipamentos de combate. O problema que enfrentávamos na missa, e depois, era manter os civis afastados. Havia dez civis para um soldado. Finalmente, os comandantes da companhia disseram às multidões que os soldados estavam cansados e precisavam dormir. Imediatamente, e com desculpas, os civis deixaram nossas posições. Naquela noite, fomos bruscamente trazidos de volta à realidade da guerra quando, às 23h30, os alemães lançaram um pesado bombardeio aéreo. Felizmente, tudo o que encontramos foram os flashes e as explosões que alguma parte distante de Paris levou".(7)

John MacVane, um jovem correspondente da rádio NBC, lembrou vivamente "os sinos de Notre-Dame tocando como haviam sido tocados há centenas de anos, mas, desta vez, era para anunciar a libertação alegre da cidade". Dois homens usando uniformes de bombeiros parisienses se aproximaram da MacVane. Eles lhe perguntaram se ele era americano, e MacVane confirmou, então, ele perguntou por que estavam vestidos como bombeiros. Ele descobriu que eles tinham estado em Paris por mais de um mês. Eles eram um piloto e um navegador da 8ª Força Aérea que tinha sido abatida. O metrô francês tinha tomado conta deles e eles tinham passado por um momento infernal à noite, combatendo incêndios e matando alemães quando tiveram a chance. Quando eles partiram, o piloto disse que nenhum deles falava uma palavra de francês, acrescentando: "Que diabo ter que voltar a voar depois de toda essa diversão".

Nem toda a tripulação da USAAF foi tão afortunada. O Capitão Clark R. Amen, 367º Esquadrão, 306º Grupo Bomba, 8º Força Aérea, como muitos outros aviadores Aliados, terminou sua guerra em cativeiro. "Quando voamos em nossa 5ª missão, eu era um dos navegadores mais experientes do esquadrão. Nessa missão, tive a oportunidade de voar no avião líder do nosso grupo, que estava liderando a formação de 60 aviões em um ataque a Wilhelmshaven. Esse avião tinha todo tipo de equipamento de navegação extra. O outro navegador (eles usaram 2 em aviões de chumbo) estava em sua 24ª missão e estava tão nervoso que ficou enjoado durante toda a viagem".

"Desde que fui abatido na missão seguinte, eu nunca descobri se ele seguiu para a 25ª missão e voltou para os Estados Unidos. No ataque em que fomos abatidos, bombardeamos o terminal ferroviário de Frankfurt. Nosso avião foi bombardeado ao sobrevoar o Vale do Ruhr e, depois, novamente sobre o alvo. No caminho de volta à Inglaterra, estávamos lutando com dois motores quando fomos atingidos diretamente em um dos bons motores. Isso foi quando [nós] estávamos nos aproximando da costa da Bélgica. A explosão fez um grande buraco no nariz do avião e o metal estilhaçado me atingiu na cabeça e na perna, tornando-me elegível para um coração roxo. Houve um incêndio na asa, então, o piloto deu a ordem para pular e abandonar a aeronave. Tive alguns problemas porque meu paraquedas estava em um canto fora do caminho, então, tive que pegá-lo, colocá-lo e chegar até a escotilha de escape. Era hora do pânico, mas fiz tudo em tempo recorde. A escotilha de escape não caiu livre como era suposto depois de puxar a liberação, então, pulei sobre ela e saí do avião junto com a porta. Quando tentei puxar a corda do paraquedas, nada aconteceu. Eu estava puxando a alça de transporte. Na pressa, o paraquedas havia sido colocado de cabeça para baixo. A corda foi finalmente localizada e puxada com minha mão esquerda, o paraquedas se abriu e, de repente, tudo parecia temporariamente calmo e tranquilo".

"Devido a meus problemas para localizar a corda, houve um atraso na abertura do paraquedas e eu não pousei na mesma vizinhança que o resto da tripulação. Quando cheguei ao chão, houve um vento forte e o paraquedas agiu como uma vela, arrastando-me através da lama de um campo arado. Um grupo de soldados alemães correu ao meu lado apontando uma pistola Luger à minha cabeça, ordenando-me que levantasse as mãos. Isto não ajudou a controlar as coisas, pois levantar as mãos permitiu que o paraquedas continuasse me arrastando através da lama. Finalmente, um dos soldados saltou para a frente do paraquedas e o segurou. O alemão com a arma disse então: "Para você, a guerra acabou" em inglês muito claro. Eu tinha pousado perto de onde os alemães estavam construindo plataformas de lançamento de bombas de choque. Essa era a razão pela qual eu tinha uma festa de recepção tão grande".

O AVANÇO NA BÉLGICA

As tropas americanas atravessaram para a Bélgica no dia 2 de setembro, às 11h07 da manhã. Este grupo de reconhecimento foram os primeiros soldados Aliados a realmente iniciar a libertação de outro país europeu. Assim que fizeram contato com membros da população local na aldeia de Plomion, uma comunidade agrícola pacífica de 800 habitantes, a 13 km a sudoeste da fronteira, começaram a ouvir histórias de atrocidades. Segundo alguns moradores locais, 14 homens, com idades entre 70 e 17 anos, foram massacrados ali. Um correspondente de notícias afirmou ter visto os corpos e questionou os habitantes sobreviventes, e embora alguns detalhes fossem vagos, ele não tinha dúvidas de que um crime havia sido cometido. Descobriu-se que uma força alemã de cerca de 60 homens da SS havia aquartelado em Plomion por seis dias antes da chegada do grupo de reconhecimento.

A causa do ataque era incerta. Alguns aldeões afirmaram que um membro da resistência francesa havia disparado um tiro de uma janela para um caminhão e matado um alemão. Outros negaram isso, mas foram unânimes em afirmar que ao descrever como os alemães enfurecidos saltaram de seus caminhões e reuniram aleatoriamente 14 homens. Entrando em uma casa, eles levaram um avô de 70 anos, seus três filhos e um neto, de 18 anos, enquanto jantavam juntos.

Acompanhados pelos gritos e gemidos estridentes das mulheres locais, os alemães arrastaram seus prisioneiros pela rua e para um beco na periferia da cidade. Em seguida, reuniram mais nove homens, chutando-os e espancando-os no beco e, em seguida, atirando em todas as 14 vítimas com armas automáticas. Enquanto os demais aldeões fugiam para os campos vizinhos, os SS lançaram granadas incendiárias em suas casas. Foi apenas a chegada da equipe de reconhecimento dos EUA que fez com que a SS montasse em seus veículos e fugisse. Os corpos dos 14 homens foram recuperados na manhã seguinte. Alguns haviam sido selvagemente mutilados. Seria assim?, perguntaram os aldeões. Eles não estavam nem perto.

OS ÚLTIMOS DIAS NA ANTUÉRPIA OCUPADA

Em 1944, François Schaerlaecken tinha 11 anos de idade. Ele vivia em uma pequena vila na província flamenga holandesa da Antuérpia e se lembrava muito bem da ocupação. "A vida com os alemães não era tão ruim assim, pelo que me lembro. Os guardas do campo de trabalho nazista Breendonck costumavam visitar o café de minha mãe com bastante regularidade e eram sempre educados e bem-vestidos". Suas opiniões mudariam com o tempo, mas com os Aliados fechados na província da Antuérpia, permaneceu uma afinidade notável entre as forças de ocupação alemãs e alguns belgas de língua holandesa. As atitudes alemãs em relação a eles eram, em geral, bastante amigáveis até sua partida apressada.

Alguns dias antes, na Antuérpia, as autoridades alemãs começaram a prender todos os supostos simpatizantes aos Aliados e a estabelecer bunkers de comando nos parques da cidade. Eles também começaram a colocar minas no rio Scheldt. Alguns meses antes do avanço dos Aliados, todos os rádios haviam sido confiscados e bloqueios de arame farpado instalados nas estradas de aproximação da cidade. Em 1 de setembro de 1944, quase todos os altos funcionários alemães haviam voltado para o Leste, deixando a defesa da cidade nas mãos do *Platzkommandant* (comandante regional) Conde Stolberg, que foi entusiasticamente auxiliado por soldados flamengo-nazistas. À medida que os Aliados se aproximavam, a atmosfera febril chegava a um hiato. Com pressa para evacuar a Antuérpia, um pequeno êxodo de soldados e colaboradores alemães requisitou à força todos os meios possíveis de transporte veicular e destruiu o maior número possível de documentos potencialmente incriminatórios. Em 3 de setembro, o prefeito dúbio, Leo Delwaide, foi exonerado junto com seus companheiros de conselho.

Na Holanda, em 4 de setembro, o transporte final de 2.087 judeus holandeses deixou o campo de concentração em Westerbork para Auschwitz. Anne Frank e sua família estavam naquele trem. Ela e sua família passariam dias tortuosos em um vagão de gado com cerca de 40 outros homens, mulheres, idosos e crianças. Eles estavam hermeticamente fechados, quase sem ar, sem luzes, sem água e sem comida, sufocados em um espaço minúsculo, saturado de detritos humanos pungentes e devastados pela sede. O dia seguinte ficou conhecido como "Terça-feira Louca" quando, num ataque de culpa e covardia, 65.000 colaboradores nazistas holandeses fugiram e se desesperaram para a Alemanha.

CAPÍTULO TRÊS

APÓS PARIS

A LIBERAÇÃO DE PARIS fez pouco para aliviar o hábito de fumar quatro maços por dia de Eisenhower. No outono de 1944, ele era um escravo da nicotina em desacordo com Monty e profundamente no processo de elaboração de um plano para seguir em frente.

O belicoso General Patton e seu Terceiro Exército tinham chegado à Normandia no final de julho. Após a Operação Cobra, eles percorreram a França em busca da próxima batalha. Eles não teriam que procurar longe e logo encontrariam uma determinada defesa alemã em Metz, que testaria severamente a capacidade do general. Para alguns, Patton havia ganho o ignominioso título de "o melhor policial de trânsito da história do exército dos EUA". Essa opinião não se estendia às unidades blindadas, que tinham uma visão totalmente diferente. Elas foram rápidas em apontar suas inovações táticas e sua sensação intuitiva para o campo de batalha. Não há dúvida de que Patton entendeu os tanques.

Nos últimos meses da Primeira Guerra Mundial ele havia conduzido um FT Renault francês e entre seus adversários havia apenas um general alemão que possuía a mesma profundidade de conhecimento da guerra blindada: Heinz Guderian.

Não há dúvida, entretanto, que o gosto de Patton pela publicidade e sua rivalidade unilateral com Montgomery exacerbaram muitas vezes as dificuldades de Eisenhower. Patton não era um subordinado fácil. Quando ele foi designado como comandante do Terceiro Exército, encarregado de liderar o empurrão da Normandia para Paris, o velho amigo de Eisenhower em West Point, o general de alta patente Omar Bradley, reclamou que Patton nunca deveria ter sido autorizado a se aproximar de uma posição militar tão importante. No entanto, como Montgomery, Patton inspirou uma tremenda lealdade da maioria dos soldados sob seu comando.

Em 23 de agosto de 1944, Eisenhower aprovou provisoriamente o conceito de impulso único de Monty, permitindo-lhe conduzir o esforço principal, enquanto Bradley apoiava o ataque com todas as nove divisões de seu Primeiro Exército. Ao mesmo tempo, o Terceiro Exército de Patton avançaria ao longo do eixo sul, mas não teria prioridade sobre os suprimentos.

A velocidade com que o avanço dos Aliados se desenvolveu do início de agosto até meados de setembro fez com que muitos oficiais superiores e planejadores ficassem atolados em complacência, convencidos de que o exército alemão estava à beira do colapso. Foi amplamente reconhecido na SHAEF que houve uma tentativa de golpe contra Hitler em julho de 1944, e isto, combinado com os rápidos recuos, o embaralhamento aparentemente descoordenado das unidades alemãs, pouca ou nenhuma cobertura aérea da Luftwaffe e a escassez de combustível para os Panzers, foram todos considerados como fortes provas de que os alemães eram uma força gasta.

OS CUSTOS DA COLABORAÇÃO

Enquanto isso, nas ruas de Paris e outras cidades francesas, os dias e semanas após a libertação incitaram atos hediondos de vingança e retribuição entre os civis. A máfia governou supervenientemente, pois muitas mulheres francesas acusadas de *colaboração horizontal* foram colocadas em lugares públicos e humilhadas por terem suas cabeças raspadas. A prática de raspar a cabeça tornou-se ubíqua durante o arrebatamento da libertação na França em 1944. Durante os meses seguintes, a tendência se estenderia à Bélgica, Luxemburgo e Holanda. Os homens que colaboravam eram frequentemente executados sumariamente sem julgamento.

Não parecia importar que muitos dos autores da raspagem de cabeças não fossem e nunca tivessem sido membros da resistência. Suspeitava-se que vários deles haviam sido colaboradores mesquinhos, que procuraram desviar a atenção de sua própria falta de credenciais de resistência. Um forte elemento de exibicionismo e erotismo vicário evoluiu entre os *tondeurs* ("tosquiadores") e sua multidão entusiasmada, ainda que a punição simbolizasse de fato, se é que simbolizava a de-sexualização de suas vítimas. Foi uma exibição pública para apaziguar as massas, não diferente daquelas que se reuniam antes na guilhotina, 150 anos antes.

O ultraje moral inicial diminuiu rapidamente quando as autoridades francesas começaram a examinar casos individuais. Embora algumas acusações fossem defensáveis, muitas não eram. Um número significativo das vítimas da raspagem da cabeça eram simplesmente prostitutas que tinham exercido seu comércio tanto com alemães quanto com franceses. Outras eram apenas adolescentes errantes que tinham se associado a soldados alemães numa tentativa de remediar aquela velha aflição adolescente de séculos, o tédio. Houve também uma série de casos que envolveram professoras solteiras que involuntariamente se tornaram o foco do escárnio da máfia porque os soldados alemães haviam requisitado, à força, suas casas durante todo esse tempo. Muitas vítimas eram apenas jovens mães desesperadas, cujos maridos se encontravam em campos de prisioneiros de guerra alemães. Durante a guerra, muitas vezes, elas não tinham meios de apoio e sua única esperança de obter alimento para si e seus filhos era iniciar relutantemente uma ligação com um soldado alemão.

As linhas eram indefinidas e era convenientemente esquecido que a maioria dos cidadãos franceses colocava sua ênfase na autopreservação acima de qualquer consideração nacional. Mais tarde, foi verificado que a maioria da população francesa havia colaborado com as autoridades nazistas de uma forma ou de outra.

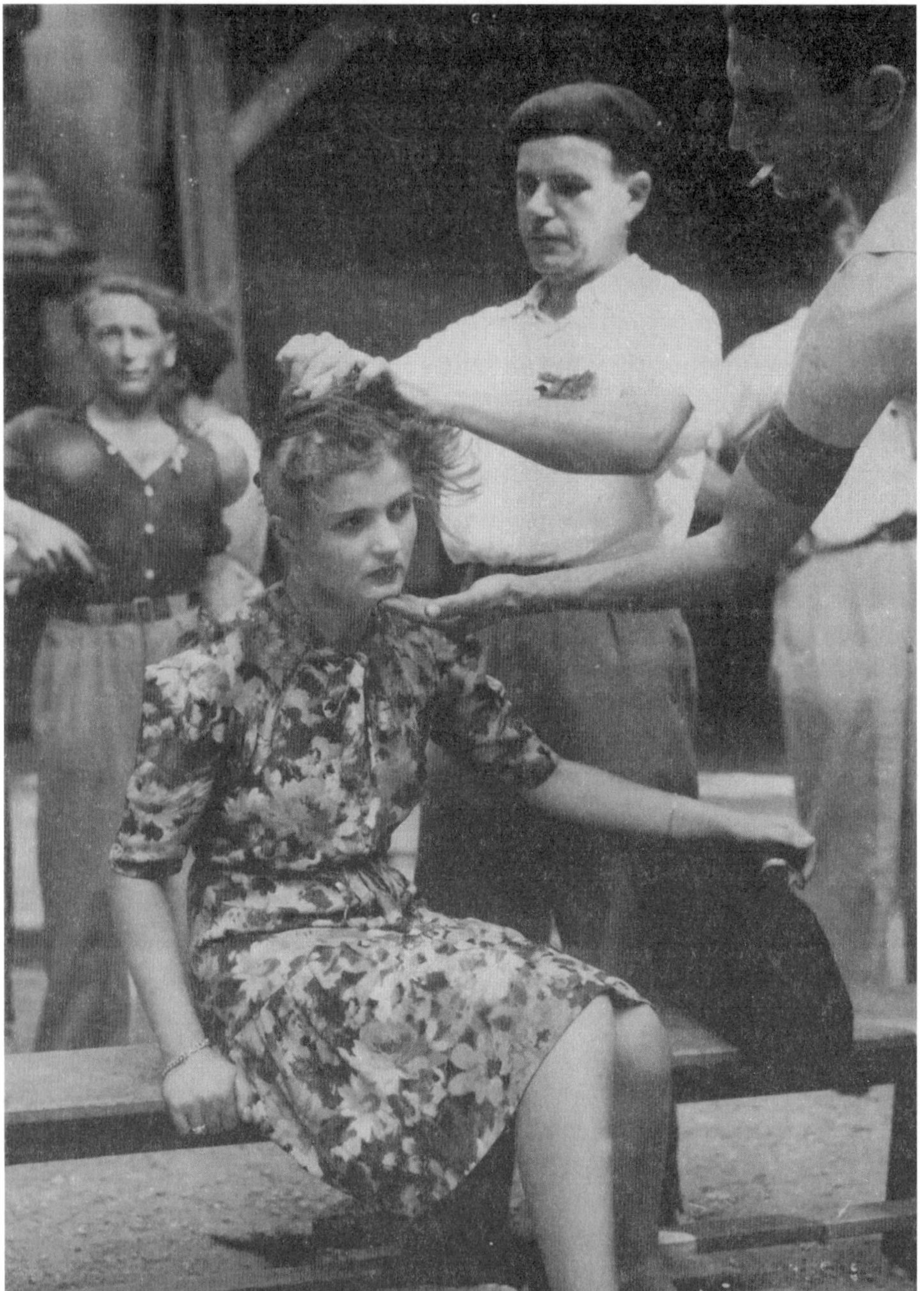

Raspar a cabeça de colaboradoras suspeitas e confirmadas era uma prática comum em todos os países que foram libertados no outono de 1944.

OPERAÇÃO DRAGOON

Os Aliados haviam agora entrado na Bélgica e estavam indo para o Norte. O Vigésimo Primeiro Grupo do Exército de Monty, apoiado pelo Primeiro Exército, recebeu o objetivo de tomar a Antuérpia, para abrir o porto à navegação dos Aliados. Essa era uma consideração puramente logística. Tomar essa importante cidade portuária, a segunda maior da Europa, aliviaria a pressão sobre os portos da Normandia e encurtaria as linhas de abastecimento para a eventual ofensiva dos Aliados para Norte e Leste. Deixá-lo intacto não seria fácil, mas as unidades iniciais de reconhecimento britânicas enviadas ao Norte encontraram pouca ou nenhuma resistência inimiga.

Algumas semanas antes, em 15 de agosto de 1944, a Operação Dragoon havia sido lançada quando o Sétimo Exército dos EUA e o Primeiro Exército francês desembarcaram na ensolarada Riviera Francesa, onde havia apenas quatro divisões alemãs mal equipadas para se opor a eles. Enquanto as forças dos EUA dirigiam para os Alpes, para tomar Grenoble, os franceses tomaram Marselha em 23 de agosto, e então avançaram para o Leste pelo vale do Rhône através da França, para se reunir com os americanos ao norte de Lyon no início de setembro. Ambos os exércitos, então, se moveram rapidamente para o nordeste de Alsace, onde Patton havia estabelecido posições do Terceiro Exército. Devido à recepção entusiástica que os Aliados receberam dos franceses e à resistência alemã inicialmente fraca à invasão, a operação ficou conhecida de forma um tanto irônica como a Campanha do Champanhe.

"Por isso, em agosto, por volta do dia 15 ou 17, não me lembro exatamente da data, fizemos a invasão. Eu estava na segunda onda. A onda da frente eram os pequenos barcos em que nos acolheram. A primeira onda atingiu a praia e, três minutos mais tarde, eu atingi a praia. E depois passamos por uma encosta. Atravessamos isso. Havia apenas alguns alemães lá", disse Richard Francis Adams, Companhia C, 1º Batalhão, 157º Regimento, 45ª Divisão dos EUA. "Depois, marchamos, eu não fiquei ferido. De todo esse período, três ou quatro meses que passei em Anzio, o metal voou à minha volta, mas nada me atingiu. Aterrissei em meados de agosto, e em 25 de setembro de manhã, por volta das 10h de uma manhã, estava deitado atrás de uma árvore, e algo bateu na árvore, e a árvore explodiu toda."

"Tudo o que consegui foram estilhaços na minha mão. Tenho seis ou sete pedaços de estilhaços na mão. Então, o sargento disse: 'É melhor voltar', porque estava sangrando um pouco. Eu diria profusamente. Estava sangrando em um ponto aqui, e um ponto aqui estava bastante sangrento. O médico disse: 'Bem, há aqui alguns estilhaços que devem ser retirados'. E ele disse: 'Eu realmente não sei como fazer isso'. Por isso, voltei a pé e apanhei um jipe, e ele me levou de volta à estação de socorro. E lá, tiraram-me um par de estilhaços da mão. E jogaram pó de sulfa em cima. Enfaixaram e disseram: 'Bem, o seu dedo no gatilho ainda pode funcionar. Alcance o caminhão de ração. Pode voltar à ação esta noite'. Assim, na noite de 25 de setembro voltei à ação. Lutamos continuamente todos os dias. E uma vez, em outubro, tive dois dias de folga para voltar e tomar uma ducha e pegar algumas roupas limpas. Isso não era como qualquer outro ramo do serviço. Não sabiam quando iam receber uma nova leva de roupa de baixo ou qualquer outra coisa."

As coisas começaram a mudar em Montelimar. De 24-27 de agosto, a 36ª Divisão dos EUA enfrentou uma resistência planejada por parte dos alemães. No início do dia 25 de agosto, a 3ª Divisão de Infantaria avançou para o Norte, para Avignon. Foi quando os alemães começaram realmente a sentir a pressão que estava sendo aplicada. O avanço da 3ª Divisão iria ganhar força quando chegasse à zona dos Vosges, na França. Seria aqui que seriam escritas reputações em sangue e lendas, e onde um jovem sargento chamado Audie Murphy, do Texas, se tornaria o soldado americano mais condecorado da Segunda Guerra Mundial. No final de agosto, o Sétimo Exército dos EUA tinha completado a libertação do sul da França. O passo seguinte era estabelecer uma ligação com o Terceiro Exército de Patton.

Winston Churchill se opôs veementemente à Operação Dragoon e alguns altos funcionários do ETO – Teatro Europeu de Operações, apoiaram a sua posição. Quando os planos para a Operação Dragoon (originalmente chamada Operação Anvil) foram apresentados e aprovados, Churchill enviou imediatamente uma carta a Roosevelt para expressar suas preocupações sobre a divisão das forças mediterrâneas. Ele escreveu: "A separação da campanha no Mediterrâneo em duas operações, sendo que nenhuma delas pode fazer nada de decisivo, é, na minha humilde e respeitosa opinião, o primeiro grande erro estratégico e político pelo qual nós dois temos de ser responsáveis". Contudo, é

Audie Leon Murphy foi um dos soldados de combate americanos mais condecorados da Segunda Guerra Mundial. Recebeu todos os prêmios de combate militar por valentia do exército americano, bem como prêmios franceses e belgas por heroísmo.

inquestionável que as considerações políticas e empíricas pessoais de Churchill, em vez de estratégicas, motivaram a sua desaprovação da Operação Dragoon. Além disso, nessa altura, ele já estava suspeitando das ambições de Stalin, e esperava que uma invasão bem-sucedida da Itália mantivesse o leste da Europa fora do controlo soviético.

O Presidente Roosevelt, sempre pragmático mas também com problemas de saúde, tentou aplacar as considerações de Churchill: "Acredito sinceramente que Deus estará conosco, tal como esteve em OVERLORD, na Itália e no norte de África. Penso sempre na minha geometria precoce: 'Uma linha reta é a distância mais curta entre dois pontos'". (8)

ENTRADA EM BRUXELAS

Em 2 de setembro de 1944, uma divisão blindada do Regimento de Guardas Britânico estava perto de Douai, no norte de França, quando o Tenente-General Brian Horrocks, comandante do 30º Corpo do Exército Britânico, deu a ordem aos seus homens para "irem libertar a cidade de Bruxelas". Ao fim da tarde de 3 de setembro, após percorrer mais de 160 km em um dia, Horrocks e seus homens chegaram aos limites da cidade. Na manhã seguinte, as autoridades alemãs responderam incendiando o Palácio da Justiça, numa tentativa de destruir qualquer documento potencialmente incriminatório.

Um dia depois, a 1ª Brigada de Infantaria das Forças Armadas Belgas Livres, acompanhada por soldados britânicos, fez uma gloriosa entrada em Bruxelas. Em poucas horas, Bruxelas havia sido transformada de uma cidade sob ocupação nazista para uma cidade libertada em um pandemônio delirante. As cenas faziam lembrar as muitas outras cidades que já haviam sido liberadas, com uma multidão de gritos, risos, aplausos, todos encravados nas ruas, agitando bandeiras e atirando beijos e flores na coluna de veículos do exército britânico que atravessava o centro. As ruas da cidade estavam cobertas com bandeiras belgas, americanas, britânicas e francesas, e vendedores ambulantes, misteriosamente abastecidos com *boutonnieres* das cores dos Aliados, faziam um comércio estrondoso. Em todos os cruzamentos de ruas e lugares onde os veículos passavam vagarosamente, as pessoas subiam a bordo, beijando entusiasticamente seus libertadores e apertando as mãos.

"Lembro-me que o dia 2 de setembro foi um dia estranho. Por um lado, tudo estava tão calmo", disse Albert Guyaux, um belga francófono de nove anos de idade. Na época da libertação, ele vivia em Ixelles, um subúrbio de Bruxelas. "Vi os alemães correndo para deixar a cidade. Eles usavam todos os tipos de transporte possíveis, incluindo cavalos e carroças. Não havia mais patrulhas; algumas pessoas já penduravam suas bandeiras belgas. Mas a Gestapo ainda estava lá, e mesmo naquele dia, os combatentes da resistência foram executados. Os Aliados ainda estavam a mais de 100 km de Bruxelas, e não sabíamos o que iria acontecer. Havia um trem carregando soldados alemães feridos programado para retornar à Alemanha sob a supervisão da Cruz Vermelha, mas esse trem nunca partiu. Foi saqueado."(9)

No dia 7 de setembro foi convocada uma reunião oficial na prefeitura de Bruxelas entre o prefeito da cidade e o general Montgomery. Alguns dias depois, o governo belga exilado voltou a Bruxelas para restaurar a autoridade legal, o que, à moda clássica belga, levaria algum tempo. O governo belga foi o primeiro governo normalmente constituído a voltar de Londres para o continente. Foi imediatamente confrontado por uma dificuldade técnica. A Bélgica tinha sido uma monarquia constitucional desde sua concepção em 1831, mas em setembro de 1944 não havia rei em residência. O governante nominal, o rei Leopoldo III, estava na Alemanha. Além disso, a controvérsia sobre sua rendição à frente de seu exército no campo em vez do exílio, permaneceu extremamente controversa. Seu reinado terminaria em ignomínia, quando, alguns anos mais tarde, ele se tornaria o primeiro monarca belga a abdicar à força de seu trono em favor de seu filho, Baudouin.

A monarca holandesa, rainha Wihelmina, não teve tantos problemas. A Casa de Orange manteve tanto o respeito quanto o afeto da maioria de seus súditos. Seu filho, o príncipe Bernhard, agiu como seu representante oficial quando se juntou aos exércitos britânicos em direção à Holanda.

O NOVO REGIME FRANCÊS

A libertação tinha chegado mais cedo para as cidades francesas no norte do país. Após o desembarque dos Aliados em Provence, em 15 de agosto de 1944, ganhou impulso momentâneo no Sul. As forças Aliadas, auxiliadas pela resistência francesa, forçaram gradualmente os alemães a recuar. O Governo Provisório da República Francesa (GPRF) foi oficialmente instalado em 3 de junho de 1944, e acabou substituindo o regime obsequioso e simpatizante nazista de Vichy, o suposto governo independente que controlava ostensivamente grande parte do centro e sul da França depois que a Alemanha ocupou o norte do país.

Após a retirada de Dunkirk, em 1940, houve um crescente sentimento antibritânico na França. O consenso era de que os britânicos haviam falhado miseravelmente com os franceses, quando, na verdade, nada poderia estar mais longe da verdade. O comandante das forças francesas em Dunkirk tinha sido Maurice Gamelin, o incompetente e notório marechal da França. Apesar de ter melhores tanques que os alemães, Gamelin, um pensador estratégico da velha guarda, não sabia como implantá-los eficazmente e tinha pouco conhecimento de conceitos militares mais modernos, como a guerra móvel, favorecendo as táticas ultrapassadas da Grande Guerra, como a defesa estática e os ataques liderados pela infantaria. Foi sua atitude intransigente, exacerbada pelo pensamento estratégico inovador alemão, que acabou custando caro aos Aliados e culminando na queda da França. Sem se mostrar abatido pelo fracasso, Gamelin passou a ser um dos apoiadores mais vociferantes do Marechal Pétain e do regime de Vichy.

Mas Gamelin não estava sozinho. É um fato irrefutável que, pouco depois de Dunkirk, o Marechal Pétain e Vichy France desfrutaram do apoio da maioria da população francesa. Embora este apoio tenha declinado ao longo da guerra, ainda é verdade que, estatisticamente, mais franceses pegaram armas para o Eixo do que para os Aliados durante a Segunda Guerra Mundial.

O futuro líder do país, General Charles de Gaulle, havia escapado da França após a ocupação nazista e passou o resto da guerra definhando no exílio em Londres. Em resposta, o governo de Vichy o marcou como traidor e o condenou à morte à revelia. O governo de Vichy não era um regime fascista e Pétain refutou a acusação de que ele era um fantoche dos nazistas. Ele até tentou afirmar que seu governo era neutro, não apoiando nenhum dos lados no conflito mundial que o cercava. "Não estamos na guerra", afirmou ele, e até fez tentativas incertas e malsucedidas de estabelecer contatos com os Aliados e, conforme ficava mais claro no final da guerra, com De Gaulle. Mas, apesar de seus protestos de independência, Pétain e seu governo quase sempre agiram de acordo com os interesses dos ocupantes alemães da França.

Depois que a França foi derrotada, em junho de 1940, Pétain foi nomeado Primeiro Ministro, após o Gabinete fazer as pazes com a Alemanha. O governo inteiro se mudou para a cidade termal de Vichy, no centro da França.

O principal meio de controle do governo Vichy foi através de seu serviço de polícia secreta, a *Milice* (milícia), que foi criada em grande parte pela SS e que foi encarregada de executar as políticas racistas que os nazistas esperavam desta França falsa. Dentro de seis meses após assumir o cargo, o regime de Vichy havia encarcerado cerca de 60.000 cidadãos não franceses em 30 campos. Pétain autorizou e sancionou uma campanha ativa contra a resistência francesa e implementou numerosas leis antijudaicas, que resultaram na deportação de dezenas de milhares de judeus para os campos de morte nazistas. O paradoxo era que Hitler tinha pouca consideração por Pétain ou pelo regime de Vichy, e muitas vezes impunha sanções indiretas contra seu estado cliente, tais como a manutenção de uma taxa de câmbio artificialmente alta para o marco alemão contra o franco francês.

Em setembro de 1944 Pétain, juntamente com seus mais firmes bajuladores e simpatizantes nazistas, foram forçados ao exílio em Sigmaringen, no sudoeste da Alemanha, onde permaneceram como prisioneiros virtuais dos alemães até o final da guerra. Enquanto isso, de volta ao estado que Pétain já havia governado com tanto apoio público, parecia que todo francês e francesa afirmavam agora ter sido um ativo e membro de longa data da resistência o tempo todo. Isso em parte porque, junto com Pétain e seus apoiadores, a maioria dos alemães na França ocupada também tinha fugido do país no outono de 1944. A partida de Pétain em 20 de agosto, seguida pela libertação de Paris cinco dias depois, efetivamente viu a França retornar à independência. Os americanos queriam colocar o país sob administração militar, mas De Gaulle, tão convincente como sempre, conseguiu dissuadi-los deste curso de ação. Os Aliados reconheceram oficial e coletivamente o governo provisório de Gaulle em 23 de outubro de 1944, após o que o país retomou seu lugar no campo Aliado.

Nessa época, os atos de retribuição contra Vichy e seus apoiadores já haviam começado. Em 18 de setembro de 1944, o *The New York Times* publicou um artigo de duas páginas acompanhado de uma fotografia mostrando uma multidão que testemunhava a execução pública de um antigo integrante da *Milice*. Durante o verão e o outono de 1944, as autoridades francesas recentemente estabelecidas executaram quase 10.000 supostos colaboradores, às vezes, sem julgamento. Em 15 de agosto de 1945, o próprio Pétain foi julgado e condenado por sua colaboração com os nazistas. O senhor de 89 anos foi inicialmente condenado à morte por fuzilamento, mas De Gaulle interveio e comutou sua sentença para prisão perpétua. Durante os anos restantes de sua vida, Pétain ficou preso, embora em relativo luxo, na ilha de Île d'Yeu, ao largo da costa atlântica da França. Ele morreu em 23 de julho de 1951, com 95 anos de idade.

O GARGALO DE CHERBOURG

No outono de 1944, as forças alemãs sob o comando de *Oberbefelshaber West* se retiraram em desordem. Os Aliados os perseguiram de perto, impedindo o inimigo de estabelecer uma nova linha de frente, que poderia ter inibido seu avanço. No início de setembro, a maior parte da França e da Bélgica havia sido libertada, após um avanço espetacular que viu as forças aliadas avançarem mais de 320 km em uma única semana.

No entanto, apesar da vasta quantidade de território que os Aliados haviam conquistado, a maioria dos portos franceses no Canal da Mancha permaneceu nas mãos do 15º Exército alemão. Isto significava que os Aliados só podiam desembarcar seus suprimentos em Cherbourg e em dois portos temporários ao largo das praias da Normandia. Embora as quedas aéreas fossem uma ocorrência diária, a maioria dos suprimentos ainda era entregue por caminhão, tendo o sistema ferroviário sido anteriormente destruído pelo poder aéreo dos Aliados e se tornado inútil. A tal distância da linha de frente e seguindo por estradas congestionadas através de cidades fortemente bombardeadas, não era possível transportar suprimentos suficientes para manter o avanço em seu ritmo atual.

Às 14h50 do dia 7 de setembro de 1944, após uma marcha castigadora de 95 km, elementos da 30ª Divisão de Infantaria dos EUA chegaram à sua área de reunião perto do famoso campo de batalha de Waterloo. Um jovem GI perguntou a seu oficial comandante o que havia de tão especial em Waterloo. O oficial lhe disse que todo o futuro da Europa havia sido decidido por uma magnífica batalha em um dia, então, o GI respondeu com um sotaque do Sul: "Bem, chefe, acho que eles devem ter tanques melhores do que os nossos".

CAPÍTULO QUATRO

DE QUE LADO VOCÊ ESTÁ?

SETEMBRO TROUXE, INEVITAVELMENTE, AS CHUVAS DE OUTONO. A maioria dos dias eram emoldurados por pesadas nuvens cinza-azuladas escuras que desencadeavam um dilúvio quase incessante, encharcando tudo e a todos. Para os pobres soldados Aliados que caminhavam, tudo estava frio, úmido e um tanto miserável. Mas, esse sentimento não se estendeu ao comando, que ainda estava de um humor bastante exuberante. Após a libertação de Paris, todos eles estavam liberalmente imbuídos de uma euforia inebriante. O poderoso Exército Vermelho estava varrendo os Balcãs e se aproximando da Prússia Oriental, e os britânicos estavam correndo através da Bélgica em direção à Holanda. O Terceiro Exército de Patton já havia chegado ao rio Moselle, e no centro, outras forças americanas haviam atravessado a fronteira de Luxemburgo e logo estariam na Alemanha.

Ernie Jelinek estava com a 5ª Divisão Blindada, 10º Batalhão de Tanques. Seus tanques M4 Sherman eram levemente blindados e não eram páreo para tanques alemães pesados, equipados com pistolas de 88 mm. Ele disse: "Meu batalhão entrou na batalha com 54 tanques, mas, em 5 dias e meio, estávamos reduzidos a apenas cinco tanques". Ernie acabou dormindo com sua tripulação em lugares acidentados após vários encontros com tanques alemães Tiger e Panther. "Dormíamos em trincheiras e em qualquer coisa que pudéssemos encontrar. O tempo estava frio e estávamos repousando em sacos de dormir. Então, com 24 anos e como um capitão do Exército, estive envolvido na libertação de Luxemburgo dos alemães." (10)

Ernie Jelinek ajudou a libertar Luxemburgo durante a Segunda Guerra Mundial. Ele lembrou: "Fazia quatro anos desde que eles tinham suas próprias regras. Quando viram os tanques americanos rolarem para a capital, ficaram tão felizes quanto poderiam. Eles estavam nos entregando garrafas de vinho quando estávamos atravessando a cidade e alguns deles estavam segurando bandeiras americanas. Era apenas um grande final. Foi indescritível".

"Sessenta anos após a libertação, fui convidado de volta a Luxemburgo para o aniversário do fim da ocupação nazista, em 10 de setembro de 1944. A nação de Luxemburgo pagou por minha passagem aérea e despesas durante cinco dias. Uma cerimônia foi realizada em um desfile e havia lá meia dúzia de bandas. Falei na frente de cerca de 5.000 pessoas".

TENSÕES NO QG

De volta ao QG da SHAEF, Montgomery estava ficando cada vez mais exasperado. Ele foi obrigado a cooperar com Eisenhower, mesmo que ele tivesse algum desdém pela falta de experiência no campo de batalha de Ike, que exclamava com frequência: "Droga, Montgomery é o único homem em qualquer exército com quem não posso me dar bem". Eisenhower não era totalmente ignorante sobre o assunto de estratégia e tática, e descobriu que ter que lidar continuamente com a atitude frequentemente paternalista e superior de Monty punha à prova sua paciência, para dizer o mínimo. Não há dúvida de que Monty poderia ser cheio de si, intransigente e muito opinante. Ele era por natureza um solitário, não conhecido por reservar suas opiniões, e embora na maioria dos casos ele fosse bem apreciado pelas tropas, ele nem sempre se esforçava para com seus pares e superiores.

Enquanto Monty se dirigia ao Norte com seu 21º Grupo do Exército, Patton tinha começado seu ataque à cidade de Metz. Mas, seus problemas de abastecimento estavam aumentando. Seus veículos consumiam uma média de 1,6 milhões de litros de gasolina por dia e a rota de abastecimento estava se tornando desesperadamente extensa demais.

Em 11 de setembro, as tropas aliadas haviam cruzado fisicamente a fronteira alemã, o que só serviu para fortalecer o otimismo errante na SHAEF. O 1º Corpo Britânico, Primeiro Exército Canadense, estava atacando o porto francês de Le Havre. O Segundo Exército britânico havia capturado a Antuérpia com suas extensas instalações portuárias de águas profundas em grande parte intactas, mas que estavam, por enquanto, inutilizáveis. O Primeiro Exército dos EUA, comandado pelo General Courtney Hodges, havia tomado a cidade belga de Liege na fronteira oriental do país com a Alemanha e a cidade de Luxemburgo. O Terceiro Exército de Patton estava no nordeste da França, consolidando posições ao longo do Moselle e estabelecendo uma cabeça de ponte viável perto da cidade alsaciana fortificada de Metz.

Muito havia sido feito sobre a suposta rivalidade entre Monty e Patton, mas a dura verdade é que não havia rivalidade entre eles. A rivalidade só é possível entre iguais. Montgomery estava muito mais acima na cadeia alimentar do que Patton, a ponto de ignorar ou desinteressar-se pelas opiniões de Patton. No entanto, Patton "Sangue Velho e Coragem" não se importava com o fato de que ele desprezava Monty com paixão, referindo-se a ele em uma ocasião como um "peidinho cansado". A única coisa que eles compartilharam foi um amor ávido pela autopublicidade, mas, mesmo aqui, Monty, frequentemente, superava Patton, que nem sempre era o querido da mídia.

Nas demais áreas ocupadas pelos nazistas, impulsionados pelo progresso dos Aliados, os movimentos de resistência europeus estavam ganhando força. Uma jovem belga de codinome 'Vera' juntou-se a um movimento de resistência belga, falsificando documentos para disfarçar o fato de que ela tinha apenas 15 anos de idade. Em pouco tempo, ela havia se tornado uma experiente combatente da resistência que participou da destruição de pontes, da emboscada de tropas e do repatriamento de aviadores Aliados. Ela até experimentou um combate direto e ajudou a destruir uma estação ferroviária em Bruxelas quando esta estava congestionada com soldados alemães voltando para casa no Natal.

No outono de 1944, ela foi presa enquanto trabalhava como mensageira e entregue à Gestapo, sofrendo intensos questionamentos e horrendas torturas. Ela foi deixada em sua cela gelada com água até a cintura por dias a fio, e até teve suas unhas arrancadas com um alicate. Ela acabou sendo transferida para um campo de trabalho perto da fronteira holandesa na Alemanha e colocada para trabalhar em uma fábrica de munições. Faminta e desnutrida, ela foi baleada no braço enquanto tentava escapar. Médicos alemães trataram sua ferida e ela se recuperou o suficiente para fazer uma segunda e bem-sucedida tentativa de fuga: enquanto era transportada da fábrica de munições de volta ao campo, ela pulou do fundo do caminhão e desapareceu na mata próxima. Ela escapou da captura por quase seis semanas, caminhou apenas à noite e dormiu duramente durante o dia. Para sustento, ela comeu ovos crus e vegetais roubados. Quando chegou à Holanda, ela conseguiu contatar a resistência holandesa, que a ajudou a repatriar para a Bélgica, onde seu comandante a escondeu enquanto ela se recuperava. Ela estava tão cadavérica quando chegou em casa, que seu pai decidiu esperar até que sua saúde melhorasse consideravelmente, antes de dizer à mãe que ela ainda estava viva.

A desnutrição devido às duras condições do acampamento fez com que todos os dentes dela caíssem e suas unhas nunca mais crescessem. Quando a Bélgica foi libertada, Vera subiu em um tanque Aliado e dirigiu as tropas para seu ponto de encontro. O tanque foi comandado por um oficial da Guarda Galesa com o qual ela se casou mais tarde. Esta jovem foi uma das muitas que lutaram corajosamente na resistência belga na Segunda Guerra Mundial.

INICIATIVA DE VEKEMANS

O progresso britânico em direção à Antuérpia tinha sido relativamente simples. Durante sua aproximação, em 3 de setembro de 1944, às 9 horas da manhã, um agente da resistência flamengo-belga e ex-soldado, Robert Vekemans, sintonizou a BBC. Ele havia sido engenheiro no exército belga em 1940, e havia suportado alguns meses em cativeiro como prisioneiro de guerra. Ele não tinha sido membro de nenhum movimento de resistência em particular, e gostava de seu trabalho em tempo integral no departamento da Antwerp Waterways. Com apenas 1,60 m, ele era míope e usava óculos bifocais com bordas espessas que acentuavam suas características faciais escuras e estreitas. Naquela manhã, ele ouviu atentamente enquanto a transmissão anunciava que as tropas britânicas haviam chegado à cidade de Tournai, no sul da Bélgica. Já era tarde demais para contatar a resistência, então, Vekemans decidiu ter uma iniciativa. Ele notou que as principais pontes sobre o rio Rupel na direção da Antuérpia eram fortemente defendidas pelas tropas alemãs e minas haviam sido colocadas sob elas. Ele supôs que a melhor estrada alternativa para Antuérpia corria paralelamente ao canal Bruxelas-Charleroi. Havia ali uma ponte na aldeia de Klein Willebroek que parecia estar indefesa.

No dia seguinte, Vekemans esperou pelo exército britânico no cruzamento da principal rodovia Bruxelas-Antuérpia, alguns quilômetros ao sul da cidade de Boom. Cedo naquela manhã, ele viu chegar o tanque líder Sherman do 3º Batalhão Britânico do Regimento Real de Tanques em direção a Bruxelas. Vekemans saiu de seu esconderijo atrás de uma sebe próxima e correu para o meio da estrada, balançando seus braços freneticamente. Os tanques de chumbo, provavelmente, assumiram que Vekemans era apenas mais um admirador entusiasmado, então, eles o ignoraram e seguiram em frente. Mas, o Major Dunlop, que estava no quarto tanque, levantou o braço para levar a coluna para uma parada rangente e estremecedora. Vekemans gaguejou algo e parecia incoerente no início, mas o estoico major acendeu calmamente um cigarro e o passou sorridentemente para ele. Em poucos momentos, Vekemans foi capaz de transmitir suas informações vitais. Ele chegou bem a tempo, pois, naquele momento, os alemães começaram a aparecer no horizonte, cerca de meia milha adiante. Dunlop chamou imediatamente os outros tanques e se aproximou de seu comandante, o coronel Silvertop. Após digerir as informações de Vekemans, Silvertop deu permissão a Dunlop para reconfigurar a rota sugerida pelo informante. Houve algumas suspeitas iniciais, mas o reconhecimento acabou sendo bom e Silvertop deu luz verde para mudar a rota. Um comandante de tanque, frio e calmo, do nordeste da Inglaterra, que havia lutado no norte da África com os Ratos do Deserto de Montgomery, Silvertop recebeu a Cruz Militar após sofrer ferimentos na batalha crucial de Medenine, na Tunísia, em março de 1943. (11)

Após o desembarque do Dia D, Silvertop participou da operação de julho de 1944 perto de Caen, na busca subsequente e avançou em uma noite para Amiens, pegando os alemães de surpresa ao amanhecer e libertando a cidade francesa. Outro rápido avanço para a Bélgica o levou para a Antuérpia, cobrindo mais de 600 km em oito dias. Quando o desembarque dos paraquedistas falhou em Arnhem, Silvertop foi ordenado a atravessar para a Holanda e ajudar a aliviar as tropas soterradas.

O Coronel David Silvertop, comandante do 3º Regimento de Tanques, 20º King´s Hussars, é um herói para o povo flamengo-belga de Boom. Ele lutou com os Ratos do Deserto de Montgomery. Cortesia do secretário de cultura da prefeitura de Boom, Alex Ramael.

Após a captura da vila de Sint Anthonis, na província holandesa de North Brabant, Silvertop estava parado ao lado de seus tanques e conversando com alguns outros oficiais. De repente, um soldado em uma coluna de prisioneiros da SS que estava andando pelas ruas atirou uma granada que matou imediatamente David Silvertop e dois de seus colegas.

Atravessar a ponte sugerida por Vekemans permitiu que alguns tanques e tropas britânicas flanqueassem os defensores alemães que estavam esperando ansiosamente na ponte principal, a apenas algumas centenas de metros ao Norte. Os alemães foram completamente tomados de surpresa e se renderam quase imediatamente. A coluna britânica, então, dirigiu-se para a Antuérpia, aproximadamente 13 km ao Norte. Ainda há alguns flamengos que vivem na área e que disputam a história de Vekemans, afirmando que ele não foi o primeiro a fazer contato com as tropas britânicas em avanço, embora a história tenha sido corroborada tanto por David Silvertop quanto pelo Major Dunlop.

A RESISTÊNCIA FLAMENGA

Embora houvesse inúmeros colaboradores na província da Antuérpia, havia também uma resistência subterrânea ativa. Enraivecido por certos partidos flamengos na administração municipal que colaboraram abertamente com os nazistas, um jovem flamengo chamado Marcel De Mol estabeleceu o grupo de resistência que ficou conhecido como a "Mão Negra" (*Zwarte Hand*). Marcel queria expor e executar todos os colaboradores. Ele também publicou panfletos condenando membros do VNV (a *Vlaams Nationaal Verbond*, União Nacional Flamenga, o principal partido colaboracionista do Flandres). Autoritário por inclinação, o partido defendeu a criação de uma Grande Holanda chamada *Dietsland*, que efetivamente combinaria os Flandres e a Holanda.

Um dos mais incompetentes e trágicos grupos de resistência belga da Segunda Guerra Mundial, De Mol's Black Hand, recrutou membros em toda a região central dos Flandres belga. Embora suas intenções fossem sólidas, os métodos do Mão Negra eram, muitas vezes, consideravelmente pequenos. Em alguns vilarejos, o Mão Negra riscou desafiadoramente o "V" de Vitória em portas e portões, e encorajou os locais a identificar os membros do VNV (*Vlaams Nationaal Verbond* - União Nacional Flamenga). Tentou estabelecer contato com o SOE (Social Operations Executive - Executivo de Operações Sociais) no Reino Unido, através de um canal secreto, com o objetivo de encaminhar informações a respeito das atividades militares alemãs. Em uma cidade flamenga que tinha um aeródromo militar, explodiu uma caldeira de querosene. Em 21 de julho, feriado nacional belga, Marcel De Mol tocou repetidamente o hino nacional belga em um piano como um grande desafio. Isso foi transmitido no rádio pelo canal secreto do grupo. A transmissão clandestina culminou com um vago grito de protesto à população belga para resistir à ocupação alemã. O fato do transmissor, provavelmente, não ter alcançado mais do que alguns quilômetros não foi considerado particularmente prejudicial à causa.

Logo depois, as coisas começaram a correr mal para a organização e o que aconteceu foi uma comédia de erros de dimensões shakespearianas. Um membro do Mão Negra, conhecido por não ter pensamento claro, tinha, de forma pouco sensata, indexado os nomes e endereços de todos os membros do grupo. Quando ele foi capturado, os alemães descobriram facilmente a lista, o que resultou na prisão de toda a organização. Quase todos os membros acabaram em campos de concentração, onde muitos sucumbiram a doenças e torturas. Doze dos líderes do Mão Negra capturados foram executados por fuzilamento em uma linha de tiro na cidade alemã de Lingen. Marcel de Mol estava entre eles. Um homem corajoso de fato.

Depois de libertar as pontes, a coluna de tanques britânica, apoiada por uma brigada de infantaria, avançou quase desimpedida para o parque da cidade da Antuérpia. Neste momento, eles se encontraram com alguma resistência alemã que levou várias horas para ser neutralizada. À noite, um líder da resistência local convenceu o comandante-general alemão Stolberg a se render. A Antuérpia foi libertada! Stolberg exigiu que ele e suas tropas fossem tratados como prisioneiros de guerra. Ele temia ser entregue à multidão de cidadãos da Antuérpia que estava à procura de sangue. Entre essa multidão estavam, presumivelmente, muitos dos mesmos cidadãos da cidade que apenas alguns anos antes haviam apoiado ativamente os ocupantes nazistas e que haviam atacado ferozmente moradores e propriedades no bairro judeu da cidade, um evento que ficou conhecido como o Pogrom da Antuérpia. Com a ajuda das forças alemãs, a multidão, encorajada pelos nacionalistas flamengos e pela SS flamenga, saquearam flagrantemente as sinagogas da cidade. Muitas lojas e empresas de propriedade judaica foram incineradas. Nenhum indivíduo jamais foi indiciado por este crime.

Após a libertação da cidade, alguns dos soldados alemães capturados reconheceram e apontaram colaboradores flamengos que estavam furtiva-

A Antuérpia foi libertada em 4 de setembro de 1944. A captura da Antuérpia era parte integrante do plano dos Aliados, mas o fracasso na desobstrução do estuário dos nazistas impediu a passagem dos navios Aliados. O porto não estava totalmente operacional até 28 de novembro de 1944.

mente tentando mudar de lado e se misturar entre a multidão. Mais tarde, verificou-se que a maioria dos adultos da Antuérpia tinha colaborado com os alemães, em algum nível, durante a ocupação. Mas as recriminações viriam mais tarde; o objetivo principal de libertar a Antuérpia era salvar seu porto da destruição, o que tinha sido alcançado. Mesmo assim, isso não resolveu imediatamente os problemas de abastecimento dos Aliados. A batalha pelo estuário do Escalda continuaria por quase mais dois longos e cansativos meses. Enquanto o estuário do Escalda permanecesse em mãos inimigas, nenhum navio poderia entrar no porto da cidade.

George Schneider, 120º Regimento, 30ª Divisão de Infantaria, escreveu: “Havia pouquíssima resistência no resto da Bélgica à medida que avançávamos mais rápido do que os alemães imaginavam. Na periferia sul de Bruxelas, na cidade de La Hulpe, passamos a noite em um castelo na periferia da cidade. Assim como tínhamos experimentado em Gaurain, a atividade civil era bastante normal. Um amigo e eu decidimos explorar a cidade no início da noite. Paramos no primeiro bar que vimos e tomamos um drinque com alguns dos moradores locais. Depois, seguimos adiante e nos deparamos com um hospital em que entramos e encontramos uma grande ala. Fomos convidados a inspecionar as instalações e encontramos um soldado alemão ferido que os belgas estavam tratando. Demos a ele alguns cigarros e voltamos para a rua. A próxima parada foi para conversar com um belga em frente ao seu açougue. Ele nos convidou para uma bebida, nos mostrou

Um amigo pessoal do autor, George Schneider, ainda se orgulha de usar seu crachá "Old Hickory" (Velha Nogueira), 30ª Divisão de Infantaria dos EUA.

o esconderijo do seu rádio ilegal e ficamos conversando. Ele nos convidou para voltar no dia seguinte para um jantar de bife e nós aceitamos. Não sabíamos onde ele planejava conseguir o bife, pois não havia um pedaço de carne na loja. Muitos da artilharia alemã eram puxados por cavalos e quando estes animais eram mortos, os civis retiravam um belo pedaço de carne da coxa do cavalo. Suspeito que nosso bife era de um cavalo. Saímos cedo na manhã seguinte e nunca recebemos nosso bife de cavalo!" (12)

O CAMPO PRISIONAL DE BREENDONCK

Algumas semanas antes dos britânicos libertarem a Antuérpia, na aldeia flamenga-belga de Willebroek, o jovem François Schaerlaecken estava sentado lendo calmamente um gibi no canto do café de sua mãe, quando ouviu o som familiar de botas pesadas lá fora. Ele olhou para cima e viu um alto e impecavelmente trajado oficial alemão entrando com seu cachorro e dois soldados. O oficial Phillip Schmitt era um homem rijo, de cerca de 1,82 m de altura. Ele tinha sobrancelhas grossas e uma pele pálida, o que, na opinião de François, dava ao homem uma semelhança incrível com Boris Karloff. Schmitt piscou o olho para o rapaz quando ele se acomodava no bar e vasculhava o bolso da túnica. Depois, ele pegou uma barra de chocolate e a acenou levemente. "Você tem sido um bom menino?" perguntou a François, que respondeu acenando vigorosamente com a cabeça. O oficial, então, se voltou para a mãe de François atrás do balcão, seus lábios finos, acima de um amplo queixo duplo, estavam performando um sorriso forçado em seu rosto redondo. Estes alemães eram visitantes regulares do café e ela era tratada pelo primeiro nome pela maioria deles. Usando um avental florido ao redor de sua cintura bulbosa, e com seu cabelo curto preso nas costas, ela não gostava particularmente destas visitas improvisadas dos alemães. Elas incomodavam seus clientes habituais. Mas, ao contrário dos clientes habituais, os alemães sempre pagavam antes de sair e sempre traziam coisas boas para comer.

François ouviu mais tarde como as autoridades nazistas locais haviam encenado em uma ocasião uma execução simulada ao lado do canal. Eles tinham reunido um grupo de 20 homens de todas as idades e os alinharam em frente a um pelotão de fuzilamento. Ele não sabia a razão desta ação, mas sabia que seu avô era um dos infelizes escolhidos aleatoriamente naquela fatídica tarde de domingo. Os alemães armaram suas espingardas e apontaram para a fila de homens aterrorizados. O oficial encarregado verificou seu relógio, tirou sua Luger de seu coldre e gritou "fogo". Os tiros soaram, mas todas as espingardas Mauser estavam carregadas com cartuchos de festim. De repente, um dos prisioneiros tombou e caiu de joelhos para frente. Era o avô de François. O susto causou um enorme infarto que terminou com sua vida assim como qualquer bala poderia ter feito efetivamente.

Comandante de Breendonck da SS Sturmbannführer, Phillip Schmitt, brincando com seu cão pastor alemão, 1943.

No café, o comandante Schmitt perguntou: "Você ganhou essa barra de chocolate?" antes de esconder de brincadeira nas costas dele. "Heil Hitler" gritou François antes de ficar em posição ereta e fazer a saudação nazista, seguida de uma saudação militar apenas para ter certeza de que ele tinha coberto todas os passos. "Bem, nesse caso", riu o oficial enquanto entregava o chocolate ao garoto. Foi um riso profundo, garganta e boca fechada que não se registrava nos olhos do oficial, nem mudava a posição daquelas sobrancelhas espessas e arqueadas. *"Danke schon"*, disse François enquanto rasgava o invólucro, quebrando um grande pedaço que ele enfiava vorazmente na boca antes de voltar à sua história em quadrinhos. O comandante foi sempre amigável, mesmo que ele tenha trabalhado no *arbeitslager* local (prisão de campo).

Mais tarde, François lembrou de um evento culinário peculiar que ocorreu cerca de uma semana depois de ter visto Schmitt pela última vez. Ele estava parado do lado de fora do café quando ouviu o som de um motor que se aproximava. Não parecia nada que ele já tivesse ouvido antes. Ele forçou os olhos e olhou para a estrada para ver um Mk II British Universal Carrier que se aproximava. Ele carregava cinco ou seis soldados, e parou bem na sua frente. Todos os soldados pareciam alegres e estavam todos fumando cigarros. Um deles disse algo a François, mas ele não entendia a língua. O soldado lhe entregou o que parecia ser um sanduíche. O pão quadrado angular foi cortado com cerca de uma polegada de espessura e havia nele algum tipo de carne estranha que François nunca havia provado antes. Não era ruim, mas ele teria preferido uma barra de chocolate. Não se via carne enlatada na Bélgica desde a Primeira Guerra Mundial.

François só descobriu mais tarde o que alguns dos clientes nazistas regulares de sua mãe tinham feito. Um deles, Fernand Wyss, nascido na Antuérpia, havia falhado como boxeador amador e tinha uma reputação bastante séria. Um ex-prisioneiro de Breendonck lembrou-se como "Wyss batia impacientemente na lateral de sua bota polida com o cabo de seu chicote de cavalo. Ele estava orgulhoso em seu uniforme da SS, e do poder desenfreado dado a ele sobre nós. Todo seu comportamento exalava aquela arrogância, aquele ódio e desprezo que lembravam muitos guardas do acampamento da SS, enquanto ele se pavoneava entre nós, incitando o pavor e o terror desenfreados".

Outro ex-prisioneiro lembrou do guarda do campo como "Wyss gritou para um dos prisioneiros: 'Quem sou eu?'. O homem congelou e uma piscina de urina brotou em seus pés descalços. 'Seu bastardo sujo, fedorento e nojento, eu sou Napoleão', franziu a sobrancelha Wyss. 'Você não sabia que eu era Napoleão, sabia?' O prisioneiro aterrorizado apenas olhou para frente, seus olhos estavam fixos em um olhar sem expressão. 'Fora daqui, continue com seu trabalho'. O prisioneiro se virou e começou a voltar indolentemente para a pilha de pedras que estava limpando com seus companheiros de prisão. 'Não lhe perguntarei novamente quem sou eu', desdenhou Wyss enquanto ele levantava seu chicote, e antes que o prisioneiro tivesse tempo de responder, ele bateu com um poderoso golpe entre as omoplatas do homem, fazendo-o cair no chão. Então, incapaz de suprimir seu temperamento vulcânico, Wyss, de face vermelha, irrompeu em um ataque de raiva, deixou cair seu chicote e deu repetidos murros na cabeça e nos ombros do homem até que o infeliz receptor desta fúria parasse de se mover. 'Agora veja o que você fez Napoleão fazer'. Ainda fumegante, Wyss levantou-se e tentou recuperar sua compostura enquanto limpava o sangue de suas mãos sobre as roupas esfarrapadas do prisioneiro morto".

Este foi apenas mais um dia, não diferente de qualquer outro no *arbeitslager* Breendonck, onde os guardas flamengos da SS foram os principais responsáveis por cometer a maior parte das atrocidades contra seu próprio povo. Após seu turno, Fernand Wyss costumava ir ao café onde François morava para tomar alguns copos de cerveja antes de voltar para casa, para sua amada esposa. Eles tinham ouvido a notícia de que os Aliados estavam se aproximando e se preparando para fazer algo a respeito.

Um ex-presidiário de Breendonck, Petrus Joannes de Schutter, fez uma declaração para a polícia belga no outono de 1944. Ele disse: "Dos homens flamengos da SS, Wyss era o pior de todos, seguido por De Bodt. Eles andavam sempre de chicote em punho e batiam em todas as circunstâncias e sem a menor razão. Wyss era particularmente bárbaro; eu o vi bater em um homem em cima da cabeça para que o sangue fluísse. Sei que às vezes ele jogava uma pá na água do forte e fazia um judeu entrar e tirar a pá. Dizia-se que muitos foram afogados desta maneira. Pensava-se geralmente que Wyss era certamente o responsável pela morte de cerca de 20 pessoas no forte. Também foi dito que Wyss e De Bodt tinham uma aposta sobre quem deveria ser o primeiro a matar um judeu." (13). Ambos os homens tiveram extremo prazer em infligir as mais terríveis punições aos prisioneiros. Eles, frequentemente, torturaram e assassinaram para seu próprio

Fernand Wyss (à esquerda) ganhou uma reputação temível como guarda no infame campo de trabalho de Fort Breendonck ***(arbeitslager)*****.**

entretenimento. Em uma ocasião, eles espancaram um homem até a morte simplesmente por uma aposta. O prêmio era uma garrafa de conhaque.

O Comandante Schmitt e sua equipe já haviam fugido antes da chegada dos britânicos ao local, e os ex-presidiários haviam sido transferidos para o campo holandês Vught alguns dias antes. Algumas atrocidades terríveis haviam ocorrido em Breendonck. Tinha sido usado tanto como campo de trabalho para prisioneiros políticos, como campo de trânsito para os judeus. Os detentos eram frequentemente torturados, executados e trabalharam até a morte nas mais horríveis circunstâncias. Os principais perpetradores desses crimes tinham sido guardas flamengos da SS como o Wyss. O Comandante Phillip Schmitt, juntamente com alguns dos guardas, foi mais tarde preso e julgado em um tribunal belga. A maioria deles foi condenado à morte.

Quando os britânicos libertaram Breendonck, o governo belga ainda estava em transição, e o que se seguiu foi uma declamação de recriminação e acusação. Sem autoridades legais assertivas para controlar a situação, a anarquia logo se seguiu. A instalação foi usada novamente como um campo de prisioneiros pela resistência belga. Entre 4 de setembro e 11 de outubro de 1944, cerca de 750 colaboradores suspeitos e os alemães restantes foram encarcerados ali, sem julgamento. Estes prisioneiros estavam à total mercê de uma resistência vingativa e odiosa, que provou ser tão má e despótica quanto os antigos guardas. Eles espancaram, violaram e humilharam maniacamente seus prisioneiros com total impunidade. Estas atrocidades foram discretamente escondidas do público durante décadas.

Antes da Primeira Guerra Mundial, Breendonck foi usado como um dos círculos de fortificação da Antuérpia. Quando os alemães ocuparam o forte, em 20 de setembro de 1940, o recém-nomeado *Sturmbannführer,* Phillip Schmitt, apresentou suas primeiras vítimas ao campo. O forte tornou-se simultaneamente um campo de trânsito para judeus e o centro local do *Sicherheitspolizei-Sicherheitsdienst* (SIPO/SD), a polícia política alemã.

Durante o primeiro ano de ocupação, os judeus constituíram cerca da metade da população do campo, sendo a outra metade principalmente de prisioneiros políticos. A partir de 1942, foi estabelecido um novo campo de trânsito para os judeus, em um antigo quartel do exército na cidade vizinha flamenga-belga de Mechelen. Os judeus eram reunidos lá antes de serem transportados para o Leste, para a morte em campos de extermínio nazistas. Em 22 de setembro de 1941, o primeiro comboio de prisioneiros políticos belgas foi transferido de Breendonck para o campo de concentração

Alguns prisioneiros no Forte de Breendonck, que foi usado como campo de trabalho nazista na Segunda Guerra Mundial.

de Neuengamme, próximo a Hamburgo. Em média, os prisioneiros eram encarcerados por três meses em Breendonck antes de serem deportados para campos de concentração na Alemanha, Áustria e Polônia.

O regime estabelecido em Breendonck operou da mesma forma que qualquer outro campo de concentração oficial. Os guardas usaram tortura sistemática, privação e assassinato para desgastar os prisioneiros. Inicialmente, o campo era guarnecido por algumas tropas da SS alemã e por um destacamento da *Wehrmacht*. A partir de setembro de 1941, os guardas do campo flamengo-belga os ajudaram ativamente.

Uma monstra particularmente sádica que se mudou para Breendonck após a libertação foi uma belga de língua francesa chamada Pharailde Jeanne Hoekmans, também conhecida como "Tia Jeanne". Dois dias após a libertação, ela apareceu em Breendonck, rodeada por uma série de jovens obsequiosos chamados ex-operadores da resistência. Vestida com um uniforme de enfermeira da Cruz Vermelha, embelezado com três estrelas de capitão e

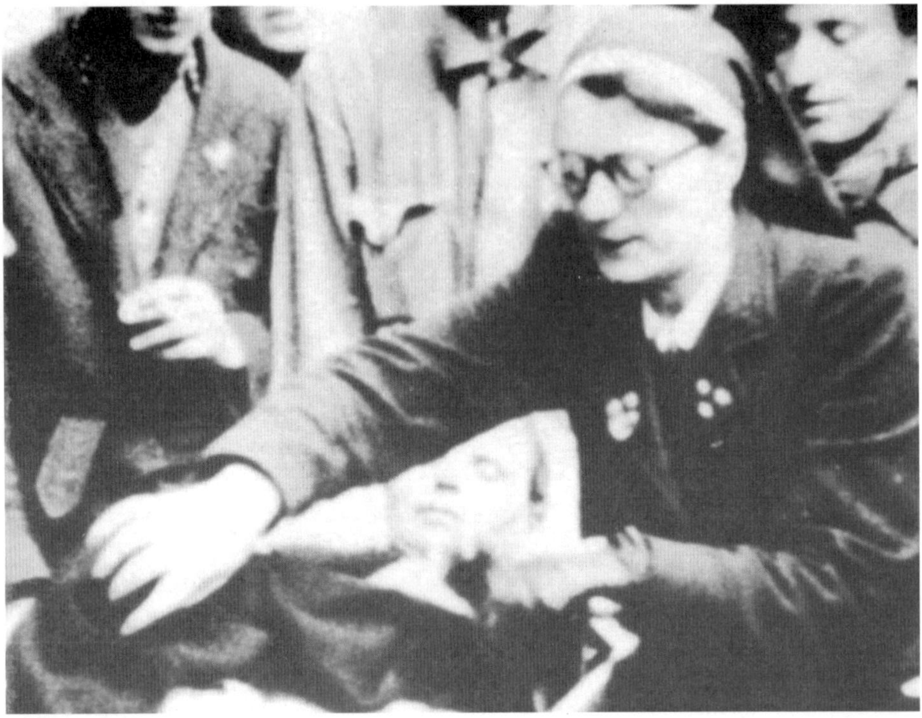

Jeanne Hoekmans rapando a cabeça de uma colaboradora, que foi obrigada a deitar-se em um caixão. Mais tarde, Hoekmans foi considerada culpada de colaboração e condenada a três anos de prisão.

armada com uma pistola, ela começou a trabalhar. Ela foi imediatamente colocada no comando de todas as prisioneiras. A partir daí, ela pôde infligir de forma flagrante suas perversões sadomasoquistas a elas. Estas mulheres tiveram suas cabeças rapadas pela primeira vez. Depois, foram desnudas e seus seios, genitais e nádegas foram pintados com suásticas. Em seguida, foram lentamente desfilando diante das multidões que se reuniam diariamente em Breendonck para apreciar o espetáculo. Muitas dessas vítimas foram sistematicamente estupradas e abusadas sexualmente.

A pedido desta pseudoenfermeira maniacamente perturbada, tudo foi cuidadosamente filmado. Uma determinada mulher que foi submetida a muitas agressões sexuais degradantes foi mais tarde descoberta como inocente, um caso de identidade equivocada. Uma ex-prisioneira de Breendonck visitou o local durante a libertação e observou que, "eles estavam tratando os colaboradores como os nazistas nos tratavam. Fiquei muito triste ao ver isto". Em uma revelação surpreendente, foi descoberto mais tarde que Hoekmans tinha sido, na verdade, uma ativa negociante do mercado negro que tinha frequentemente colaborado com os alemães durante a ocupação. Ela acabou sendo julgada, considerada culpada de todos os crimes e condenada a três anos e meio de prisão. Foi muito menos do que ela merecia.

Em 11 de outubro de 1944, os soldados britânicos, tendo recuperado prontamente o forte, ouviram falar desses excessos chocantes. Os prisioneiros restantes foram transferidos para Kazerne Dossin, em Mechelen, que havia sido usado como campo de trânsito para judeus durante a ocupação. Em 29 de outubro de 1944, um jornal belga noticiou que um grupo de cerca de 300 ex-prisioneiros de Breendonck havia se reunido em um antigo salão de música em Bruxelas para formar uma sociedade filantrópica de sobreviventes destinada a cuidar das famílias dos que haviam morrido no campo. Discutindo seus planos para a sociedade em tons abafados e reverenciais, falava-se pouco de retribuição. Um orador levantou o doloroso assunto dos colaboradores belgas, argumentando que "a consciência da Bélgica está manchada. Em nome dos mártires de Breendonck, se a Bélgica quiser escapar de se tornar novamente vítima da Alemanha, devemos agir contra aqueles que ameaçam nosso país. É necessário punir não apenas para dar o exemplo, mas também simplesmente para purgar a nação. É uma condição segura para a segurança, a paz e a prosperidade da Bélgica". Os membros da nova sociedade colocaram, então, uma coroa de flores no túmulo do Soldado Desconhecido. (14)

No final de dezembro de 1944, devido à falta de espaço nas prisões belgas, Breendonck foi novamente usado como campo de internação. Cerca de 800 prisioneiros foram levados para lá sob a supervisão da Guarda Nacional Belga e do exército belga. Em 1947, o Forte de Breendonck foi inaugurado como monumento nacional e ainda hoje está aberto ao público.

CHEGANDO À ALEMANHA

Em 2 de setembro de 1944, foi realizada uma reunião em Versalhes entre os generais Eisenhower, Bradley, Patton e Hodges, juntamente com o Comandante da 9ª Força Aérea, Hoyt Vandenberg. Eisenhower disse-lhes que o Primeiro Exército estava se deslocando para o Norte para apoiar o Grupo do Vigésimo Primeiro Exército. Ele, então, delineou seus planos para o futuro próximo, dizendo que uma vez que o Primeiro Exército tivesse completado sua mudança para o Norte, tanto o Primeiro como o Terceiro Exército permaneceriam “totalmente estáticos” até que fosse possível acumular suprimentos suficientes para permitir que o Grupo do Exército se movesse em direção à Linha Siegfried e a apreendesse. Após a reunião, Bradley delineou brevemente um plano que designou Patton para liderar o futuro eixo de avanço calculado para atravessar o Reno no setor Mannheim-Frankfurt, uma vez recebida a permissão para avançar novamente. Patton telefonou imediatamente para seu quartel general para dar instruções de que o Terceiro Exército não iria avançar além da linha da ponte Meuse. Ele, no entanto, autorizou elementos de reconhecimento para sondar na frente, só por garantia.

No final de agosto de 1944, quando o Primeiro Exército alemão fez sua ignominiosa retirada através do mesmo rio Meuse, ele consistia em apenas nove batalhões de infantaria, duas baterias de canhões de campo, dez tanques, três baterias de fogos antiaéreos e dez canhões de 7,5 mm. Embora não representasse uma ameaça particularmente formidável na época, a estagnação dos Aliados no início de setembro permitiu que essa força reequipasse e reconstruísse substancialmente sua força.

Em 9 de setembro de 1944, as primeiras tropas americanas atravessaram para Luxemburgo vindas da França e da Bélgica, enfrentando pouca resistência inimiga e libertando o país inteiro em cinco dias. Na pequena aldeia adormecida de Pétange, os aldeões saíram para cumprimentar o tenente Hyman Josefson, do 85º Esquadrão Cav Recon., 5ª Divisão Blindada. Ele estava dirigindo seu carro de reconhecimento M-8 Greyhound ao longo da estrada pavimentada e acenando para os locais quando um projétil antitanque alemão atingiu seu veículo e o matou imediatamente. Ele foi o primeiro soldado americano a ser morto em solo luxemburguês e sua morte é lembrada anualmente até os dias de hoje.

Dois dias depois, uma patrulha americana da 5ª Divisão de Infantaria dos EUA cruzou a fronteira para a Alemanha nazista. Mas, por todo seu simbolismo, este foi um evento estranhamente anticlimático. É aqui que a diferença entre a libertação e a ocupação seria enfatizada. A maioria dos alemães não queria a libertação. O que eles queriam era uma comida decente e o fim dos bombardeios aparentemente implacáveis dos Aliados.

CAPÍTULO CINCO

TOCANDO O REICH

QUANDO O MONTY AVANÇOU NA FRONTEIRA norte holandesa, as tropas americanas se lançaram para libertar ao sul francófono da Bélgica. Em 9 de setembro de 1944, um grupo de agentes da resistência entrou em contato com as tropas americanas e lhes forneceu todas as informações necessárias para se deslocarem para Bastogne. Na mesma data, a 9ª Divisão de Infantaria dos EUA cruzou o rio Meuse em Dinant, na Bélgica. O que aconteceu então foi um breve período de aparente inércia enquanto os comandantes da SHAEF argumentavam sobre o caminho a seguir.

Existia uma competição feroz entre a infantaria Aliada e as divisões blindadas. Durante o planejamento de ofensivas, havia muitas vezes trocas acaloradas entre comandantes blindados e de infantaria quanto a quem deveria estar no ponto durante um ataque. "Hey, por que é sempre o nosso rabo na linha de frente?" perguntou um "*tankie*" irado da 4ª Divisão Blindada. "Vocês, filhos da puta, podem correr sob as árvores ou ficar atrás das pedras quando os *heinies* estão nos deixando, enquanto nós estamos presos nesses malditos caixões de metal".

O maior medo entre os tanques Aliados era um fato que ficou conhecido como "Tigerfobia". Isto veio à tona durante a campanha da Normandia. O fato, se é que era um fato, foi exacerbado por condutores ases da Panzer como o comandante de tanque alemão Michael Wittmann, que eliminou todo um grupo de batalha blindado britânico com seu solitário Tigre I perto de Villers-Bocage em apenas sete dias após o Dia D. Foi alegado na época que a Tigerfobia era prolífica entre as tripulações de tanques Aliados em Shermans e Churchills, e que eles iriam longe demais para evitar o combate com os Panzers alemães. Para alguns observadores, os tanques Tiger podiam parecer invencíveis, mas este não era o caso. Uma tripulação de um M8 Greyhound desativou um Tiger I com apenas três balas do seu magro canhão de 37 mm, disparadas diretamente para o compartimento traseiro do motor. No geral, esta foi a tática adotada pelas tripulações de tanques Aliados, que usaram velocidade e manobrabilidade superiores para flanquear um Tigre atacante e chegar por trás dele. A arma de calibre 17 alojada em um Firefly Sherman era até capaz de perfurar a blindagem frontal de um Tiger I. Desde o Dia D até a queda do Reich, em 1945, as tripulações de tanques dos EUA supostamente só tiveram três encontros registrados com tanques Tiger.

A BATALHA DE BASTOGNE

A guerra estava longe do fim no outono de 1944 e ainda havia muito trabalho de libertação a fazer. Na cidade de Bastogne, a resistência belga enviou patrulhas de avanço durante a noite de 9-10 de setembro para perturbar os poucos alemães restantes. Na manhã de 10 de setembro, o General Norman 'Dutch' Cota, comandante da 28ª Divisão dos EUA, ordenou à 110ª Infantaria que atacasse a cidade. Às 11 horas, a guarda avançada do 2º Batalhão chegou ao perímetro da pequena aldeia de Marvie, cerca de 3 km a leste de Bastogne ao longo da principal rodovia Bastogne-Wiltz. Após um breve conflito, os alemães fizeram uma retirada apressada. Enquanto o 3º Batalhão entrava em ação a oeste de Bastogne, os combatentes da resistência, muitos dos quais eram veteranos belgas do 2º *Chasseurs Ardennais*, vestiam seus uniformes dos anos 40. Ao meio-dia, eles marchavam pela cidade, seguidos pelos veículos da 28ª Divisão. Bastogne tinha sido libertada. Dois dias depois, em 12 de setembro, o 3º Exército de Patton reuniu-se com elementos do 7º Exército dos EUA. A maior parte da França havia sido libertada, mas ainda havia grupos de resistência organizados e alguns se revelariam mais difíceis de desalojar do que outros.

Para os homens que combatiam, as maquinações de generais e comandantes eram apenas aspectos da vida na linha de frente no outono de 1944. Havia outras considerações também. Alimentos quentes, roupas secas e boa companhia geralmente compensavam todas as outras preocupações. Era uma manhã úmida e chuvosa no início de setembro de 1944, quando o tenente americano Ernest Gessener, do 110º Regimento de Infantaria, 28ª Divisão, espreitou tenuemente para fora da vala à beira da estrada e mirou no alvo pretendido. O *Panzerkampfwagen IV* não poderia estar a mais de 10 m de distância, e enquanto ele se movia lentamente para a frente, preocupado com o fogo da metralhadora dirigida a ele, Ernest deduziu que esta era a oportunidade perfeita para colocar um projétil em seu flanco direito. Enquanto seu amigo Donald Riesman carregava a bazuca M1, Ernest nivelou cuidadosamente a arma, a apontou para o tanque e gentilmente apertou o mecanismo de liberação. Acertou um golpe perfeito. O projétil explodiu na parte do tanque onde a torre era unida ao casco, liberando um fluxo de cobre fundido na cabine do veículo que teria incinerado a maior parte da tripulação. O único problema com esta bazuca era o relâmpago que saia do focinho quando disparada, que imediatamente mostrava sua posição, escondido ou não.

Quando a fumaça dissipou, Ernest levantou timidamente sua cabeça acima da lateral da vala para examinar os danos. "Acho que o pegamos bem", disse ele, e Donald permaneceu agachado na vala e respondeu: "Sim, você o pegou agora, seu idiota, os *Krauts* serão capazes de ver onde estamos". De repente, enquanto Ernest estava admirando o resultado de seu esforço, ele sentiu um forte golpe no esterno, que o derrubou completamente, mas estranhamente ele não podia sentir nenhuma dor. Como o GI estava ali deitado, ele podia sentir sangue quente escorrendo pelo interior de sua túnica e olhou para baixo para observar a mancha escura que se expandia abaixo, onde a bala havia impactado. Então, ele caiu como um pinheiro, seus olhos começaram a rolar para dentro de sua cabeça e ele gemeu. Donald se aproximou de seu amigo e colocou sua cabeça no braço enquanto olhava para seu relógio de pulso. Eram 11h45min, 10 de setembro de 1944, e Ernest Gessener havia morrido em seus braços. Ele foi oficialmente o primeiro americano a ser morto em Bastogne. E não seria o último.

O soldado de primeira classe Benjamin Elisberg, 3º Batalhão, 110º Regimento de Infantaria, 28ª Divisão de Infantaria, também estava lá. "Havia um alemão na trincheira e saltei para dentro da coisa, e ali estávamos encarando um ao outro", ele lembrou. "Cada um de nós tinha um rifle nas mãos e o que eu fiz, persegui o cara para fora, para fora da trincheira e ele pulou para fora. Não atiramos um no outro, foi uma loucura e ele saltou da trincheira e começou a correr. Não me lembro o que aconteceu com ele, mas isso foi um contato muito próximo com um alemão. E houve alguns incidentes malucos. Lembro-me de um casal de alemães. Lembro-me que tivemos um casal de prisioneiros alemães e este tinha um pão preto, uma faca grande e estava cortando este pão, alimentando-se e eu não pensei nada sobre isso. Parecia tão normal e tudo mais. Eu não disse nada. Eu não fiz nada. Mas, depois, eu disse oh, meu Deus, este cara está voltando, ele está carregando uma faca e eu não pensei em nada disso. Alguém me disse: 'Oh, não se preocupe com isso, eles vão pegar a faca dele.' Você sabe que não há nada, nada é divertido, você não se lembra de nada engraçado em combate. Talvez, anos mais tarde, você olhe para trás e ria disso, mas não na época.

"Na Alemanha. E eu me lembro daquela cidade sendo nivelada. Nada empilhado. Um incidente, agora que eu realmente penso nisso é que eles tinham uma seção que chamavam de Dentes de Dragão, era de concreto armado. E, para que os tanques americanos conseguissem passar, eles tinham que bombardeá-los, bombardear os Dentes do Dragão. E onde havia Dentes do Dragão, havia substitutos alemães, bunkers subterrâneos, ou o que quer se chamasse. E o que eles tinham era como, se bem me lembro, portas de metal com fendas dentro. E lembro-me uma vez de um tanque americano, posicionando-se por um desses substitutos e disparando um lança-chamas através das fendas. E lembro-me de um cara gritando e chorando, saindo, e todo seu rosto, a pele queimada, podia-se ver o esqueleto, os ossos. E eu me lembro de nós, nós o matamos ali mesmo, porque a condição em que o cara estava, a dor em que ele estava, não havia absolutamente nada, não havia nada que pudéssemos fazer por ele." (15)

Poucos dias antes, em 7 de setembro, as 4ª e 28ª Divisões de Infantaria dos EUA haviam atravessado a fronteira belgo-francesa, relativamente sem oposição, e avançado para a cidade de Bouillon. Na noite seguinte, eles tinham libertado Jemelle, Saint Hubert e Jamoigne. No dia 9 de setembro, a 5ª Divisão Blindada dos Estados Unidos executou um movimento de pinça na cidade de Arlon, onde, alguns dias antes, a Gestapo havia executado 20 supostos combatentes da resistência.

No Ocidente, três grupos do exército Aliado, que se estendiam do Mar do Norte até a Suíça, pensaram que estavam prontos para dar o golpe de misericórdia contra a pátria nazista, mas o consenso sobre como exatamente iriam conseguir isso era outra questão inteiramente diferente.

A LINHA SIEGFRIED

Após a libertação de Bastogne, o progresso do exército americano continuou a se acelerar. A cidade de Arlon, na fronteira Bélgica-Luxemburgo, foi libertada na manhã de 10 de setembro, e à noite, Vielsalm, Clervaux, Esch-Sur-Sure, Ettelbruck e Luxemburgo haviam sido tomados. Aqui os soldados foram recebidos com as cenas clássicas de civis jubilosos agitando bandeiras americanas caseiras enquanto enchiam os homens com vinho e cerveja. Em 11 de setembro, as colunas do exército americano haviam chegado à fronteira Luxemburgo-Alemanha em vários locais. Algumas tropas puseram tenuemente os pés em solo alemão pela primeira vez e algumas até avançaram para a famigerada Linha Siegfried. Então, sem nenhuma razão aparente até onde os civis pudessem ver, o avanço Aliado pareceu parar de forma trêmula.

A 28ª Divisão de Infantaria da Guarda Nacional da Pensilvânia era uma das divisões ligadas ao Corpo V dos EUA. No final de agosto e no início de setembro, ela estava lutando para acompanhar o ritmo da perseguição. A 28ª tinha avançado usando uma combinação de veículos e marchas a pé. Durante os primeiros dez dias de setembro, a divisão se mudou de Paris, passando por Luxemburgo e parte da Bélgica, para um local próximo à fronteira com a Alemanha. A resistência, geralmente, era leve, mas para os homens de infantaria que se deslocavam a pé, o ritmo era cansativo. Finalmente, em 11 de setembro, a divisão parou ao

A infantaria americana faz seu caminho através dos Dentes do Dragão da Linha Siegfried no outono de 1944.

longo da fronteira alemã, perto da ponta norte de Luxemburgo. Antes do dia 28, o rio Our estava cheio devido as chuvas de outono e, atrás dele, a Linha Siegfried. Conhecida pelos alemães como a "Muralha Oeste", de fato, era uma estrutura incompleta, e na época da retirada alemã, no Oeste, já havia caído em terrível desgraça.

O soldado de primeira classe, Claude W. Hoke, Companhia C, 109º Regimento de Infantaria, 28ª Divisão de Infantaria, disse: "Eu estava prestes a ser capturado. Havia um amigo meu de Aiken, da Carolina do Sul, que foi capturado. Havia um alemão. Nós estávamos na Bélgica. E havia um rapaz alemão ou francês...Fomos até lá. E eles nos encurralaram lá dentro, de onde não podíamos sair. Fui o único que escapou naquela noite. Eu voltei o caminho que seguimos. O restante deles estava envolvido de outro modo. Havia um caminho na linha férrea. E eu fiquei lá, atirando para frente e para trás, como se fôssemos vários. E eles estavam chegando bem perto de mim, e eu tinha que me mover. E um deles começou a subir da linha férrea, eu joguei uma granada, e tinha cuidado dele. Decidi que estava na hora de me mover. E é difícil dizer quantas milhares de balas passaram por cima de mim. Eu tinha me jogado no chão e rastejado, percebi que era uma plantação de batatas. Aposto que eram mais ou menos daquela altura, batatas irlandesas. Eu estava nos corredores da plantação. E eu rastejava o máximo que podia, e depois me levantava e corria o mais baixo que podia. Quando eu me levantava e corria o mais baixo que podia, aquelas balas de metralhadora estavam passando por cima de mim. Eu podia simplesmente senti-las atravessando-me."

"Cheguei a uma cerca, uma cerca de arame farpado. Eu disse: 'Bem, eu vou rastejar debaixo daquela coisa'. E coloquei a minha mão naquela coisa, e estava quente. E eu não sabia o que ia fazer. Eu nunca poderia pular. Mas, eu disse que a única coisa que eu tinha que fazer era voltar e pular por cima daquela cerca. Era a única coisa que eu podia ver. E eu voltei e pulei por cima daquela cerca. E depois de descer, eu estava ladeira abaixo. Então, entrei nesta cidade, nesta cidade belga. E desmaiei quando cheguei na cidade. Eles estavam tentando me reanimar. Quando voltei à consciência, tentei fazer com que o capitão me deixasse pegar um grupo, e voltar e tentar buscar aqueles garotos" (16)

Em 13 de setembro de 1944, a 28ª Divisão de Infantaria tornou-se a primeira divisão americana a atravessar a fronteira alemã com vigor e iniciar ataques à Linha Siegfried da Alemanha, mas eles já estavam ficando para trás no cronograma. Dois batalhões de espingardas do 109º e 110º regimento atravessaram o rio Our no leste da aldeia luxemburguesa de Binsfeld, sob a cobertura da escuridão. As patrulhas não encontraram praticamente nenhuma resistência. Devido a problemas logísticos emergentes recentes, a 28ª, juntamente com outras divisões dos EUA, estava com os estoques de munições e combustível criticamente baixos. Por causa disso, quase não houve apoio da artilharia para a incursão na Alemanha. As munições especializadas necessárias para a limpeza dos bunkers, tais como detonadores, explosivos e torpedos Bangalore, simplesmente não estavam disponíveis. Até mesmo as munições de armas pequenas estavam desesperadamente escassas no estoque. Com base nessas carências, o General Cota restringiu o ataque e, no final do primeiro dia, a divisão tinha pouco a mostrar por seus esforços, exceto algumas baixas.

Os ataques ficaram muito aquém de seus objetivos iniciais. Ambos os batalhões de fuzilamento cavaram naquela noite ao avistar a primeira linha de casamatas alemãs. No dia seguinte, Cota decidiu sancionar um novo ataque com vigor. Os atacantes de infantaria receberam permissão para chamar o apoio da artilharia de divisão, mas os projéteis disparados tiveram pouco efeito sobre os enormes bunkers de concreto armado. As unidades obtiveram alguns pequenos sucessos, mas os contra-ataques alemães ferozes eliminaram rapidamente quaisquer ganhos. Durante a noite de 15 de setembro, uma pequena força alemã da 2ª Divisão SS Panzer *Das Reich*, com armas automáticas e lança-chamas, e apoiada por tanques, aniquilou quase completamente a Companhia F do 110º Regimento.

A 28ª agora havia entendido o significado de fazer uma incursão no território nazista. Tornou-se o objeto involuntário de tiros fulminantes de metralhadoras enfileiradas que emanavam de casamatas bem-posicionadas. Estas ações prenderam unidades inteiras, enquanto o fogo de morteiro e artilharia alemã devastava as fileiras das forças de assalto. O avanço sob tal fogo provou ser extremamente prejudicial à 28ª. Os sargentos que tentavam fazer avançar os homens rapidamente se tornavam vítimas. Estes encontros iniciais com posições fortificadas exigiram maior habilidade, e números maiores do que a 28ª tinha acesso. Descobriu-se que tais operações eram consideravelmente mais complexas do que o esperado. Outras unidades designadas ao Corpo V estavam descobrindo a mesma coisa. Em 17 de setembro, o comandante do Corpo V, general Leonard Gerow, avaliou cuidadosamente a situação e ordenou que cessassem todas as operações ofensivas. Em poucos dias, grande parte do Corpo havia se retirado do outro lado do rio Our.

No Norte, os GIs já estavam começando a fazer incursões em território alemão. A cidade de Aachen estava próxima e a libertação estava prestes a se transformar em ocupação, pois as forças norte-americanas estavam fechadas na Linha Siegfried.

A SS E O EXÉRCITO SECRETO

Para o flamengo-belga Paul Baeten, de 17 anos, a libertação não poderia vir tão cedo. Ele sobreviveu ao horror de nada menos que quatro campos de concentração alemães. Enquanto os Aliados planejavam o Dia D, ele se meteu em sérios problemas. Cheio de fervor adolescente, ele havia se juntado ao "Fidelio", um ativo grupo de resistência belga. Ele lembrou que seus professores na escola que frequentava apareciam usando os uniformes pretos de fascistas flamengos. Eles ficavam na frente da classe e encorajavam os alunos a se juntarem à luta da SS flamenga na Frente Leste. Foi isso que motivou Paul a se juntar à resistência. A Brigada Fidelio, na cidade de Lier, era tão notória para as autoridades como a Frente de Independência e a Legião Belga que mais tarde ficou conhecida como o famoso Exército Secreto.

Os homens da SS flamenga eram alegadamente piores do que seus homólogos alemães e começaram a reunir jovens flamengos para fins de trabalhos forçados nas fábricas alemãs. Eles saquearam casas e usaram métodos extremos para prender aqueles de quem suspeitavam não apoiar a causa nazista. No entanto, aos 17 anos de idade, Paul já era um experiente combatente da resistência. Seus pais não se preocupavam muito com suas atividades noturnas, pois ele participava da distribuição e impressão de publicações ilegais. Ele aprendeu rapidamente como se manter fora do radar da SS, e evitar invasões e bloqueios de estradas. Mas, sua sorte acabou mudando quando ele foi traído e preso. Paul foi interrogado e, depois, enviado para o campo de trabalho em Esterwegen, depois para Gross-Strelitz, Gross-Rosen, Buchenwald e finalmente Dora-Mittelbau, onde eram fabricados os temíveis foguetes V-1 e V-2, usados em campanhas de bombardeio contra o Reino Unido. Em Dora-Mittelbau, os prisioneiros foram mantidos, em sua maioria, no subsolo, privados da luz do dia e do ar fresco, e fechados em túneis instáveis. A taxa de mortalidade era mais alta do que na maioria dos outros campos de concentração. Prisioneiros muito fracos ou doentes para trabalhar eram enviados a Auschwitz ou Mauthausen, para serem exterminados. Em 1944, um complexo para abrigar os trabalhadores forçados foi construído acima do nível do solo, ao sul da área principal da fábrica. Uma vez que a produção completa de mísseis V-1 e V-2 começou no outono de 1944, Dora-Mittelbau tinha uma população prisional permanente de pelo menos 12.000 prisioneiros. Paul não pensou que sobreviveria a este.

Depois de ser libertado e até sua morte, em 2017, Paul recusou-se a estar presente em cerimônias oficiais onde o simbólico Leão Flamengo foi exibido. Sua razão era que a SS flamenga tinha permissão para usar a insígnia desenfreada do Leão Flamengo em seus uniformes. Além disso, eles eram o único contingente não nativo alemão da SS autorizado a usar insígnias alemãs porque os historiadores nazistas afirmavam que eram irmãos teutônicos. Esta era, obviamente, uma história 'falsa', um assunto em que o regime nazista tinha excelência.

Naquele momento, a abertura das docas da Antuérpia era de grande importância para o 21º Grupo do Exército, mas o estuário ainda não estava assegurado. Além disso, Monty havia defendido persistentemente a introdução de uma estratégia alternativa que lhe permitisse concentrar-se em outros objetivos. Eisenhower aprovou a ousada ideia de Monty de lançar um ataque aéreo Aliado em território inimigo, uma operação que tinha que ser planejada e preparada em apenas sete dias.

CAPÍTULO SEIS

AS PONTES

ESTE CAPÍTULO NÃO VAI PARA A SEMÂNTICA da Operação Market Garden. Já foi feito em outro lugar, e bem-feito. Geralmente, é entendido que Eisenhower teria preferido um avanço Aliado ao longo de uma ampla frente, tirando vantagem de todas as linhas de ataque. Os britânicos, e Monty, em particular, tinham ridicularizado este método de guerra como uma abordagem sem foco e sem imaginação, que tinha o potencial de aumentar desnecessariamente as baixas Aliadas e prolongar a guerra. Entretanto, Eisenhower era um homem profundamente inteligente e, referindo-se a sua estratégia, uma abordagem de "frente ampla" era um termo sério e equivocado inventado por seus críticos e pretendido puramente como um termo condescendente de ridicularização. Ele acabaria por provar que estava certo, mas estes foram os primeiros dias.

Ficou estabelecido que a relação de Eisenhower com Monty era tensa e problemática na melhor das vezes. Eles estavam frequentemente em desacordo, mas isso não era incomum para Monty, cujos próprios subordinados desejavam substituí-lo em várias ocasiões. Eisenhower havia dado sua permissão expressa para anexar o recém-formado Exército Aéreo Aliado ao 21º Grupo do Exército de Monty, já no dia 4 de setembro. Isto, de fato, abriu caminho para a Operação Market Garden.

O anúncio da decisão de Eisenhower de apoiar o plano Market Garden de Montgomery evocou toda uma série de zombarias emocionais e profissionais em todo o comando Aliado. Omar Bradley achou a decisão particularmente nauseante ao ponto de ligar imediatamente para Patton e dar sua garantia pessoal de que ele redirecionaria metade de quaisquer suprimentos disponíveis para seu grupo do exército para o Terceiro Exército. Patton estava, em grande parte, alheio aos planos de Monty. Ele estava muito preocupado com suas tentativas infrutíferas de reduzir os fortes em torno de Metz e capturá-los dos alemães.

Enquanto isso, Monty teve que enfrentar o descontentamento de seu próprio pessoal. O Brigadeiro Belcham, Chefe de Operações, não gostou nada do plano, particularmente, a estreiteza do impulso ao longo do terreno baixo. O Brigadeiro Richardson, Chefe de Planos, não tinha conhecimento da reduzida proposta até vários dias após o anúncio.

Já em 4 de setembro, Eisenhower emitiu uma diretiva que, na verdade, definiu o que ele esperava do Grupo de Exércitos do Norte de Monty. Ele enfatizou a importância de garantir a Antuérpia que, de fato, foi tomada naquele mesmo dia. Isto, por sua vez, motivou um telegrama fortemente redigido por Monty ao Comandante Supremo: "Considero que agora alcançamos um estágio em que um impulso realmente poderoso e vigoroso em direção a Berlim, provavelmente, alcance-a e, assim, encerre a guerra alemã."

Monty era, como sempre, inequívoco em suas exigências e completamente convencido de que seu plano de atacar o Norte através do Ruhr obteria os resultados mais favoráveis, embora fosse altamente improvável que uma ponte sobre o Reno, no nordeste da Holanda, pudesse provocar uma conclusão bem-sucedida da guerra antes do Natal de 1944, como Monty havia previsto. Eisenhower respondeu no dia seguinte, concordando com o conceito de um poderoso impulso em direção a Berlim, mas não com a exclusão de todas as outras manobras. Ele também insistiu que não haveria realocação de recursos existentes. Na sua opinião, o sucesso obtido até agora deveria ser explorado cruzando o Reno em uma ampla frente e aproveitando tanto o Saar quanto o Ruhr.

Em um esforço para apaziguar a situação, Ike deu a Montgomery prioridade temporária de abastecimento de combustível e munições, e realinhou o Primeiro Exército dos EUA sob o comando do General Hodges no flanco sul britânico até que os Aliados assegurassem a Antuérpia, apesar de suas reservas pessoais. Ele acreditava firmemente que a abertura do estuário de Scheldt e do porto Le Havre era consideravelmente mais importante para o esforço de guerra dos Aliados. Monty, que quando animado, muitas vezes, soava como um Elmer Fudd britânico, conseguia seu caminho e os *"pawatwoopers"* foram enviados para lá. Não houve aspersões em relação à perspicácia tática de Monty, apenas os meios pelos quais ele alcançou seu objetivo em detrimento de outras preocupações prementes. Ele estava tão aficionado em seu plano que negligenciou completamente a limpeza do estuário de Scheldt, ou a tentativa de cortar o 15º Exército de Gustav-Adolf von Zangen quando ele recuou, sem ser molestado, através da Ilha Beveland, no sul da Holanda, em direção à Alemanha. Consequentemente, Zangen escapou com a maior parte de seu exército intacto e tomou a precaução de deixar para trás tropas e artilharias suficientes para manter o estuário de Scheldt bloqueado indefinidamente.

O novo plano errôneo de Monty implicaria em um impulso poderoso e vigoroso no Norte. Eisenhower pode ter coberto um pouco seus rastros quando, mais tarde, escreveu: "Ainda havia uma reserva considerável no meio do país inimigo e eu sabia que qualquer impulso no coração da Alemanha, como [Montgomery] havia proposto, não encontraria nada além de certa destruição". Os desacordos fundamentais entre Monty e Eisenhower chegaram a um ponto crítico quando os dois se encontraram na aeronave de Eisenhower no aeroporto de Melsbroek (alguns documentos indicam que era Evere), perto de Bruxelas, em 10 de setembro. O General Bedell Smith, Chefe de Gabinete de Eisenhower, detestava Montgomery e disse que "ele merecia a maior censura por sua intransigência e pelos bastidores coniventes para aumentar seu próprio prestígio e obter uma grande medida de comando".

Monty estava simplesmente fazendo jus à sua reputação em afirmar seu próprio ponto de vista. Enquanto seu superior, o Marechal de Campo Alan Brooke, 1º Visconde de Alanbrooke, era um grande apoiador de Monty, Winston Churchill estava menos convencido; ele desprezava Montgomery, mas respeitava suas habilidades. No verão de 1940, Churchill havia se encontrado com Monty para jantar em um hotel em Brighton. Churchill ficou horrorizado quando Montgomery recusou o álcool: "Nunca toco nessas coisas. Não bebo, não fumo, e eu estou 100% em forma!" Churchill olhou incrédulo para o general e disse: "Bem, bebo o máximo de conhaque que posso e fumo charutos, e estou 200% em forma!" Durante uma reunião posterior com o rei George, Churchill disse: "Acho que Monty está atrás do meu emprego". Os olhos do rei amoleceram e um sorriso irônico apareceu quando ele respondeu: "Graças a Deus por isso, Winston, pensei que ele estava atrás dos meu".

Monty prevaleceu sobre Ike para permitir que ele usasse a força aérea para tomar as pontes sobre o Maas (Meuse), o Waal e o baixo Reno. Ao consentir com o plano de Monty, porém, Eisenhower não estava sendo contraditório. Enquanto Monty visualizava a operação como um soco vital, Ike apenas a via como uma extensão de seu plano inicial de usar uma abordagem com duas vertentes. A 1ª Divisão Aérea Britânica recebeu o objetivo mais distante de tomar a ponte em Arnhem. Depois da guerra, revelou-se que a 101ª Divisão Aérea dos EUA havia sido inicialmente designada para esta tarefa, mas a 1ª Divisão Aérea Britânica solicitou uma mudança por causa de sua familiaridade com o terreno. Ela havia planejado, mas nunca havia executado uma operação anterior naquela área.

CADA UM POR SI

Felizmente, esquecendo os movimentos dos Aliados, na pequena vila de Terhagen, um dos polos da lucrativa indústria de tijolos flamenga, a 24 km ao sul da Antuérpia, Louis de Pauw, um maratonista de sucesso, realizava seus treinos habituais. Terhagen se localiza na confluência de três importantes rios que proporcionavam tanto o rico solo argiloso que ajudava a fabricar os tijolos, quanto o transporte por barcaça para levá-los ao mercado. Nenhum dos habitantes tinha sido requisitado para trabalhos forçados na Alemanha e, apesar da ocupação alemã, a vida, geralmente, não tinha sido tão ruim assim. O padre da aldeia tinha boas relações com os nazistas e, embora fosse uma ameaça para muitos dos membros masculinos mais jovens da paróquia, ninguém parecia se importar demais.

Louis de Pauw levou uma bala no peito de uma sentinela canadense que estava ocupando um posto de controle de fronteira. Isso quase o matou e ele passou meses se recuperando.

Em 1944, as administrações nazistas na Bélgica ainda se identificavam totalmente com o neopaganismo e o racismo social darwinista dos nazistas alemães. Apesar da Bélgica ser um país devotamente católico romano, as forças de ocupação alemãs continuavam bem cientes de que a Igreja Católica era um poderoso ator no campo sociopolítico. No Flandres, como na Wallonia, milhares se juntaram à SS, sob a bandeira do sentimento nacionalista localizado, e os alemães tinham conseguido levantar duas divisões inteiras dos flamengos e francófonos da Bélgica. Os extensos e antiquados poderes organizacionais em relação às congregações e à educação católica foram as principais fontes deste poder na Bélgica, por isso, as autoridades alemãs estavam cautelosas com eles. Inicialmente, o Vaticano influenciou a política nazista na Bélgica, mas, desde que os italianos assinaram um armistício, em 8 de setembro de 1943, os católicos não eram mais considerados como uma autoridade protegida. Mas, eles ainda eram uma força a ser considerada.

Estes fatores impediram a administração militar de impor uma política cultural alemã a um nível educacional e social uniforme. Em meados de setembro de 1944, os alemães tinham deixado a Bélgica e, até que o governo belga pudesse reafirmar o poder, era cada um por si. A comida tornou-se excepcionalmente escassa, particularmente no norte do país, levando ao desenvolvimento de um mercado negro desenfreado e perigoso.

O padre da aldeia tinha ouvido de alguns membros de sua congregação que Louis de Pauw era o homem certo para conseguir os suprimentos necessários. Então, ele se aproximou de Louis e reclamou amargamente da falta de vinho da comunhão para seus trabalhos. "Está difícil conseguir sua ajuda nesses dias", gemeu ele. Louis, que não era devotamente religioso e que estava bem ciente dos pecadilhos sexuais do padre, respondeu: "Você não parece ter nenhum problema em pedir ajuda, Padre. Vou lhe dar um pouco de vinho, mas você tem que prometer solenemente nunca colocar um dedo em meus filhos ou eu o sufoco com essa coleira de cachorro". O padre aceitou, e Louis lhe disse que levaria alguns dias para organizar o que ele precisava. Naquela noite, Louis e seu filho Petrus, de 15 anos, pegaram suas bicicletas e pedalaram até a fronteira alemã em Limburg, que ficava a cerca de 130 km de distância. Depois de pedalar pela noite, chegaram pouco antes do meio-dia do dia seguinte. Louis encontrou seu nefasto contato na fronteira e ele e seu filho encheram seus alforges de bicicleta com 12 garrafas de vinho tinto malgastado. Sem tempo para descanso ou recuperação, Louis e Petrus se despediram e partiram de volta para Terhagen.

Eles haviam percorrido apenas cerca de 50 km quando se depararam com um bloqueio de estrada dos Aliados. O soldado gritou algo em inglês, mas Louis e Petrus não entenderam. Louis parou brevemente, secou a testa, encolheu os ombros e partiu novamente. Segundos mais tarde, ele sentiu uma dor abrasadora em seu plexo solar, como se um boxeador de peso pesado o tivesse esmurrado. Ele olhou para baixo para ver uma mancha vermelha escura se espalhando por seu peito. Petrus olhou para baixo, com a boca branca. "Pai, você está bem?" ele perguntou. "Não tenho certeza", respondeu Louis, antes de cair prontamente como um peso morto sobre a estrada. Sua respiração acelerou e momentos depois ele estava inconsciente.

Quando foi levado a um cirurgião de um hospital militar britânico, descobriu que uma bala de fuzil Lee Enfield havia perfurado seu peito a apenas milímetros de seu coração. Ela havia desviado de seu plexo solar e estava presa entre suas costelas superiores. Os dias seguintes foram difíceis, enquanto Louis mantinha um controle tênue da vida. Em duas ocasiões, um padre foi convocado para dar-lhe a extrema unção. Sua recuperação levaria dois anos inteiros, e muitos anos depois, sempre que lhe perguntavam sobre a libertação, ele abria lenta e propositadamente os botões de sua camisa e apontava para a cicatriz circular e recortada. "Isto era libertação para mim", ele dizia amargamente. "Eu não tinha nenhum problema com os *Kraut*s. Foi um soldado Aliado que fez isso". (17)

A BATALHA PELAS PONTES

No mesmo dia em que Monty se encontrou com Eisenhower, ele apresentou suas instruções gerais ao tenente general Miles Dempsey, comandante do Segundo Exército Britânico, e ao tenente general Brian Horrocks, comandante da 30ª Corporação de Exército, para que o planejamento detalhado pudesse começar. Em 12 de setembro, foram emitidas ordens formais pelo quartel-general do Vigésimo Primeiro Grupo do Exército. O Segundo Exército Britânico, apoiado pelo Exército Aéreo Aliado, deveria avançar 160 km do canal Meuse-Escaut, perto de Neerpelt, na Bélgica, diretamente ao Norte até o IJsselmeer, perto de Zwolle, de onde viria para o Leste, na Alemanha.

Horrocks e a Corporação liderariam a seção "Garden" da operação. Uma vez ao norte de Arnhem, a 30ª Corporação forçaria a travessia do IJssel em Zwolle e em Deventer, a ponte apresentada no filme *Uma Ponte Longe Demais (A Bridge Too Far)*, de 1977.

A tarefa atribuída à Corporação de Aviação como a parte "Market" da operação, era tomar e manter o canal primário e as travessias fluviais ao longo da rota da 30ª Corporação do norte de Eindhoven até Arnhem. O "Garden" seria fornecido pela ponta de lança blindada da Corporação, atacando um eixo estreito apreendido antecipadamente pelas formações aéreas. A 52ª Divisão (Lowland) seria deslocada para um aeródromo próximo a Arnhem para reforçar a posição e facilitar a travessia do IJssel, em Zutphen. Foi estimado que a formação líder da 30ª Corporação, a Divisão de Guardas Blindados, chegaria a Arnhem dentro de dois ou três dias, no máximo. Uma vez estabelecida esta força no nordeste da Holanda, o Segundo Exército Britânico, liderado pela 30ª Corporação, então seguiria para a Alemanha, para cercar o Ruhr em conjunto com o Primeiro Exército dos EUA. O Primeiro Exército canadense continuaria a desobstruir as aproximações da Antuérpia, a fim de obter acesso a um porto avançado para abastecimento e libertar o resto do norte da Holanda, incluindo Amsterdã.

Era um plano arriscado e audacioso, pouco usual para as estratégias normalmente conservadoras de Monty. Desde a Batalha da Normandia até o final, na Alemanha, o desempenho do exército britânico foi profundamente influenciado por sua incapacidade de resistir a pesadas baixas. Seus superiores em Londres alertavam repetidamente a Montgomery sobre a escassez de mão de obra. Em poucos dias após os desembarques na França, para desgosto de Montgomery, os batalhões britânicos estavam sendo requisitados para fornecer substitutos.

Monty gostava de saber que as chances estavam empilhadas a seu favor antes de lançar qualquer ofensiva, como foi o caso em El Alamein. O Market Garden era a antítese disso. Demasiados aspectos dependiam de inúmeras suposições pré-concebidas e não tinha sido dada atenção suficiente a potenciais problemas logísticos. A paisagem dos Países Baixos é traçada por rios e canais, que tinham o potencial de tornar vulneráveis quaisquer colunas Aliadas em avanço e não havia um plano B. Além disso, uma atenção negligenciável tinha sido dada à inteligência recente fornecida pela ULTRA, que tinha claramente revelado um

A 1ª Força Aérea Britânica aterrissa nos campos de Arnhem em 17 de setembro de 1944.

reforço perturbador de tropas e blindagem na área de Arnhem, na área do Canal Albert e ao longo da fronteira com Luxemburgo.

Como comandante do Segundo Exército Britânico, Dempsey fez uma visita a Monty para transmitir sua profunda preocupação tanto sobre as informações da ULTRA, quanto sobre os relatórios da resistência holandesa de um número desconhecido de tanques perto de Nijmegen e Arnhem. Além disso, Dempsey estava longe de estar convencido de que seu exército tinha a capacidade de avançar tão rapidamente quanto o plano exigia, e de se juntar com as tropas aéreas de acordo com os requisitos estratégicos.

Os tanques aliados cruzam a ponte em Nijmegen, em 21 de setembro de 1944.

Os relatórios da inteligência holandesa foram descartados quase imediatamente. Isto se deveu, em parte, ao que ficou conhecido como "O Jogo Inglês" (*Das Englandspiel*), uma intrincada e bem planejada operação de contraespionagem lançada pela agência de inteligência alemã *(Abwehr)*, durante o Segunda Guerra Mundial. As forças alemãs haviam capturado agentes de resistência Aliados que operavam na Holanda, e usaram seus códigos secretos para induzir os Aliados a continuar a fornecer informações e suprimentos aos agentes. Isso resultou na prisão e execução de cerca de 50 agentes Aliados e, a partir daí, a inteligência britânica decidiu que não se podia confiar na inteligência holandesa.

Mesmo quando o próprio Chefe de Gabinete de Monty, Major General Freddie De Guingand, chamou de seu leito no hospital para expressar sua profunda preocupação com o aumento da resistência e dependência logística do inimigo, Montgomery não pôde ser dissuadido e persistiu em seu objetivo de conspirar seu curso para o Reno. A grande magnitude da operação foi impressionante. Ela incluiu mais de 5.000 aeronaves de transporte, 2.613 planadores e quase 5.700 aeronaves de bombardeiros, caças e outras aeronaves de apoio próximo.

Em 17 de setembro, um jovem holandês escreveu: "Eu vi um enorme número de aviões ingleses acima de nossa vila. À tarde, o rádio noticiou o pouso de paraquedistas em Breugel, Son, Cuyk, Arnhem, etc. Nas proximidades de Eindhoven, os alemães fogem na direção da fronteira. O tráfego em Wanssum está ficando mais movimentado. Todos os soldados que retornam requisitam alimentos, veículos, cavalos e bicicletas".

Em 18 de setembro, o holandês Roel Kerkhoff, de 16 anos de idade, escreveu: "Fomos de carro até Son com o papai. Segundo as fontes, os primeiros tanques do Segundo Exército britânico de Dempsey já haviam chegado lá, mas, acho que só encontramos soldados americanos que estavam consolidando sua posição. Vimos dois jovens soldados alemães mortos. Eles estavam no lado sul do canal, a oeste da ponte, em um pequeno pedaço de terra arável. Um pouco mais longe ficava um celeiro. Anos mais tarde, sempre que passava por Son, eu sempre olhava para aquele edifício".

Depois que a 82ª Divisão Aérea conseguiu completar a maior parte de suas tarefas, foi necessário atravessar o rio Waal, em Nijmegen, sob fogo em barcos de lona frágil. Os americanos acharam inexplicável e exasperante que depois de terem assegurado as pontes vitais que permitiram que a armadura britânica prosseguisse tangencialmente, a 30ª Corporação britânica descansou por 24 horas antes de seguir para Arnhem. Não que isso tivesse feito muita diferença; a batalha por Arnhem havia sido irrevogavelmente perdida nos primeiros dias.

OS MITOS DA MARKET GARDEN

O filme *Uma Ponte Longe Demais (A Bridge Too Far)*, baseado no excelente livro do mesmo nome de Cornelius Ryan, retratou com precisão a maioria dos eventos. Alguns até afirmam que foi o filme de guerra mais exato historicamente já feito, mas que também perpetuou alguns mitos. Ryan não ficou pessoalmente impressionado com o resultado, mas também foi o caso das filmagens de seu outro livro, *The Longest Day*. O relatório oficial da Operação Market Garden faz referência à inadequação do equipamento de rádio fornecido para a Divisão Aérea Britânica. Ele afirma que, "o Conjunto Nº 22 não tem alcance adequado, nem seu receptor é suficientemente seletivo"; "o Conjunto Nº 68 é bastante inadequado"; "o Conjunto Nº 22 provou ser bastante inadequado para seu papel". Enquanto algumas destas críticas são defensáveis, os modelos de rádio e os relatos em primeira mão provam que o equipamento, quando operado corretamente e habilmente, era adequado para a tarefa, mas nada além disso. O General Urquhart, que comandou a 1ª Divisão Aérea em Arnhem e que, mais tarde, escreveu um livro sobre a operação, também foi responsável pela divulgação da história de equipamentos de rádio defeituosos.

É possível, entretanto, corroborar com a maioria dos detalhes de Ryan, como a famosa travessia do rio Waal pela 82ª Divisão Aérea. O soldado mais condecorado da 82ª até o momento é James 'Maggie' Megellas. Em seu livro *All The Way To Berlin*, ele recontou a travessia: "Em 1500, quando o Major Cook soprou o apito para ir embora, meus homens e eu avançamos sobre a barragem em direção à beira do rio agarrando o barco. Aqueles de nós que não tinham remos usaram a parte de trás de nossas armas para ajudar a manter o barco em movimento em direção reta. Tive um momento miserável tentando remar com minha submetralhadora Thompson de estoque reduzido enquanto me mantinha baixo no barco. O soldado Simon Renner, sentado no meio do barco, estava segurando as armas para que outros pudessem remar. Eu também estava preocupado com minha arma. Ela tinha que estar pronta para trabalhar se conseguíssemos atravessar o rio".

"O medo deu lugar à histeria. O medo de fazer isso nunca entrou em minha mente. Eu era um dos cerca de 250 homens fanáticos movidos pela raiva para fazer o que nos foi pedido: capturar as duas pontes em Nijmegen, intactas se possível. No início, eu estava ciente do Capelão Kuehl, do Major Cook e do Capitão Shapiro no barco ao meu lado, tentando corajosamente manter um rumo firme. Eu podia claramente ouvir o Major Cook, um católico devoto, em voz alta e trêmula tentando recitar o rosário, mas 'Ave Maria, cheia de graça', repetia continuamente, era tudo o que ele podia dizer. Então a 'Ave Maria, cheia de graça' tornou-se apenas 'Ave Maria', que ele repetia constantemente como uma espécie de cadência para os remadores, assim como um timoneiro batia ritmicamente na lateral de uma concha para sincronizar os esforços dos remadores. O capelão Kuehl continuava repetindo: 'Senhor, seja feita a Tua vontade'. Sem dúvida, os alemães atirando em nós estavam orando para o mesmo Deus: 'Seja feita a Tua vontade' e 'dai-nos força e coragem para derrotar nossos inimigos.' As orações de quem seriam atendidas? De quem seria considerada justa a causa e de quem não? Que lado seria favorecido em relação ao outro, e quem viveria ou morreria? Eu faço essas perguntas, mas não tenho respostas para elas".

"Eu era apenas um líder de pelotão de combate cujo MOS (código militar de ocupação) era matar alemães. Eu tinha sido dotado de força física, coragem e um instinto de sobrevivência como, sem dúvida, nossos inimigos. Meu credo era, Deus ajuda aqueles que se ajudam e não tomam partido nos conflitos humanos. O chumbo voava sobre nós de todas as direções. Em outros barcos, as balas abriam buracos nos lados da lona. Os homens tentavam freneticamente manter seus barcos flutuando, balançando com seus capacetes. Alguns barcos não conseguiram. Outros, incapazes de navegar a forte correnteza, flutuavam sem rumo rio abaixo. Dos vinte e seis barcos que saíram da margem sul, apenas treze conseguiram atravessar; onze conseguiram voltar para o resto do 3º Batalhão. O resto tinha sido afundado na travessia ou seus ocupantes tinham sido mortos, deixando os barcos flutuando rio abaixo, carregando os mortos e feridos com eles". (18)

O tenente James 'Maggie' Megellas, o soldado aerotransportado mais condecorado da Segunda Guerra Mundial. Ele comandou um pelotão na Companhia 'H' do 3º Batalhão, 504º Regimento de Infantaria de Paraquedistas, 82ª Divisão Aérea.

O soldado raso William Hannigan também estava com a 82ª Divisão Aérea e estava lá quando atravessou o rio Waal. Durante uma conversa com 'Maggie' ele lhe perguntou: "Eu estava no mesmo barco que você Maggie? Não consigo me lembrar". Maggie olhou para ele e disse: "Bem, suponho que estivéssemos todos no mesmo barco se você pensar nisso Bill". Então, sorrindo, ele acrescentou: "Não, você estava no barco ao lado do meu, pelo que me lembro".

PONTE NIJMEGEN

Um herói da Operação Market Garden que é frequentemente ignorado pelos historiadores foi o Capitão Arie Dirk 'Harry' Bestebreurtje, que saltou de paraquedas com o General 'Jumping Jim' Gavin, da 82ª Divisão Aérea. Este capitão holandês ativou elementos do subsolo holandês e desempenhou um papel importante nas operações da 82ª Divisão Aérea na batalha para capturar a ponte Nijmegen intacta. Alguns minutos depois de pousar em seu amado solo holandês, o capitão chamou todos os seus contatos partidários que haviam operado atrás das linhas alemãs em Nijmegen. Estes partidários ajudaram a evitar que os alemães explodissem a ponte de Nijmegen. O capitão holandês dirigiu um verdadeiro grupo de 2.000 combatentes de resistência bem-organizados, 400 dos quais se formaram em uma unidade de combate que se opunha ativamente aos alemães. "É impossível enfatizar demais a ajuda do capitão para nós", disse um general americano. "Nunca vi um homem com tanta coragem. Arie nunca havia usado um paraquedas americano antes do desembarque e ele pulou com um após apenas três minutos de instrução. Eu nunca vi tanto entusiasmo como estes holandeses tinham. Eles realmente são pessoas que merecem a libertação". Quando atravessaram a floresta após o desembarque, o capitão e o general atiraram pessoalmente em vários alemães e capturaram alguns outros.

Enquanto isso, os paraquedistas britânicos que haviam pousado em Ginkel Heath estavam a quilômetros de distância de seu objetivo pretendido, e estavam cada vez mais envolvidos em um confronto mortal com duas divisões SS Panzer alemãs. Um dos comandantes da divisão SS era Kurt Student, na qual tinha sido ele mesmo um paraquedista e entendia as maquinações das unidades aerotransportadas. Além disso, o comandante alemão Alfred Model havia recebido uma cópia do plano Aliado, que havia sido obtida do corpo de um paraquedista americano morto. O 2º Batalhão, o Regimento de Paraquedistas, tinha segurado o lado norte da ponte em Arnhem, e agora estava diante da tarefa de segurá-lo até a chegada da 30ª Corporação. A partir daquele momento, o tenente-coronel Frost e sua pequena força de cerca de 550 homens foram submetidos a um ataque quase contínuo. Eles lutaram com cada grama de força que conseguiram reunir até ficarem sem munição e comida, e finalmente foram obrigados a se render. Ele escreveu: "Lembro-me de dizer a Douglas: 'Bem, Doug, temo que, desta vez, não tenhamos conseguido escapar'. 'Não, senhor', ele respondeu: 'Mas nós lhes demos uma boa canseira pelo dinheiro deles'. Ainda não podíamos acreditar que [30ª Corporação] não conseguiu vir em nosso socorro. Era difícil sentir que havia oposição genuína o suficiente para detê-los. Foi desesperadamente decepcionante que, tendo feito tudo o que nos pediram para fazer, agora éramos prisioneiros. Era uma vergonha, como ser um malfeitor, não mais livre. No momento, tudo isso foi aliviado pela simpatia e até mesmo pela admiração de nossos captores. Lembro-me de dizer a alguém quando parecia inevitável que cairíamos nas mãos da S.S. de Hitler: 'Não creio que isso vá ser um grande prazer'. Todos nós tínhamos ouvido histórias de que eles atiravam em seus prisioneiros ou os levavam para edifícios em chamas, mas esses homens eram gentis, cavalheiros e até mesmo confortadores".(19)

O Major Charles Panter, da 1º Para Britânica, escreveu: "Durante uma pausa, dei uma olhada lá fora e recolhi mais uns vinte e cinco homens, incluindo o Sgt. Jackman e alguns do Pelotão de Morteiros e alguns homens da Coys "A" e "B". Colocamos todos sob disfarce e, como os *Boches* estavam ao nosso redor, foi decidido que devíamos ficar quietos até que a força de socorro do Segundo Exército chegasse a Arnhem. O Capitão Hoyer-Millar e eu, escondidos em uma cela ou cofre queimado, havia quatro deles com portas de aço e nós escolhemos o último".

"Depois de assentar, começamos a fazer planos para assediar os alemães, quando eles começaram a se retirar, nunca duvidando que deveríamos ter um alívio durante a manhã. Depois de um tempo, ouvimos muitos gritos no edifício principal. Provou-se que foram as tropas alemãs S.S. que haviam capturado nosso partido, incluindo o Oficial de Comando e o Ajudante. Sem comida e água, praticamente

Durante a Batalha de Arnhem, Arthur Letchford, Companhia C do 2º Batalhão de Paraquedistas, lutou ao lado de seu irmão gêmeo na ponte rodoviária.

sem munição e em nosso estado de exaustão, a captura ou morte teria sido inevitável". (20)

O relatório de ação posterior da Operação Market Garden declarou que, ao tentar resumir as principais lições desta operação, é apropriado perceber que um impulso profundo de cerca de 96 km foi feito no país ocupado e mantido por um inimigo teimoso, que cinco grandes travessias de água foram negociadas com sucesso diante de uma forte oposição, e que o plano como originalmente concebido foi, de acordo com Montgomery, 90% bem-sucedido.

Nas circunstâncias, o inimigo estava com uma força consideravelmente maior do que o previsto; mas, pelo peso deste apoio e pelas magníficas qualidades de combate das tropas em fuga, a junção com as tropas aerotransportadas poderia muito bem ter sido adiada por vários dias.

O veterano Arthur Letchford estava lá com John Frost quando eles se renderam, e ele tinha outra perspectiva sobre os procedimentos. "Foi uma bagunça sangrenta", disse ele. "Perdemos alguns bons homens, eu perdi alguns amigos muito bons e todos fomos baleados em fragmentos. Quando ouvi sobre Monty afirmar que era um sucesso de 90%, eu disse, 90% de sucesso no meu traseiro. Foi um desastre 100% para mim e para o meu grupo. Passamos o resto da guerra em campos de prisioneiros de guerra alemães e não fomos liberados até 1945. Que confusão sangrenta". (21)

Até 27 de setembro, cerca de 800 homens e mulheres haviam sido presos na recém libertada Nijmegen, suspeitos de terem colaborado com os alemães. Eles foram colocados nas prisões da cidade, aguardando julgamento perante um tribunal holandês especialmente convocado. Os condenados receberam sentenças severas. A Holanda aboliu a pena capital em 1870, mas o governo holandês no exílio em Londres havia emitido um decreto de 22 de dezembro de 1943 restabelecendo a pena de morte para os colaboradores holandeses condenados. A humilhação pública dos colaboradores na Holanda foi tão dura e punitiva quanto na França e na Bélgica, onde suspeitos de cabeça raspada foram obrigados a desfilar pelas ruas na presença de multidões zombadoras, exigindo retribuição imediata.

Per capita, a Holanda produziu uma proporção maior de colaboradores nazistas do que qualquer outro território ocupado pela Alemanha. O outro paralelo com a Bélgica, em particular, foi o esgotamento da força policial holandesa, que pediu a assistência dos chamados patriotas. Estes patriotas escolhidos ajudaram até mesmo na direção do tráfego, na reunião de famílias separadas e na distribuição de refeições quentes nas diversas cozinhas públicas que foram estabelecidas por organizações de caridade e religiosas que receberam suprimentos de leite e verduras das áreas vizinhas (mas sem carne, pois a maior parte do gado havia sido requisitada pelo exército alemão). Enquanto isso, a organização de assuntos civis dos Aliados aguardava a entrega de melhores alimentos dos depósitos de ração alocados no sul da Holanda e na Bélgica, entregas que estavam condicionadas à situação relativa aos comboios militares. Entretanto, as autoridades holandesas disseram que não houve casos de fome nas semanas imediatas após a libertação. Geralmente, era aceito que as pessoas não recebiam tanta nutrição quanto necessitavam, mas, graças às freiras e monges, e às organizações de caridade, ninguém passava fome por enquanto.

Após a Operação Market Garden, Nijmegen conseguiu manter sua usina de energia elétrica com o adendo de que a eletricidade seria usada com parcimônia e apenas para fins essenciais. Os moradores de Nijmegen podiam ter luz elétrica em suas casas por duas ou três horas a cada noite. Havia até mesmo dinheiro especial da "invasão" holandesa impresso para o povo holandês com a sorte de viver em zonas liberadas. Estas notas foram impressas por uma empresa americana de cédulas bancárias, e foram brasonadas com gravuras da rainha Wilhelmina junto com figuras mostrando sua denominação. Inicialmente, elas não foram particularmente bem recebidas pelos holandeses frugais, que suspeitavam que eram falsificadas, mas logo se espalhou a notícia de que esta era, de fato, uma moeda com curso legal. Nijmegen foi uma das primeiras cidades holandesas liberadas a ter jornais que não eram impressos clandestinamente e distribuídos pelo movimento clandestino. As primeiras edições, vendidas por seis centavos de dólar cada cópia, consistiam em uma única folha impressa em ambos os lados com as últimas emissões de notícias das estações de rádio Aliadas.

Eisenhower notou, mais tarde, que não se arrependeu da decisão de embarcar na Operação Market Garden. Ele acreditava que era um risco que valia a pena correr naquele momento, e que ele tentaria novamente se a as mesmas situações existissem. "Estou certo de que o Marechal de Campo Montgomery, à luz de eventos posteriores, concordaria que isto [a operação] era um erro", escreveu Eisenhower em suas memórias. "Mas, no momento de seu entusiasmo, foi disparado pelos rápidos avanços da semana anterior e, como estava convencido de que o inimigo estava completamente desmoralizado, ele declarou veementemente que tudo o que precisava era de abastecimento adequado para ir diretamente para Berlim".

O General Bittrich, comandante do II Corpo de Panzer SS, disse mais tarde que "nunca tinha visto homens lutando tão duro quanto os britânicos em Arnhem e Oosterbeek".

O tenente coronel John Frost foi libertado em março de 1945. Ele tinha uma ferida no tornozelo que se abriu novamente e foi transferido para o hospital de prisioneiros de guerra em Obermassfeldt. Ele estava lá quando os pontas de lança do 3º Exército do General Patton chegaram, ele foi libertado e imediatamente retornou para casa.

No relatório final do Major General R. E. Urquhart sobre Market Garden, ele escreveu: "A operação não foi 100% bem-sucedida e não terminou como pretendíamos. As perdas foram pesadas, mas todas as fileiras apreciam que os riscos envolvidos eram razoáveis. Não há dúvida de que todos estariam dispostos a empreender outra operação em condições semelhantes no futuro. Não nos arrependemos". Dos 8.969 homens que desembarcaram em Arnhem, apenas 3.910 escaparam com suas vidas e liberdade intactas. Urquhart foi um deles. Antes de deixar seu QG em Hartenstein, ele encontrou a garrafa de uísque que havia trazido em sua mochila. Ele a passou para que todos tomassem um gole antes de partirem. Depois, ele visitou os feridos nas adegas para dizer adeus. Pouco depois, os sobreviventes partiram em fila única, seguindo o comprimento da fita de paraquedas até a margem do rio. A viagem demorou um tempo incomum, porque os alemães, em estreita proximidade, continuaram a pressionar com lançamentos de morteiro e tiros de armas pequenas que forçaram os paraquedistas a parar de tempos em tempos. Todos mostraram um estoicismo incrível enquanto esperavam silenciosa e pacientemente sua vez de ser transportado através do baixo Reno.

UM ATAQUE FRACASSADO

A Operação Market Garden foi um equivocado fracasso militar. Toda a ideia de tomar e segurar as pontes sobre o Reno, Meuse (Maas), e Waal foi formulado dentro da estrutura maior do objetivo de Eisenhower de capturar o Vale do Ruhr, o coração da produção industrial da Alemanha. Monty era, em muitos níveis, um tático talentoso, mas seu desejo de glória nesta ocasião superou as realidades práticas. O historiador Dr.

John Warren observou: "Todos os objetivos, exceto Arnhem, haviam sido conquistados, mas sem Arnhem, o resto era como nada. Em troca de tanta coragem e sacrifício, os Aliados tinham ganhado salientes 50 milhas que não levavam a lugar algum". (22)

O chamado "saliente", na verdade, não era nada mais do que um beco sem saída taticamente insignificante que os Aliados passariam os meses seguintes defendendo. Eles haviam subestimado gravemente a determinação de Hitler, a perspicácia tática do General Alfred Model, e a capacidade do exército alemão de se reequipar e se reordenar quando, em retrospectiva, tudo isso deveria ter sido gritantemente óbvio. A fronteira alemã ficava a apenas alguns quilômetros de Arnhem e Nijmegen. Os relatórios da ULTRA indicavam que os alemães se rearmaram ao longo da Linha Siegfried, o Canal Albert na Bélgica, e em Arnhem foram reconhecidos, mas completamente descontados até mesmo pelo próprio Monty. Eisenhower também foi informado de forma confiável sobre os esforços de reforço alemães, mas devido a sua dificuldade de comunicação com Monty, ele não contestou pessoalmente o plano com base nos relatórios de inteligência. No entanto, foi o Tenente-General Frederick 'Boy' Browning quem informou Monty sobre a situação e, repetidamente, descartou a inteligência disponível.

Browning pousou perto de Nijmegen com uma unidade do quartel-general tático, mas teve dificuldades para comandar as tropas devido a falhas nas comunicações. Seu uso de 36 aeronaves para facilitar o posicionamento do Quartel-General do Corpo no primeiro carregamento foi criticado porque o número de tropas de combate no primeiro carregamento já estava restrito devido a uma decisão de não fazer dois pousos no primeiro dia. O general americano "Jumping" James M. Gavin, comandando a 82ª Divisão Aérea dos EUA, observou em seu diário de 6 de setembro de 1944 que, "[Browning] inquestionavelmente sem a posição, influência e julgamento que vêm de uma experiência de tropa adequada, seu pessoal era superficial. A razão pela qual as unidades britânicas se tornam cada vez mais aparentes. Seus chefes não têm o know-how, nunca descem na sujeira e aprendem da maneira mais difícil".

Após a batalha, a avaliação crítica de Browning sobre a contribuição das forças polonesas levou à remoção intempestiva do Brigadeiro-General Stanis aw Sosabowski como oficial comandante da 1ª Brigada Independente de Paraquedistas poloneses. Montgomery nunca atribuiu a culpa a Browning, que havia desviado enganosamente a responsabilidade pelo fracasso da Operação Market Garden ao usar Sosabowski como seu bode expiatório. Browning não recebeu mais nenhuma promoção e, subsequentemente, tornou-se Chefe de Gabinete de Lord Mountbatten, Comandante em Chefe do Comando do Sudeste Asiático. Na verdade, Browning deveria ter recebido uma dispensa desonrosa por suas falhas óbvias e negligências gritantes.

Eisenhower tinha colocado todo o exército aéreo aliado sob o comando de Monty, sancionado a operação e dado permissão para que ela fosse adiante, apesar dos protestos clamorosos de outros comandantes Aliados, incluindo o General George S. Patton, que queria suprimentos adicionais para sua viagem até o Reno. Foi finalmente Monty quem teve o comando operacional da Market Garden, mas, como dizem no exército, "a merda nunca cai".

Após a Operação Market Garden, os homens que haviam lutado em Arnhem foram aclamados como heróis. Cinco cruzes de Victoria foram premiadas por atos de bravura excepcional durante a batalha. Então, como em Dunkirk, a imprensa britânica foi sempre tão ligeiramente diplomática com a verdade. Isto, provavelmente, foi devido a restrições impostas pelo governo. No estilo clássico britânico, eles tentaram e conseguiram, em grande parte, transformar uma estrondosa derrota em uma vitória.

No sábado, 23 de setembro de 1944, após a batalha ter terminado, as autoridades militares alemãs ordenaram a evacuação imediata de toda a população de Arnhem. A Cruz Vermelha recebeu apenas três dias para completar a evacuação, após os quais haveria um bombardeio sistemático em toda a cidade. As 150.000 pessoas foram evacuadas para áreas consideradas mais seguras. Não havia exceções; todos tinham que ir, jovens e velhos, mulheres e crianças, juntamente com os doentes e feridos. O problema era que a evacuação era extremamente precária para muitas pessoas que tinham sido obrigadas a se esconder durante a ocupação nazista. Entre eles estavam judeus, estudantes, policiais e até mesmo um número significativo de soldados britânicos e civis holandeses fugitivos que os haviam ajudado e que agora corriam o risco de serem executados pelas autoridades militares alemãs.

A população fugiu para onde quer que pudesse chegar. Alguns acabaram em lugares como o zoológico e o Museu ao ar livre ao norte da cidade, enquanto outros foram para aldeias e cidades vizinhas, com a expectativa de poder voltar para casa após um curto período de tempo. Infelizmente, eles teriam que esperar até bem depois da libertação para voltar para casa. Muitos outros foram forçados a viajar muito mais longe, para lugares como Friesland.

Durante e após o caos da evacuação, a cidade foi vítima de pilhagens e destruição generalizada por parte dos nazistas. Enquanto isso, alguns conseguiram resgatar alimentos vitais com grande risco pessoal, que forneceram para os grupos maiores de evacuados. Eles também conseguiram resgatar muitos tesouros artísticos inestimáveis. As medidas punitivas tomadas pelas autoridades militares alemãs contra a população de Arnhem estiveram entre as mais duras infligidas durante a guerra.

Todos os civis holandeses foram forçosamente proibidos de entrar na zona de Arnhem devido à pena de deportação ou morte. O General von Rundstedt sancionou pessoalmente as equipes de saque alemãs e seus ignominiosos ajudantes holandeses, que procederam ao saque, pilhagem e destruição de Arnhem em uma escala que afligia todos os setores da sociedade e da economia. Eles tiraram tudo o que podiam das fábricas, lojas, bancos, escritórios, laboratórios, estoques e suprimentos, matérias-primas, fazendas e gado, juntamente com itens culturais holandeses como pinturas, coleções completas de bibliotecas e antiguidades. Eles também requisitaram toda propriedade privada, casas, móveis, roupas, objetos de valor, pianos, camas, livros, pinturas e outros bens domésticos. Absolutamente tudo de valor era levado e transportado, ou jogado nas ruas e queimado. Arnhem foi aniquilada e saqueada.

CAPÍTULO SETE

LUXEMBURGO ESTÁ ASSOMBRADA

EM SETEMBRO DE 1944, O PAÍS de Luxemburgo foi assombrado. Sem suspeitas, foi anfitrião de uma unidade tática de engano dos Aliados conhecida como o Exército Fantasma. Os 1.100 homens da 23ª Sede das Tropas Especiais eram uma unidade estritamente clandestina que operava com o máximo sigilo. Suas atividades permaneceram sigilosas por quase 36 anos após o fim da Segunda Guerra Mundial. Era uma unidade diferente de qualquer outra, um coletivo de artistas e artesãos altamente qualificados, recrutados, principalmente de escolas de arte do nordeste, que tinham apenas uma missão: enganar o inimigo.

Usando tanques infláveis e outros veículos, enganou com sucesso os nazistas para que pensassem que a invasão de junho de 1944 viria de Dover. Durante a guerra, a unidade concebeu muitos meios engenhosos para enganar o inimigo, tais como comboios falsos, divisões fantasmas e até mesmo a sede de ersatz. Em mais de um caso, o Exército Fantasma conseguiu induzir o exército alemão a pensar que certas divisões americanas estavam presentes quando elas não estavam nem perto.

O objetivo do Exército Fantasma era semear o caos e a confusão entre as forças do Eixo, e isto aconteceu incrivelmente bem em muitas ocasiões. O Exército usou muito mais do que simples adereços visuais para conseguir enganar os nazistas. Também utilizou algo chamado de "engano sônico". Assistida por engenheiros da Bell Labs, uma equipe da 3132º Empresa Especial de Serviços de Sinalização viajou para Fort Knox para gravar sons de unidades blindadas e de infantaria em gravadores de última geração (os antecessores dos gravadores de fita K7). Em seguida, eles criaram complexas mixagens de áudio compiladas a partir de sons que combinavam com a atmosfera que queriam criar. Estes sons seriam transmitidos a partir de amplificadores e alto-falantes poderosos que eram montados no meio das trilhas. Esta combinação provou ser tão eficaz que os sons podiam ser ouvidos a até 25 km de distância. Com efeito, era um precursor da guerra psicológica. O Exército Fantasma até orquestrou transmissões de rádio com "fake news", muito antes de se tornar uma expressão popular contemporânea.

Essas transmissões de rádio foram tão convincentes que até enganaram Mildred Gillars, a emissora americana pró-Nazista conhecida pelos Aliados como "Axis Sally", a pensar que certas unidades Aliadas estavam em certas áreas. Algumas de suas transmissões de rádio eram desconcertantes, no entanto. Um GI disse: "Enquanto estávamos tendo algum tempo parado, costumávamos ouvir a Axis Sally porque ela tocava música de uma grande banda. Ela vinha, porém, e fazia coisas como nos dizer qual era nossa senha para a noite, o que era uma espécie de golpe no traseiro!"

Enquanto o General Patton reunia suas forças em torno da cidade francesa de Metz, em preparação para um ataque, o Exército Fantasma estava doando as insígnias e emblemas da 6ª Divisão Blindada. Em sua pressa para chegar a Metz, Patton havia erroneamente permitido que uma distância potencialmente precária de 113 km se desenvolvesse em sua linha, em seu flanco nordeste. Naquela época, havia apenas uma pequena quantidade de tropas americanas pertencentes ao 3º Grupo de Cavalaria que cobria toda a região.

Quando o chamado chegou, a 23ª Tropa Especial do Quartel-General percorreu 400 km através da França, em uma tentativa de remediar a situação. Conscientes de que certas unidades alemãs estavam nas proximidades, durante quatro noites consecutivas, eles utilizaram caminhões 'sônicos' para projetar o som de uma montagem de divisão. O engano provou ser tão convincente que um coronel da 3ª Cavalaria se aproximou de alguns homens do Exército Fantasma para perguntar o que estava acontecendo. Eles explicaram que estavam transmitindo apenas sons pré-gravados de tanques em movimento, mas o coronel tinha dificuldades de assimilar. Ele podia ouvir os tanques e isso era bom o suficiente para ele. Foi preciso um tempo para acalmar o homem e explicar completamente a situação. Enquanto isso, alguns dos homens usando a 6ª Insígnia Blindada começaram a se infiltrar nas cidades e vilarejos próximos para dar mais credibilidade ao ardil.

O Exército Fantasma chegou ao ponto de vestir alguns de seus soldados com uniformes da Polícia Militar adornados com as 6ª Insígnias Blindadas, colocando-os em interseções ao longo do percurso. A encenação ficou conhecida como Operação Bettembourg e provou ser outro sucesso para o Exército Fantasma. Estava previsto, originalmente, que duraria apenas dois dias até a 83ª Divisão de Infantaria dos EUA chegar para tapar o buraco na linha. Infelizmente, a 83ª estava passando por alguns atrasos para chegar ao seu destino, então, a farsa foi forçada a continuar. A cada dia que passava, tornou-se cada vez mais perigoso mantê-la. Os civis locais transmitiam mensagens de que as forças alemãs tinham sido vistas em bosques próximos e tiros tinham sido ouvidos. Nessa época, algumas unidades alemãs haviam conseguido se reorganizar após o recuo da Normandia.

Grant Hess estava com o 3132º Serviço de Sinalização, um componente chave do Exército Fantasma. Mais tarde, ele lembrou: "Quatro de nós estávamos transmitindo para as posições alemãs. Nossos técnicos instalaram um alto-falante, amplificador, microfone e gerador na parte de trás de um caminhão de três quartos de toneladas. Era bom para a transmissão de voz à distância. Como eu estava familiarizado com esse tipo de equipamento, nós, os quatro, íamos até as linhas e o estacionávamos no topo de uma colina de frente para a linha alemã. Tínhamos um homem, um tipo militar barulhento que falava alemão, e nós o colocamos em ação. Ele tentava falar com as tropas alemãs, dizendo-lhes que se desertassem para as linhas americanas seriam bem tratados, e estariam seguros e bem alimentados. Cada vez, ele

Um tanque inflável Sherman, usado pelo Exército Fantasma para enganar as forças alemãs em 1944.

dizia que voltaríamos no dia seguinte para conversar um pouco mais. Da primeira vez, nada aconteceu. No dia seguinte, a 83ª tropa capturou uma equipe bazuca alemã no bosque da orla, no lugar para onde costumávamos ir. Eles foram enviados para lá para derrubar nosso caminhão. Tivemos sorte deles terem sido avistados e capturados. No terceiro dia, depois de termos o caminhão em posição na colina, os alemães dispararam duas ogivas de artilharia contra ele. Uma atingiu por trás, a outra pela frente, prendendo-o. O terceiro projétil nunca chegou porque um de nossos aviões de reconhecimento de artilharia L4 apareceu e acho que os alemães não queriam expor a localização de suas armas. Devo dizer, no entanto, que, de uma maneira estranha, eu gostaria de ter visto aquela terceira ogiva só para ver se eles poderiam atingir nosso caminhão. Estávamos a alguma distância, usando uma longa corda. Não posso dizer se convencemos algum alemão a se render. Foi-nos dito que os alemães tinham homens de uniforme que não estavam muito interessados em lutar por eles. De qualquer forma, apenas um homem da 83ª divisão apanhou alguns estilhaços da primeira carapaça, o que nos fez sentir mal porque tinha ficado muito quieto lá até que aparecemos com um alto-falante." (23)

No que diz respeito aos alemães, Luxemburgo era seu território. Eles alegavam que a ascendência de seu povo era teutônica e que a primeira língua alemã tinha sido originada de lá. Por mais dotados tecnicamente que os nazistas fossem, seus chamados acadêmicos e pseudo-históricos, muitas vezes, reescreviam a história para se adequar aos seus propósitos.

O pai do historiador e residente em Luxemburgo, Christian Pettinger, era um jovem rapaz na época, mas ele se lembrou vividamente das primeiras tropas americanas que viu em Luxemburgo. Ele disse: "Eu me lembro da Libertação de Glabach. Eu tinha sete anos de idade em 1944. Glabach é uma comunidade agrícola muito pequena no centro de Luxemburgo, 6 km a nordeste da cidade de Mersch. Glabach foi libertada em 10 de setembro de 1944 pelas tropas da 5ª Divisão Blindada da CCR. Os primeiros soldados americanos que chegaram à cidade foram soldados negros. Dois ou três deles marchavam de cada lado da estrada, em frente aos primeiros veículos blindados que entraram na cidade. Esses caras eram um pouco 'gatilho feliz'. Eles atiravam em tudo o que se movia".

"Antes da chegada das tropas americanas, soldados alemães cansados e exaustos, que estavam fugindo dos americanos, atravessavam a cidade. Alguns descansaram na fazenda de meus pais e pediram água e comida, que minha avó lhes deu. Naquela época, um caminhão alemão carregado de munições deve ter sido estacionado em frente à casa da fazenda, ao lado da entrada do pátio interno. Durante o retiro alemão, aviões americanos [P-47] circularam no céu. Alguns soldados alemães estavam atirando com seus rifles contra eles, o que o P-47 contra-atacou. Algumas balas devem ter acertado o caminhão, que explodiu em chamas. As chamas se espalharam pela casa da fazenda que começou a incendiar".

"Minha mãe pediu aos alemães que a ajudassem a salvar alguns dos implementos agrícolas das chamas e alguns alemães realmente a ajudaram. Quando os americanos chegaram, eles fizeram um soldado alemão prisioneiro na fazenda. Observei enquanto escoltavam o soldado alemão para longe. De repente, um dos americanos que estava andando atrás do soldado pegou sua pistola e atirou nas costas do alemão".

"Meus pais tinham um cão que tinha pegado fogo quando a casa queimou. Minha mãe viu o cão fugindo com chamas no corpo e eles nunca mais o viram. Esta cena assombrou minha mãe por toda a vida. A casa da fazenda queimou até o chão e nunca mais foi reconstruída. Meus pais e seus três filhos foram evacuados para Schrondweiler, perto de Glabach. Uma quarta criança nasceu lá".

"Lembro-me de ver alguns alemães que haviam sido mortos por um P-47. Eles haviam rolado por uma colina e estavam deitados ao lado da estrada, na entrada de Glabach. Nunca posso esquecer de ver aquele que ainda tinha seu rifle pressionado contra o peito. Um pouco mais longe da cidade, vi uma motocicleta e um sidecar alemão com o motociclista e o passageiro deitados, mortos ao lado do veículo. Parecia que eles também tinham sido atingidos pela P-47. Os soldados americanos haviam revistado seus bolsos e seus pertences pessoais estavam colocados no chão". (24)

A cada hora que passava, a situação do Exército Fantasma estava se tornando cada vez mais perigosa. Um major do setor de Planos Especiais visitou a unidade para informá-la que havia sido reunida inteligência confiável suficiente para verificar se as divisões alemãs estavam se reagrupando para uma possível ofensiva. O próprio

General Patton reconheceu que um problema potencial estava se desenvolvendo em seu flanco.

No dia seguinte, enquanto os homens do Exército Fantasma ainda estavam limpando o suor de suas sobrancelhas, a 83ª Divisão de Infantaria chegou ao local. Sua chegada foi muito bem recebida e um possível desastre foi evitado. A operação Bettembourg havia sido a maior decepção orquestrada pelo Exército Fantasma até hoje. Seus homens provaram, além de qualquer dúvida, que estavam se tornando mestres da arte do engano. Pouco depois disso, o Exército Fantasma mudou sua sede para o campus de Limpertsberg, na Universidade de Luxemburgo. Enquanto lá, seus homens assistiram a um concerto de Marlene Dietrich, e em seu tempo livre, esboçavam e pintavam.

Enquanto as forças dos Estados Unidos estavam abordando Luxemburgo e a fronteira alemã, a captura do porto francês de Le Havre havia sido designada para a 1 Corpo Britânica 1 sob comando canadense. Antes do ataque propriamente dito, a cidade foi submetida a um bombardeio maciço coordenado por armas navais britânicas e bombardeiros da RAF, que dizimou 80% da cidade. O ataque a Le Havre custou a vida de 5.126 civis, incluindo 2.053 civis mortos durante o bombardeio. Apesar de um pedido do comandante alemão, Oberst Eberhard Wildermuth, para que fosse dado um armistício de dois dias para evacuar os residentes da cidade sitiada, o ataque foi adiante, apesar de seu pedido. Isto, provavelmente, porque Wildermuth havia rejeitado anteriormente a exigência britânica de rendição incondicional. O ataque a Le Havre durou 48 horas, durante as quais 11.302 soldados alemães foram capturados e cerca de 600, mortos. As perdas britânicas foram inferiores a 500. A libertação não saiu barata.

CAPÍTULO OITO

AACHEN CAIU

DURANTE O MÊS DE SETEMBRO, assolado por problemas de abastecimento cada vez mais debilitantes, o Primeiro Exército Americano do General Courtney Hodges estava balbuciando para frente. O Primeiro Exército era composto pela 30ª Divisão de Infantaria, pela 1ª Divisão de Infantaria, pela 9ª Divisão de Infantaria e pelas 2ª e 3ª Divisões Blindadas, juntamente com o apoio aéreo da Nona Força Aérea. Coletivamente, faziam parte da VII Corporação sob o comando do General 'Relâmpago' Joe Collins. Em oposição às forças norte-americanas, estavam parte de várias divisões alemãs comandadas pela LXXIV Corporação.

A corporação mais fraca do Sétimo Exército Alemão, a LXXXI Corporação, comandada pelo *Generalleutnant* Friedrich August Schack, foi encarregada de defender a Passagem Aachen. Embora suas quatro divisões fossem mais fortes que suas contrapartes do sul, elas também estavam em estado de ruína, e Rundstedt requisitou a 9ª Divisão Panzer, a única reserva disponível, e a despachou para ajudar a LXXXI Corporação. Somente companhias líderes chegariam perto de Aachen até 11 de setembro. Antes de serem destacados, alguns batalhões da 353ª Divisão de Infantaria ocupavam posições da Muralha Oeste ao sul de Aachen.

Há cerca de 2.000 anos, os romanos conquistadores desfrutaram das fontes termais da cidade; Carlos Magno foi coroado Imperador do Império Santo Romano em sua catedral; e na Idade Média, Frederico I, ou Barbarossa, foi coroado lá. Em 1801, Napoleão havia anexado o local. Todos conheciam e respeitavam a cidade alemã de Aachen. Seu lugar na história havia sido conquistado há muito tempo por grandes nomes e feitos ainda maiores, mas no Outono de 1944, esperava uma perspectiva consideravelmente mais ameaçadora. Ela seria a primeira grande cidade alemã a ser atacada pelas forças terrestres Aliadas. O valor propagandístico de um ataque como esse era evidente para ambos os lados. Hitler estava incandescente quando soube que um exército Aliado tinha tido a ousadia de invadir as fronteiras do Terceiro Reich e, consequentemente, deu instruções específicas para que Aachen fosse mantida até o último homem.

Josef Bieburger, das Forças Terrestres Luftwaffe, lembrou mais tarde: "Após o treinamento como Forças Terrestres Luftwaffe, fomos enviados para Westwall, a Linha Siegfried, como um *Festung Sturmabteilung*. Isso foi no verão de 1944. Estávamos em bunkers, que mantinham em Westwall perto de Zeebrucken, Bélgica, como reserva. Foi por volta dessa época que eu me lembro de ver os V-1s sendo lançados à noite. A chama da cauda iluminava o céu noturno. Depois, *whoosh*, apagava-se na noite. Um logo após o outro. Foi incrível. Depois, no Outono, fomos levados mais para baixo, para a França. Então, estávamos no extremo sul de Westwall". (25)

Em setembro de 1944, os alemães afirmaram que 25 divisões que constituíam coletivamente cerca de 230.000 homens estavam defendendo a Linha Siegfried. Esta era uma propaganda nazista pura, destinada a deter os Aliados. Na realidade, muitas dessas divisões eram unidades "*Volkssturm*", montadas apressadamente, que tinham a reputação de ter uma alta proporção de rapazes jovens, inexperientes e homens idosos que eram inadequadamente equipados, malconduzidos e mal treinados. Logo após a Linha Siegfried estava a cidade de Aachen, que tinha uma população de cerca de 165.000 habitantes, e estava em retrospectiva de valor militar insignificante, exceto como troféu de propaganda de prêmios para os Aliados. A cidade fica perto do eixo onde Alemanha, Holanda e Bélgica convergem. A rota pretendida para o coração industrial da Alemanha, na região do Ruhr, conduziu diretamente através da "Passagem Aachen". Esse terreno ao norte da cidade era potencialmente propício ao movimento de unidades blindadas, graças ao fato de ser relativamente plano, com poucos obstáculos naturais para impedir o progresso. Esse não era o caso no Sul, densamente florestado, em direção à região de Schnee Eifel.

"De dentro de nosso tanque ouvimos um assobio e barulho sinistro e mortal, e pressionávamos contra o aço frio, como se ele pudesse salvar nossas vidas. Então, vimos a terra disparar como fontes quando as granadas explodiram, os estilhaços voavam sobre nós", disse August Gövert, 116ª Divisão Panzer *Windhund* (Galgo). "Felizmente, não fomos atingidos. Depois de algum tempo, eu notei um bunker. Saltei do tanque e corri para dentro dele. Depois, para minha surpresa, ouvi alguém dizer algo em inglês. 'Entre, meu garoto, e feche a porta!'. Os americanos que haviam ocupado o bunker me capturaram acidentalmente. Os "Amis" foram incrivelmente amigáveis, me ofereceram um espaço para sentar e tratar minha ferida à direita da minha testa, e me deram um cigarro para fumar com eles. Depois de meses fumando a merda de cigarro alemão, o sabor era glorioso. Algum tempo depois, de dentro do bunker, ouvimos o som de um tanque, o zumbido do motor e o tilintar de correntes. Eu disse adeus aos americanos. Eles me libertaram". (26)

O ATAQUE A AACHEN

Até 15 de setembro as forças aliadas que tinham invadido o sul da França ficaram sob o controle direto de Eisenhower como Comandante Supremo da Força Expedicionária Aliada. Isto acrescentou o Sexto Grupo do Exército às forças que se opunham ao inimigo ao longo da fronteira alemã, tornando um total de 48 divisões Aliadas no Teatro Europeu de Operações prontas para se mudarem para a Alemanha.

De acordo com o General Collins, o flanco esquerdo de sua VII Corporação poderia ser melhor servido ocupando um terreno elevado com vista para Aachen do que ocupando a cidade atual. Collins instruiu a 1ª Divisão de Infantaria a ir pelo terreno elevado para o leste da cidade e evitar envolver-se na guerra urbana. O 16º Regimento da 1ª Divisão já havia feito incursões na escassa linha de casamatas ao sul de Aachen. Esta era uma das duas faixas da Linha Siegfried que corria tanto na frente como atrás de Aachen. Depois, havia a própria Linha Siegfried para negociar e a antiga cidade de Aachen.

Na época em que Collins estava planejando seu ataque, seu comandante inimigo nas forças alemãs no setor de Aachen era o General Erich Brandenberger. Em 31 de agosto, ele havia recebido o comando do Sétimo Exército no Oeste. O General Gerhard Graf von Schwerin estava no comando da própria Aachen. Sua escassa força era composta pelos remanescentes da 116ª Divisão Panzer, três batalhões da fortaleza Luftwaffe e algumas outras unidades diversas. Revelou-se que Schwerin tinha outras ambições, que iriam se opor diretamente às ordens específicas de seu Führer. O general alemão havia lutado na Normandia com sua divisão, mas quando estava próximo de Aachen, o outrora formidável 116º tinha sido reduzido a 600 homens, 12 tanques e nenhuma peça de artilharia. Ele precisava desesperadamente ser removido para a retaguarda para ser reequipado e rearmado.

Um comunicado de imprensa autorizado da SHAEF, em 11 de setembro de 1944, permaneceu triunfalista e declarou que enquanto o Segundo Exército Britânico esmagava as forças alemãs apressadamente organizadas ao norte do Canal Albert e se movia firmemente em direção ao extremo norte da linha, o Primeiro e Terceiro Exércitos americanos estavam martelando os alemães de volta para a Linha Siegfried. Dizia-se ainda que os canhões americanos de 155 mm estavam derramando projéteis na Alemanha a partir de posições a menos de 18 km da fronteira alemã. De acordo com relatórios da frente, as patrulhas americanas estavam sondando as defesas alemãs na frente de sua abobadada Linha Siegfried. Milhares de aviões de guerra Aliados, bombardeiros pesados, médios e leves e caças-bombardeiros, também estavam martelando os alemães, atingindo centros ferroviários dos quais o inimigo dependia para o movimento de suas reservas e alvos da linha de frente. Os Aliados haviam garantido objetivos e progredido ao longo de uma linha que os planejadores pré Dia D não haviam previsto alcançar antes de maio de 1945 ou até antes. Eles estavam muito à frente do cronograma, mas isso causou mais problemas do que resolveu na época.

A SHAEF reconheceu que a luta estava chegando a um novo hiato em três frentes do exército, e que os alemães estavam comprometendo um número crescente de tropas para as áreas de combate. Os esforços do Marechal de Campo Gen. Walter Model para reforçar a resistência alemã na frente de combate antes do Primeiro Exército dos EUA não impediram as unidades do Tenente-General Courtney H. Hodges de chegar a Luxemburgo. A nordeste de Liège, Bélgica, chegaram a um ponto a 13 km de Aachen, que se encontrava ao alcance da artilharia pesada. Os primeiros cartuchos

A 116ª Divisão do Graf von Schwerin, severamente desfalcada, foi encarregada de defender a cidade. Em 14 de setembro de 1944, Schwerin foi dispensado de seu comando porque ele havia alegadamente dificultado a evacuação da população e desafiado Hitler.

americanos a explodir na Alemanha foram disparados em Bildchen pela artilharia do Primeiro Exército.

A rádio de Paris informou que as tropas americanas haviam tomado a cidade de Luxemburgo, capital do Ducado, e a *Associated Press* divulgou informações de que as forças alemãs não conseguiram evitar que as cidades de Verviers, Hasselt, Limburg e Neufchateau, no leste da Bélgica, caíssem para o Primeiro Exército.

As chuvas de setembro persistiam, e quando o Sol raramente conseguia sair no horizonte, ele lançava longas e sinistras sombras. Na época, os Aliados estavam prontos para atravessar para a Alemanha e ainda havia esperança de que a Operação Market Garden pudesse ser bem-sucedida. De qualquer forma, seria uma luta difícil. Era geralmente aceito que as forças nazistas lutariam mais duramente em seu próprio território. As principais questões eram: quão bem provisionado estava o inimigo e será que eles ainda poderiam colocar em campo uma força de combate? A outra pergunta que se fazia dizia respeito aos suprimentos para os exércitos Aliados. O porto da Antuérpia ainda estava inacessível para as divisões de navegação dos Aliados e as divisões da frente estavam começando a sentir o aperto.

As forças norte-americanas já tinham começado a invadir a fronteira alemã e as estradas que levavam ao coração da Alemanha pareciam ser uma perspectiva sedutora. Assim que o Comandante Geral da SHAEF, Eisenhower, percebeu isto, não perdeu tempo em transmitir ordens para que fosse dada prioridade máxima entre a fase atual de operações à conquista do Ruhr, a região industrial da Alemanha. O Vale do Ruhr era o coração de bombeamento do poder industrial da Alemanha; além disso, os Aliados queriam um objetivo econômico que, se alcançado, dificultaria substancialmente os meios da Alemanha de continuar a guerra. Se eles pudessem capturar a área industrial do Ruhr, efetivamente, isso privaria a Alemanha de 65% de sua produção de aço bruto e 56% de seu carvão.

O sargento Harley Reynolds, da Companhia B, 16º Regimento, 1ª Divisão de Infantaria, "O Grande Vermelho", disse: "Lembro-me da conversa e dos comentários sobre a cidade de Aachen, que de maneira alguma os alemães desistiriam desta cidade sem uma luta até a última posição alemã. Foi muito enervante e mistificante que eles nos deixassem chegar tão perto da cidade quanto nós chegamos. Estávamos conscientes da importância desta antiga cidade para os alemães e teríamos dado boas chances de que eles nunca desistissem dela. Falamos sobre isso entre as fileiras. Eu sentia que havia

Soldados americanos na Batalha de Aachen.

uma boa chance de que eles, possivelmente, nos levariam de volta com um grande contra-ataque. Estávamos um pouco à frente da linha dos EUA, em uma posição muito perigosa". (27)

Tomar fisicamente a cidade de Aachen seria problemático. Os exércitos na ofensiva raramente gostavam de se envolver na guerra urbana, casa a casa, porque isso proporciona múltiplas vantagens para os defensores, e quase nenhuma para a força atacante. Os alemães haviam descoberto os verdadeiros horrores da guerra urbana em Stalingrado e isso lhes custou caro. Aachen ia ser Stalingrado para os Aliados?

A guerra urbana significa que ruas antes inócuas podem se tornar funis naturais e em canais que defensores habilidosos podem facilmente transformar em zonas de morte. O apoio blindado poderia ser comprometido porque a artilharia e os veículos ficariam vulneráveis a ataques a curta distância. Os campos de tiros são restritos, assim como a capacidade de manobra, e a equipe em caso de ofensivas é normalmente reduzida a ataques com unidades pequenas e descentralizadas. Depois, há os inevitáveis danos colaterais quando os civis são apanhados no fogo cruzado, sem mencionar os danos estruturais a edifícios antigos que, muitas vezes, são reduzidos a escombros.

Preparando-se para empreender nesta tarefa, estava o 12º Grupo do Exército do General Omar Bradley, a maior concentração de tropas americanas servindo sob os auspícios de um comandante de campo. Consistia em quatro exércitos de campo, cerca de 40 divisões de infantaria e aerotransportadas e 15 divisões blindadas. O General Charles Harrison Corlett, apelidado de "Cowboy Pete", informou à SHAEF que planejava atingir a Linha Siegfried perto de Aachen em 20 de setembro, antes que os alemães tivessem tempo de reforçar suas posições.

Harold Williams, do 105º Batalhão de Combate de Engenheiros, lembrou: "Passamos dias nos preparando para o ataque à Linha Siegfried. Tivemos que armar cargas de polos usando bastões de TNT. Não usávamos dinamite, tudo era TNT. As cargas dos polos tinham de 3 a 5 pés de comprimento. Colocávamos 4-5 bastões de TNT com um detonador. Os pobres que carregavam essas cargas na Linha Siegfried as colocavam nas aberturas dos bunkers para cuidar das posições das armas. Alguns deles tiveram sucesso, outros não. Muitos deles foram usados. A Linha Siegfried tinha dentes de dragão, que eram grandes formações de cimento no solo. Tinha casamatas e grandes bunkers de cimento com metralhadoras e grandes pistolas. Alguns dos engenheiros estavam envolvidos nos ataques propriamente ditos. Eu conhecia pessoalmente um dos engenheiros que foi morto à frente de um ataque com uma dessas cargas de polos, mas não estava envolvido nisso. Os engenheiros e a infantaria trabalhavam lado a lado". (28)

Posteriormente, verificou-se que os Aliados realmente tinham mais estima pela Linha Siegfried do que os alemães, que em 1944 tinham permitido que ela caísse em uma situação de grande desespero. Após as retumbantes conquistas militares da máquina de guerra nazista no Oeste em 1940, ela foi considerada supérflua e desnecessária. Isso foi até que os Aliados correram através da Europa para a fronteira alemã. Naquele momento, houve uma caça desesperada para encontrar as chaves das muitas defesas de bunkers trancadas, que foram posteriormente reabertas e reequipadas. Soldados foram enviados para equipá-los e prepará-los para o avanço dos Aliados.

A 1ª Divisão de Infantaria foi a primeira em quase tudo. Depois da Normandia, ela atravessou a França. No dia 7 de setembro, ela virou para o Leste a partir de Mons, e em 12 de setembro, havia chegado à Linha Siegfried a sudoeste de Aachen. A Companhia C, 16º Regimento de Infantaria, cruzou a última fronteira no dia 12 de setembro, às 15h15, quando começou a atacar a Linha Siegfried. O desdobramento das forças de divisão neste dia teve um sentimento verdadeiramente internacional. Havia um batalhão na Alemanha, um posto avançado na Holanda, o corpo principal da divisão na Bélgica, e um escalão de retaguarda na França. Um batalhão reforçado deu continuidade ao avanço e, no mesmo dia, furou o primeiro cinturão de defesas a alguns quilômetros a oeste de Aachen.

Em vez de atacar diretamente Aachen em meados de setembro, a 1ª Divisão a circunavegou, movendo o grosso de suas forças para o Leste, para completar a penetração da Linha Siegfried no leste da cidade e isolar Aachen em antecipação a um ataque direto. Foi por volta desta época que os suprimentos, particularmente de gasolina, se tornaram muito escassos, afetando diretamente as operações da Primeira e Terceira Divisão dos exércitos dos EUA. A abertura do porto da Antuérpia para encurtar as linhas de abastecimento tornou-se agora um imperativo, mas, embora algum progresso tivesse sido feito no estuário de Scheldt, ainda havia uma dura luta pela frente.

Enquanto isso, em Aachen, o General Graf von Schwerin, comandante da 116ª Divisão Panzer *Windhund* (Galgo), estava plenamente consciente da acumulação de forças Aliadas ao longo da fronteira alemã e sabia que o ataque a Aachen poderia ter apenas um resultado possível: a aniquilação total de uma bela cidade. Quando chegou à cidade, Schwerin tentou restaurar a ordem e deu instruções a seus homens para atirar nos saqueadores quando os visse. Ele desconhecia completamente que, ao mesmo tempo, o General Collins havia decidido contornar completamente a cidade. Sua VII Corporação havia penetrado na primeira faixa da Muralha Oeste ao longo de uma frente de 19 km, e a segunda faixa já havia sofrido uma brecha de 8 km. Até 16 de setembro, cada unidade da VII Corporação tinha sido comprometida com a frente que se estendia por 48 km de Aachen a Schevenhutte, culminando na serra Hoefen-Alzen.

Por todos os avanços alcançados, a VII Corporação se encontrava em uma situação delicada. Ambos os flancos estavam expostos, tornando-a vulnerável a um potencial contra-ataque.

Enquanto as forças terrestres Aliadas martelavam incessantemente e lutavam para estabelecer sua presença, as forças aéreas mantinham a pressão. Mas, elas estavam sofrendo baixas acima e abaixo.

Com o progresso do mês de setembro e o aumento da ameaça dos Aliados no setor de Aachen, a situação das forças alemãs se deteriorou. O Marechal de Campo von Rundstedt estava enviando lembretes diários de seu quartel general em Koblenz para o efeito de que a ofensiva planejada de Hitler tinha que ocorrer independentemente de todas as dificuldades potenciais. Rundstedt considerou seriamente suas opções. Ele já havia suplicado a Hitler que apressasse novas divisões para a área de Aachen, com pouca ajuda. A outra opção era ganhar tempo aproveitando a iniciativa em outra parte da frente. Hitler já havia decidido ignorar completamente o pedido de Rundstedt e montar todas as defesas disponíveis na planície de Colônia. Hitler permaneceu intransigente, como sempre, e simplesmente reiterou que a linha desde o estuário de Scheldt, ao longo da face da West Wall, até as fronteiras ocidentais da Alsace, deveria ser mantida em qualquer circunstância.

Ele tinha pouca consideração pelas dificuldades enfrentadas por seus exércitos no Oeste, e não propôs nenhuma solução sobre como suas forças deveriam manter suas posições. Isto levou Rundstedt a enviar mais um memorando ao Marechal de Campo Jodl em 7 de setembro, solicitando que a OKW apoiasse o 5º Exército Panzer com o material, combustível e aviões necessários para orquestrar um contra-ataque bem-sucedido. O Marechal de Campo Model, que havia precedido Rundstedt como Comandante Chefe do Oeste, havia feito o possível para transmitir informações sobre o que ele considerava ser uma crise iminente.

Com o passar dos dias, a consternação de Rundstedt aumentou. Ele enviou um memorando urgente a Berlim solicitando pelo menos cinco divisões de infantaria, juntamente com tanques e destruidores de tanques para combater a ameaça iminente a Aachen. Infelizmente, naquela época, as únicas reservas disponíveis eram uma 9ª Divisão Panzer significativamente esgotada, um batalhão *Sturmpanzer* de baixa resistência e duas brigadas de armas de assalto que já estavam a caminho de Aachen. A situação alemã estava se agravando rapidamente.

A RENDIÇÃO DOS NAZISTAS?

A guerra não estava indo tão bem quanto se esperava na Frente Leste, e os ataques dos Aliados no Terceiro Reich estavam apertando. Em 4 de setembro, Hitler relutantemente deu prioridade a toda nova artilharia e armas de assalto a serem despachadas para o teatro ocidental. Em 11 de setembro, a rápida aproximação das forças americanas desencadeou o pânico entre os civis em Aachen. A maioria dos oficiais do Partido Nazista, destacamentos de fogos antiaéreo da Luftwaffe, funcionários e servidores civis locais, a polícia e as tropas abandonaram imediatamente a cidade e se dirigiram para o Leste, em direção a Colônia.

O chefe de pessoal do Sétimo Exército alemão informou que o quadro de retirada das tropas da Luftwaffe e da SS, que ele havia testemunhado, com os comandantes liderando a retirada, era muito ruim para o moral. Isso até provocou um motim em Aachen, mas antes da situação chegar à anarquia total, Hitler ordenou que a população civil fosse evacuada, forçadamente se necessário. Ele suspeitava que eles poderiam ter preferido a ocupação americana, o que, entre outras coisas, teria efetivamente acabado com o bombardeio. Hitler, como era de se esperar, ameaçou com uma terrível retaliação contra todos aqueles que não saíssem como ordenado, afirmando que seriam considerados traidores do Reich. Na melhor das hipóteses, ele era volátil, na pior, completamente assassino. Sua fé em seus generais havia sido muito testada após a tentativa de assassinato contra ele em 20 de julho daquele ano. Hitler havia exigido uma terrível retribuição, tanto aos conspiradores quanto aos inocentes, e estima-se que mais de 7.000 alemães foram mortos ou enviados para campos de concentração enquanto ele se vingava dos que considerava ser inimigos do Terceiro Reich.

O General Graf von Schwerin já estava ciente das possíveis consequências de suas ações, mas, mesmo assim, não perdeu tempo contrariando a ordem de evacuação implícita. Ele decidiu que Aachen era indefensável. Em uma carta ao comandante das forças norte-americanas, ele escreveu: "Parei a absurda evacuação desta cidade; portanto, sou responsável pelo destino de seus habitantes e lhe peço, no caso de uma ocupação por suas tropas, que cuide da infeliz população de forma humana. Eu sou o último comandante alemão no setor de Aachen". Schwerin confiou a missiva a um gerente de serviço telefônico, o único oficial que ele conseguiu localizar que ainda estava em seu posto, que se revelou ser um nazista dedicado.

Prisioneiros alemães marcham pelas ruas arruinadas de Aachen pouco depois de sua queda.

No exato momento em que o general da Wehrmacht escolheu oferecer rendição, as forças norte-americanas desviaram temporariamente sua atenção para longe de Aachen. Quando Schwerin descobriu que um ataque não era iminente, tentou recuperar sua mensagem, mas já era tarde. Sua mensagem já havia caído nas mãos de funcionários do partido nazista, que retransmitiram seu conteúdo para Hitler. Apoplético de raiva, o Führer ordenou imediatamente a prisão de Schwerin e o julgamento por traição. Foi apenas a intervenção oportuna do Marechal de Campo Gerd von Rundstedt e do Marechal de Campo Walter Model que salvou Schwerin da execução, e ele foi incrivelmente afortunado por receber apenas uma severa reprimenda. No entanto, sua carreira militar estava mais ou menos acabada. Ele havia falhado aos olhos do Führer e teve que ser substituído. O homem que substituiu Schwerin foi o Coronel Gerhard Wilck, comandante da 246ª Divisão de Infantaria da *Volksgrenadier*, que assumiu a responsabilidade por esse setor da 116ª Divisão Panzer no final de setembro de 1944.

Em 15 de setembro, a 1ª Divisão de Infantaria tinha ocupado o terreno elevado em três lados ao redor de Aachen. O Primeiro Exército dos EUA planejou um ataque em pinça. A parte norte da pinça era a 30ª Divisão de Infantaria, com a parte sul atribuída à 1ª Divisão de Infantaria, que também estava encarregada de limpar a cidade. Como o tempo de Outono piorou e as temperaturas caíram, a 30ª Divisão entrou em 1 de outubro, seguida pela 1ª Divisão uma semana depois. A 1ª Divisão tinha três objetivos principais: manter seu terreno atual a sudeste de Aachen e ficar de guarda na direção da Alemanha para evitar qualquer contra-ataque alemão; atacar o Norte para chegar à 30ª Divisão e selar a cidade; e realmente entrar e desobstruir a cidade. Estas tarefas foram atribuídas aos 16º, 18º e 26º Regimentos de Infantaria da 1ª Divisão.

"Dia a dia estávamos fazendo pequenos ganhos no esforço de completar o cerco no lado oriental de Aachen. Às vezes, a luta era severa. Os alemães tinham recebido uma ordem 'os olhos da Alemanha estão sobre vocês' do próprio Hitler, e disseram para defender sua pátria sagrada até o último homem", disse Colonel Stanhope Mason, Chefe de Gabinete da 1ª Divisão de Infantaria dos EUA. "A cada dia, também assistíamos a uma diminuição da desorganização do exército alemão. Artilharia e tropas estavam sendo movidas para a área de Aachen e, em um dia de folga ocasional, eles enviavam caças bombardeiros para nos bombardear e nos atarefar. Em várias ocasiões, tive a oportunidade de ver algumas lutas dramáticas de cães (lutas aéreas) no céu, quando nossos próprios caças, que tinham a supremacia completa do ar, derrubavam estes aviões alemães. Até então tínhamos aprendido que o general alemão von Schwerin, que comandava a 116ª Divisão Panzer (Wehrmacht) estava no comando do lado alemão.

"Tínhamos o encontrado brevemente na França, quando na posição de Mortain. Lá, Hitler tinha colocado Schwerin em uma posição enrolada, com ordens para atacar as forças americanas e fazer uma ruptura com Avranches. Se realizado, isto não só teria sido um milagre da capacidade alemã, mas também teria sido um golpe ruim para o avanço americano, que se moveria rapidamente da área de praia contra a oposição perturbada. Nossa Divisão de Artilharia descobriu esta divisão Panzer concentrada e, quando conseguiu passar por ela, auxiliada por caças-bombardeiros, a 116ª Divisão Panzer não foi capaz de fazer nenhum ataque. Os prisioneiros que tínhamos tirado da 116ª Divisão pareciam ter muito respeito pelo General von Schwerin, e o consideravam um bom soldado, com muito senso comum. Neste caso, ele devia saber que suas ordens para barrar em Avranches era outro dos sonhos de Hitler, mas ele não tinha escolha. Assim, encontrando-o em Aachen, sabíamos que tínhamos um bom soldado como adversário, mas um que poderia ver a futilidade de lutar até o último homem, a última rodada de munição, o último prédio da cidade. Folhetos eram arremessados para a cidade exigindo rendição com ameaças de consequências terríveis se recusadas. Em 24 horas, nossos postos de observação relataram inúmeras janelas exibindo lençóis brancos, mas nenhum movimento foi feito para "negociação". No dia seguinte, os lençóis não estavam mais em evidência. Mais tarde, soubemos que o infortúnio voltou a ser a razão de ser do General von Schwerin. Ele recomendou à sua sede superior que a cidade fosse entregue, salvando, assim, o que restava dela e de sua população civil. Sua recomendação tinha sido recusada pelo Alto Comando alemão e Schwerin foi sumariamente dispensado de suas funções em Aachen e enviado a algum lugar fora do caminho nos Balcãs. Ele sobreviveu à guerra, mas eu nunca pude conhecê-lo, embora acredite que teria gostado dele, profissionalmente e como indivíduo". (29)

O general Huebner, comandante da 1ª Divisão, percorreu o chão de terra de seu quartel-general em contemplação. Ele estava profundamente relutante em comprometer seus homens em uma batalha de casa em casa, entre os edifícios devastados por bombas de Aachen. Ele sabia no que isso implicaria e as potenciais consequências. Ele continuou estabelecendo um muro de 13 km de defesas de infantaria que quase circunavegou o perímetro da cidade. Ele só tinha que aguentar um pouco mais até que elementos da 30ª Divisão pudessem ajudar a completar seu cerco. Apesar do fato de que nenhuma ligação real tinha sido alcançada, em 10 de outubro, Huebner ordenou a entrega de um ultimato ao comandante da guarnição alemã em Aachen. O ultimato afirmou em termos inequívocos que, se o comandante não se rendesse incondicionalmente dentro de 24 horas, as forças dos EUA reduziriam a cidade a escombros com artilharia e bombas, e então, tomariam o que restasse por assalto terrestre. Alguns dias antes, uma série de bombardeios da RAF havia infligido sérios danos à cidade, uma amostra do que estava por vir, talvez.

O texto do ultimato era: "A cidade de Aachen está agora completamente cercada por forças americanas, que estão suficientemente equipadas com poder aéreo e artilharia para destruir a cidade, se necessário. Tomaremos a cidade recebendo sua rendição final imediata ou atacando-a e destruindo-a. Embora a rendição incondicional exija a rendição de todos os corpos armados, a cessação de todos os atos hostis de todo caráter, a remoção de minas e demolições preparadas, não se pretende molestar a população civil ou sacrificar desnecessariamente vidas humanas. Mas, se a cidade não for pronta e completamente rendida, o Exército Americano terrestre e as Forças Aéreas procederão impiedosamente com um bombardeio aéreo e de artilharia para reduzi-la à submissão. Em outras palavras, não há meio-termo. Ou vocês se rendem a cidade incondicionalmente, com tudo o que nela está agora, evitando assim a perda desnecessária de sangue e propriedade alemã, ou vocês podem se recusar, e aguardar sua completa destruição. A escolha e a responsabilidade são suas. Sua resposta deve ser entregue dentro de 24 horas, no local especificado pelo portador deste documento."

Os soldados americanos, 1º tenente Cedric A. Lafley, 1º tenente William Boehme, e o soldado raso Ken Kading entregaram o ultimato. Eles foram vendados pelas tropas alemãs e, depois, recebidos pelo tenente Keller, que leu o ultimato, mas não mostrou nenhuma expressão exterior de consternação. Keller entregou o documento ao oficial de guarnição *Oberstleutnant* Leyherr, um dos comandantes do regimento da 246ª Divisão. Naquela época, o número de tropas alemãs defendendo Aachen e sua área circundante foi estimado em cerca de 12.000, incluindo a reduzida 246ª Divisão *Volksgrenadier*, um batalhão de tropas terrestres da Luftwaffe, um batalhão fortaleza de metralhadoras e um batalhão *Landesschutzen*, todos sob o comando direto do Tenente Coronel Maximilian Leyherr, que se sentiu devidamente compelido a recusar o ultimato que, na essência, selou o destino de Aachen.

Ao longo dos 12 dias seguintes, uma amarga luta para decidir o destino desta antiga cidade irrompeu de porta em porta e de rua em rua. De acordo com os Aliados, tomar a cidade proporcionaria acesso relativamente fácil à rede rodoviária que se dirigia para o Leste e facilitaria um avanço direto para o complexo industrial do Ruhr antes de seguir para Berlim.

Por outro lado, Hitler acreditava que West Wall era impenetrável. Ele considerou que manter a cidade proporcionaria o valioso tempo necessário para organizar um contra-ataque e cortar as pontas de lança Aliadas, o que estabeleceria uma linha de frente estável, na qual as forças Aliadas seriam inevitavelmente contidas em um futuro previsível. Ironicamente, embora o coronel Leyherr estivesse cumprindo fielmente a ordem de Hitler de "última posição" ao rejeitar o ultimato dos americanos, isto não foi suficiente para evitar que ele se tornasse mais uma vítima da natureza volátil de seu líder. Apenas dois dias após desafiar os Aliados, Leyherr foi substituído como comandante pelo Coronel Gerhard Wilck.

Wilck estava no momento de assumir o comando sem saber que homem a homem, sua guarnição era numericamente superior àquelas tropas à disposição do General Huebner. As forças norte-americanas, no entanto, possuíam mais peças de artilharia e podiam contar com o apoio aéreo conjunto dos Aliados. Isto se tornou aparente em 11 de outubro, quando cerca de 300 P-38s e P-47s do IX Comando Tático Aéreo abriram o ataque lançando 62 toneladas de bombas sobre alvos selecionados pela infantaria e indicados com fumaça vermelha principalmente no perímetro da cidade. Uma barragem ensurdecedora, entregue por 12 batalhões da artilharia da VII Corporação seguiu o ataque aéreo que enviou mais 169 toneladas de bombas. Nos dois dias seguintes, mais ataques aéreos foram realizados, e mais bombas de artilharia caíram sobre a cidade. Em seguida, o 3º Batalhão, 26º de Infantaria da 1ª Divisão, lançou seu principal ataque ao longo de uma frente de mais de 1,5 km em direção ao centro de Aachen.

A vida na cidade, há muito tempo, havia perdido qualquer semelhança de normalidade, mas a situação estava agora em seu pior estado absoluto. A ausência de água corrente e eletricidade, agravada pelo bombardeio incessante, empurrou todos para os limites de sua resistência. A vida tinha evoluído para uma existência semi subterrânea à medida que os habitantes da cidade vacilavam e estremeciam dentro de seus porões com cada impacto de entorpecimento cerebral.

A Sra. Kunigunde Holtz vivia com sua família em Aachen em 1944. Ela se lembrou que "Meu marido foi recrutado, mas ainda não como soldado. Ele, provavelmente, era muito fraco e tinha que ficar em um campo de recuperação, e eu estava por minha conta. A criança nasceu em dezembro de 1944 e, nesta época, quando esperávamos pelos americanos, tive que deixar o apartamento e procurar um novo lar várias vezes. Desde aqui em Aachen-Steinebrück, estávamos na linha de frente do fogo, em uma terra de ninguém, por assim dizer: os alemães de um lado, os americanos do outro e as bombas por cima durante semanas e meses. Horrível!"

"E então, em algum momento de setembro, a evacuação da cidade foi ordenada. Mas, como engenheiro líder em um negócio estratégico, meu pai sempre disse: 'Não, quando chegar a hora, nós ficaremos aqui'. Ele era contra os "Camisas Marrons" e, provavelmente, estava em maus lençóis com eles, porque, muitas vezes, era descuidado com declarações críticas ou piadas políticas."

"Então, estávamos sentados no bunker quando foi dito: 'Todos para fora!' A Divisão de Assalto estava em frente ao bunker, todos tinham que deixar a cidade! Quando vi isso, disse para mim mesma: 'Não, você não vai deixar que sua evacuação para algum lugar aconteça!' Então, no meio desta confusão, de alguma forma, eu fui embora. Fiquei aterrorizada. E eu os ouvi: 'Pare ou eu atiro!', mas, nada aconteceu. Estava tudo na minha cabeça e, em pânico, eu havia inventado uma desculpa para estar do lado seguro. Mas... Nada! Eu simplesmente continuei. Esta foi a decisão mais difícil para mim e para meu filho, mas foi a decisão certa".

"Para onde ir? Como precaução, eu tinha alugado um apartamento perto da fronteira, em Eynatten [na Bélgica]. Eu fui lá. Sem defesa e completamente sozinha, primeiro atravessei as linhas alemãs e, depois, as americanas! Depois, vi o primeiro soldado alemão morto, deitado na rua, em Jahnplatz. Uma cena aterrorizante. Ele deve ter ficado lá por dias. Como eu disse: terra de ninguém!"

"Mas, depois, tive sorte novamente: um jipe americano parou, fui verificada, interrogada e, depois, me levaram para Eynatten, em segurança. Fiquei lá o máximo de tempo possível. O proprietário de uma casa na vizinhança, um verdadeiro anjo da guarda, me deu um carrinho de bebê com roupas de criança. Você nunca sabia o que iria acontecer e onde estaria então. Alguns dias depois, minha família me acompanhou. Meus pais e minha cunhada, eles foram libertados pelos americanos e temporariamente evacuados para um antigo quartel belga em Hombourg".

"Como Aachen foi libertada, pude voltar ao hospital em Lütticher Straße, "Sanatório", como era chamado naquela época. Depois disso, as coisas finalmente melhoraram. Mas, depois, tivemos que mudar de residência várias vezes, com a criança pequena, que ficou gravemente doente por causa da escassez geral, mas essa é outra história". (30)

O combate nas ruas de Aachen rapidamente começou a seguir um padrão que refletia a natureza urbana do campo de batalha. Isso era exatamente o que Huebner temia, mas, naquelas circunstâncias, era inevitável. As forças atacantes se dividiam em equipes de assalto compactas; cada pelotão acompanhado por um tanque ou destruidor de tanques. O objetivo era manter fogo contínuo sobre cada alvo designado até que os atiradores avançassem para fazer o assalto. Então, a blindagem apontaria sua torre para o próximo prédio e, apoiada por metralhadoras pesadas, o processo seria repetido. Se os defensores provassem ser muito difíceis de desalojar, os atiradores poderiam chamar equipes de demolição e lança-chamas. Era uma forma trabalhosa, aterrorizante e extremamente perigosa de travar uma batalha, pois a artilharia leve e o fogo de morteiro avançavam um bloco por vez, à frente da infantaria atacante, apoiada por artilharia mais pesada, que martelava as comunicações alemãs mais profundas na cidade.

Em sua sede no resplandecente Palast-Hotel Quellenhof, no Farwick Park, na seção norte da cidade, o General Wilck pediu reforços com urgência. À noite, ele havia recebido os últimos 159 homens disponíveis de seu próprio 404º Regimento. Um batalhão da SS, que já havia feito parte da 1ª Divisão da SS Panzer *Leibstandarte Adolf Hitler,* também tentou alcançá-lo, mas eles foram desviados por um ataque lançado pelos seus antigos adversários, a 30ª Divisão, perto de Wurselen. No dia seguinte, para alívio de Wilck, oito armas de assalto conseguiram alcançá-lo, mas isto foi consideravelmente menor do que ele esperava. Durante a tarde de 19 de outubro, Wilck emitiu uma ordem: "Os defensores de Aachen se prepararão para sua última batalha. Restritos ao menor espaço possível, lutaremos até o último homem, o último projétil, a última bala, de acordo com as ordens do Führer. Diante da inimaginável e desprezível traição cometida por certos indivíduos, espero que cada defensor da venerável

Clarence Huebner, na Linha Siegfried, durante a Batalha de Aachen, em outubro de 1944.

Cidade Imperial de Aachen cumpra seu dever até o fim, em cumprimento de nosso Juramento à Bandeira. Espero coragem e determinação para resistir. Viva o Führer e nossa amada Pátria!".

O comunicado fez uma referência velada ao General von Schwerin, sem dúvida, um dos "certos indivíduos" a que Wilck se referiu. Apesar do encorajamento de Wilck, os nazistas não lutaram até o último homem e, no dia 21 de outubro, às 12h05, o Brigadeiro-General George A. Taylor aceitou a rendição alemã na sede do Coronel Corley. A sangrenta batalha pela primeira grande cidade alemã estava terminada. Mas, foi uma vitória que veio com algum custo, com 85% desta outrora orgulhosa cidade agora em ruínas.

O tenente da Primeira Divisão G2, Robert Botsford, havia sido repórter do *The New York Times* antes da guerra e foi solicitado a fornecer um relatório de suas observações. Ele escreveu: "Os termos costumeiros em imaginar danos a um edifício, valor monetário ou um inventário detalhado dos destroços, não podem ser aplicados nem mesmo em extensão à cidade de Aachen como está agora, após doze dias de assalto por bombardeio e artilharia. A cidade está tão morta quanto uma ruína romana, mas, ao contrário de uma ruína, não tem a graça de uma decadência gradual. O fim de Aachen chegou tão subitamente e tão completamente que agora não tem nenhum interesse histórico, exceto como uma lição de objeto no poder e na aplicação da guerra moderna. Os produtos da civilização mais recente apenas aumentaram o desastre. Esgotos estourados, redes de gás quebradas e animais mortos criaram um cheiro quase que avassalador em muitas partes da cidade. As ruas são pavimentadas com vidro estilhaçado; cabos de telefone, luz elétrica e bondes estão balançando e enredados juntos por toda parte, em muitos lugares, carros naufragados, caminhões, veículos blindados e armas de fogo espalhadas pelas ruas. A maioria das ruas de Aachen estão intransitáveis, exceto a pé; muitas das vielas mais estreitas estão intransitáveis por qualquer meio. Algumas das principais vias ainda estão abertas ao tráfego de veículos, principalmente porque são suficientemente largas para permitir a passagem ao redor dos edifícios que se espalharam pela rua. Embora seja verdade que algumas partes da cidade sofreram menos que outras, a comparação só pode ser estabelecida em termos de danos ou destruição. Em um passeio por quatro quintos da cidade, não foi observado nenhum edifício que tivesse sido intocado pela explosão, pelo menos, e muitas seções, é claro, tinham sido amontoadas em escombros, sem formato, por bombas de saturação". (31)

O Tenente General Clarence R. Huebner nasceu e cresceu em uma pequena cidade no centro do Kansas. Um soldado de carreira, alistou-se no exército como soldado particular em 1910 e serviu na Primeira Guerra Mundial. Huebner escreveu: "Nós alcançamos a fronteira da Alemanha em 12 de setembro, vimos Aachen das colinas vizinhas e percebemos que tínhamos um 'osso duro de roer'. Não sabíamos que seria no dia 21 de outubro, antes da última rendição alemã, e que a Cidade Imperial de Carlos Magno seria nossa. As defesas da Linha Siegfried ao redor de Aachen eram um esporão das principais defesas que estavam na retaguarda da cidade, mas eram do mesmo tipo; dentes de dragão para dificultar a ação do tanque, casamatas e esconderijos onde estavam localizadas as armas automáticas, além de minas e emaranhados de arame".

"Em vez de atacar diretamente em Aachen, o plano de ação da Divisão exigia um cerco oriental das defesas. Um avanço lento e esmagador da 16ª Infantaria contra os frequentes contra-ataques capturados em Munsterbusch e ameaçados em Stolberg". (32)

UMA VITÓRIA CARA

Aachen foi uma vitória duramente conquistada. O que restou depois que a luta se dissipou foi um espectro latente desta antiga sede de imperadores. Milagrosamente, como na cidade de Colônia, a catedral de Aachen estava cicatrizada, mas intacta. Entre as ruínas e a alvenaria dispersa, os corpos e membros em decomposição de civis e soldados se deterioravam durante as chuvas de Outono. Os escombros foram intercalados com chamas azuis de gases rompidos que acrescentaram ao fedor rançoso, sulfúrico da decadência e da morte. Levaria décadas para reconstruir a primeira cidade a cair pelos Aliados. Embora os bombardeios dos Aliados tivessem devastado muitas cidades alemãs, as forças terrestres americanas haviam provado que as cidades alemãs não eram invencíveis e que o Terceiro Reich estava começando a fraturar tanto externa quanto internamente.

Enquanto o General Courtney Hodges se concentrava em seu avanço para o Leste, ele negligenciou o estudo de mapas regionais do que parecia ser uma área densamente florestada entre as cidades alemãs de Aachen, Düren e Monschau. A 9ª Divisão de Infantaria dos EUA havia se aventurado na floresta em setembro de 1944 e descobriu que se tratava de um ambiente desafiador. Os poderosos abetos de

Douglas e outras variedades de árvores, permitiam que pouca luz do Sol se infiltrasse nas profundezas etéreas e úmidas, que estavam embebidas em poças de lama que nunca evaporaram devido às chuvas de setembro. Aproximando-se da floresta Hürtgen, uma equipe de reconhecimento dos EUA viu um vasto e ondulante mar verde que se estendia até onde os olhos podiam alcançar. Um deles disse: "Vamos enviar nossos rapazes para lutar nisso?".

CAPÍTULO NOVE

ENQUANTO ISSO, NA FORTALEZA METZ

UM DOS PONTOS MAIS FORTES da famosa Linha Maginot francesa estava localizado entre as colinas de Ardenas e de Vosges, na França. Metz era uma cidade fortificada desde os tempos antigos, reconstruída pela França no período pós-Napoleônico, modernizada pela Alemanha em 1870-1914, e modernizada novamente pela França durante o esforço Maginot, em 1935-40. Metz era, sem dúvida, a porção mais fortificada da Linha Maginot, mas estas defesas ainda haviam sido habilmente circunavegadas pelos alemães em 1940.

Mas, em 1944, a situação era totalmente diferente, com o General George S. Patton e seu Terceiro Exército planejando um ataque frontal completo. Ele usaria todos os meios à sua disposição para comprometer as fortificações da Linha Maginot e avançar para a Alemanha. O tempestuoso general tinha percorrido energicamente 650 km pelo centro da França até a região de Lorraine em um único mês. Já em 8 de setembro, a 5ª Divisão de Infantaria americana havia estabelecido uma ponte na margem leste do Moselle, ao sul de Metz, e as esperanças eram grandes.

Os alemães estavam, para todos os efeitos, recuando em desordem, e ninguém esperava que fizessem um esforço concertado para defender a Linha Moselle. Mas, sob o comando do general da *Panzertruppen,* Otto Knobelsdorff, e seu Primeiro Exército, eles tomariam uma posição determinada.

Mesmo com o "Red Ball Express" (o sistema de caminhões de comboio estabelecido no Outono de 1944 para abastecer os exércitos Aliados) ficando sem combustível, Patton reclamou incessantemente da falta de abastecimento adequado que ele necessitava para sustentar o ímpeto, que no dia 23 de setembro houve uma parada balbuciante. Isso foi, em parte, devido à tenaz defesa alemã, mas também, devido à mudança de prioridade dos Aliados em se concentrar no Norte, em direção à Bélgica e à Holanda. Patton foi autorizado a conduzir ataques limitados, mas permaneceu sob ordens estritas da SHAEF para não fazer nenhum movimento para cercar e sitiar Metz.

A partir de setembro, o Terceiro Exército de Patton estava martelando em Metz, mas logo percebeu que tomar o sistema de fortaleza lá seria consideravelmente mais difícil do que o *Old Blood and Guts* havia assumido inicialmente. Considerada a cidade mais fortificada da Europa na época, ela compreendia 43 fortes dispostos em uma cintura interna e externa que se estendia 10 km a oeste de Moselle e alcançava mais 6 km a leste da cidade.

Os fortes mais imponentes do complexo eram Driant e Jeanne d'Arc. Ambos eram construções gigantescas de aço e concreto armado, completos com armas alojadas em torres de aço giratórias e a guarnição protegida em cômodos subterrâneos cercados por fossos secos e várias fileiras de arame farpado. Em setembro, agindo com base em relatórios de inteligência errôneos, que afirmavam que o Forte Driant estava pouco seguro, o coronel Charles Yuill, comandando o 11º Regimento de Infantaria da 5ª Divisão, elaborou um plano de ataque que foi aprovado pessoalmente por Patton.

Embora as lutas esporádicas continuassem durante todo o mês de outubro, chegou a ser considerado como uma espécie de hiato, um momento de preparação para os próximos movimentos. As tropas foram tratadas com filmes e por Bing Crosby. O sargento Ed Stone, correspondente do jornal militar americano *Stars and Stripes*, escreveu em sua coluna de 25 de setembro de 1944: "Cantando em salões, campos, nas caçambas de caminhões nas praças das cidades capturadas, Bing Crosby, juntamente com sua trupe USO Campshow, viajou mais de 1.500 milhas e montou até cinco shows por dia para soldados americanos desde sua chegada à França, em setembro de 1944".

"Vestido com roupas e bonés militares, com seu inevitável cachimbo na boca, Crosby cantou por toda a França, fazendo shows para tropas espalhadas desde as areias da praia até as linhas de frente. Em várias ocasiões, o grupo apareceu dentro do raio de alcance dos tiros das posições alemãs. Enquanto estava na área de Valognes, Crosby uniu forças com Fred Astaire, a estrela de outro grupo USO, e durante sua visita às tropas do 3º Exército, cantou com Dinah Shore e sua unidade de entretenimento. Crosby, geralmente, encerrava seus programas cantando "*White Christmas*" e expressando a esperança de que o Natal de 1944 os encontre em casa".

Em 3 de novembro de 1944, foram emitidas ordens para o ataque e uma redução dos fortes em torno de Metz. Uma vez que isso fosse conseguido, o Terceiro Exército poderia retomar suas operações ofensivas e avançar para o Reno. O plano implicaria um cerco a Metz, seguido do reconhecimento ao rio Saar, a fixação de uma cabeça de ponte nas proximidades de Saarburg e, de acordo com outras ordens, da continuação do ataque para o Nordeste. Em relação a Metz, a ordem declarou em termos inequívocos que a intenção era destruir ou capturar a guarnição alemã sem ter que sitiar os fortes, o que, por si só, seria quase impossível.

O que se seguiu, exigiu um movimento de pinça meticuloso e perfeitamente orquestrado. A 90ª Divisão de Infantaria foi alocada para implementar o plano de cerco primário da cidade a partir do Norte, enquanto a 5ª Divisão de Infantaria deveria atingir Metz a partir do Sul. Uma vez fechada a pinça concêntrica, a 95ª Divisão de Infantaria seria encarregada de conter o saliente oeste do Moselle e proteger a cidade. A 10ª Divisão 'Tigre' de Blindados foi destinada a seguir a 90ª Divisão. Naquela época, a 10ª Divisão Blindada era comandada pelo Major General W. H. H. Morris, graduado em West Point e veterano da Primeira Guerra Mundial. Ele havia liderado um batalhão de infantaria

Um tanque da 10ª Divisão 'Tigre' de Blindados em movimento após a Batalha de Metz. Eles seriam a primeira unidade americana a chegar a Bastogne algumas semanas depois da 'Batalha do Bulge' irromper.

nas famosas operações St. Mihiel e Meuse-Argonne, e havia recebido uma Cruz de Serviço Distinto por bravura em ação.

De todos os fortes a serem atacados, Driant era um dos mais fortes e modernos. Localizado na cintura externa ao redor de Metz, 8 km a sudoeste da cidade, na margem oeste do Moselle, ele foi construído no topo de uma colina de 356 m, rodeado por fileiras de arame farpado no perímetro externo e dentro de um fosso seco que media 18 x 6 m, originalmente projetado para retardar a infantaria e rastrear veículos. Suas armas de 100 mm e 150 mm foram montadas em torres visíveis acima do solo; os bunkers e o forte central eram subterrâneos, ligados por uma complexa rede de túneis, todos protegidos por um teto de concreto armado de 4,5 m de espessura.

Os esforços para tomar Driant rapidamente assumiram as características de famosas batalhas contraminas, como a que foi travada em Messines, na Primeira Guerra Mundial. Tentativas de ejetar os defensores alemães através de bombardeios aéreos e de bombardeios de granadas tiveram pouco sucesso devido à densidade do concreto armado do forte.

Cerca de 30.000 soldados alemães defenderam a cidade de Metz. Ao Norte, a 416ª Divisão de Infantaria, com uma força estimada em 8.300 homens, manteve o setor que se estendia desde Koenigsmacker até o limite norte da XX Corporação. A 19ª Divisão de Infantaria, que ultrapassou 5.000 tropas, manteve o Moselle de Koenigsmacker ao Sul, 8 km de distância da cidade. Ao sul de Metz estava a 17ª Divisão Panzer Grenadier SS, com aproximadamente 6.000 homens. Outras unidades do Quartel Geral, tais como batalhões de fogos antiaéreos e batalhões de artilharia, totalizando 2.000 homens, foram distribuídas liberalmente por toda a área.

O Tenente-General Kittel, especialista em defesa da fortaleza, foi transferido da Frente Leste para assumir o comando da 462ª Divisão *Volksgrenadier*. Entretanto, ele não chegou em Metz até que a operação tivesse começado, e só então pôde posicionar suas unidades para atender ao ataque e emitir ordens de defesa a todo custo, ecoando as instruções padrão de Hitler de "último homem, último cartucho".

O PROBLEMA COM OS TANQUES

Outubro tinha sido um mês de lazer para a maior parte do Terceiro Exército de Patton. Quando as chuvas torrenciais de novembro caíram, uma nova tentativa foi feita para atravessar o Moselle. O cabo Louis Gruntz estava com o 712º Batalhão de Tanques, 90ª Divisão. Suas lembranças são: "Ao tentarmos atravessar o rio Moselle, a artilharia alemã estava encontrando os locais da ponte com precisão mortal e punitiva. A chuva tinha causado uma cheia no rio Moselle e, em alguns lugares, tinha mais de 800 jardas de largura. Só que isso não impediu aqueles engenheiros americanos de continuarem lutando".

"De tempos em tempos, a palavra seria recebida para 'preparar a travessia'. Mas, quando isto acontecia, os tanques, com seus flutuadores recém fixados, que tinham sido colocados em tempo recorde, rastejavam pelas estradas turvas e enlameadas no escuro da noite, apenas para serem informados de que as fortes correntes do rio tinham quebrado a ponte, ou minas a tinham explodido, ou os golpes diretos de balas a tinham arruinado. Um novo local para a ponte seria escolhido e os tanques percorriam a lama para se aproximar, apenas para descobrir que o anterior tinha sido redesignado para o trabalho. Os pilotos de tanque passaram noites de vigília em palheiros nas proximidades e escutaram os *Long Toms* próximos enviando barragens contra os alemães".

Em 7 de novembro, a 90ª Divisão começou a reunir suas tropas na margem oeste do Moselle, em frente à cidade de Koenigsmacker, de onde pretendia fazer sua travessia do rio. Enquanto isso, a 5ª Divisão havia retornado a suas antigas posições na ponta da ponte ao sul de Metz. O plano de ataque da XX Corporação implicava que a 5ª Divisão fizesse seu principal esforço no Sul, iniciando em 9 de novembro. Em 4 de novembro, o General Walker decidiu que a 5ª Divisão não atacaria simultaneamente com a XII Corporação.

Durante a primeira semana de novembro, a 10ª Divisão Blindada foi inicialmente designada para trabalhar com a 90ª Divisão para afetar o amplo cerco ao norte de Metz, e tinha recebido uma frente estreita a oeste de Metz. A 10ª Divisão Blindada não seria aliviada até 8 de novembro, quando já havia superado as expectativas e já estava preenchendo o Norte.

A situação na margem distante finalmente chegou a uma fase tão crítica que o apoio à blindagem se tornou essencial para que ela fosse retida e explorada. Em 13 de novembro, às 14h, o pelotão da Companhia B do 712º Batalhão de Tanques desceu até a margem do rio e, sob uma elaborada cortina de fumaça, cautelosamente, atravessou em balsas enquanto os cartuchos alemães afetavam as águas ao seu redor. O poder de fogo destes cinco Shermans foi, de longe, superado pelo impulso moral que eles deram aos GIs exaustos na margem distante que haviam levado uma martelada da artilharia alemã. Foi um momento emotivo, pois tanto o pelotão B quanto a Companhia C de tanques que chegaram ao outro lado foram recebidos com aplausos e lágrimas.

Em pouco tempo, a armadura se disseminou para dar apoio às tropas da frente e a atmosfera mudou de um sentimento geral de retenção de última hora para uma ofensa agressiva. Enquanto isso, o trabalho na ponte continuou, apesar dos contínuos ataques alemães, e o sucesso veio, finalmente, para os engenheiros obstinados. Na noite de 14 de novembro, o batalhão inteiro estava atravessando a ponte de pontão, juntamente com grandes quantidades de suprimentos. Louis Gruntz estava em um dos primeiros cinco tanques a atravessar nas jangadas.

O General Patton disse sem modéstia: "A travessia do Moselle pela 90ª Divisão foi uma das épicas travessias fluviais da história".

Assim que chegaram à margem distante, Louis se deparou com outro problema. Durante a tarde de 13 de novembro, pouco antes do anoitecer, um pelotão de três tanques fez um avanço com a infantaria para uma área chamada bosque Reitholtz. Louis descreveu o que aconteceu em seguida: "Estávamos avançando e entramos em um campo de minas. Meu tanque bateu em uma mina, que explodiu em uma das esteiras. A infantaria estava caminhando ao nosso lado. Um da infantaria pisou em uma mina e teve sua perna arrancada. Eu não podia sair para ajudá-lo, porque tínhamos ordens de não sairmos do tanque, pois era muito perigoso; se tentássemos sair e ajudá-lo, provavelmente, pisaríamos em uma mina também. Era noite e eu podia ouvi-lo gritar. Eu gritei com ele para colocar um torniquete em sua perna. Recebemos ordens para ficarmos quietos até que os engenheiros pudessem limpar o campo minado à luz do dia. Escutei o soldado de infantaria a maior parte da noite e gritei-lhe palavras de encorajamento, dizendo-lhe que tudo ficaria bem. Quando chegou a luz do dia, eu não ouvi mais o soldado. O tanque que ele estava acompanhando foi retirado do campo de minas, mas nunca descobri se o soldado de infantaria foi resgatado ou se ele morreu naquele campo". (33)

Até o final de novembro, e depois de uma luta prolongada e amarga, apenas quatro fortes, aqueles que Kittel havia escolhido para fortificar quando assumiu o comando, ainda estavam ocupados pelas forças alemãs. Em 8 de dezembro, as guarnições de St Quentin, Plappeville e Driant haviam se rendido e, em 13 de dezembro, o último reduto do forte Jeanne d'Arc finalmente capitulou. A luta estava longe de ter terminado, e ainda havia trabalho pela frente para o Terceiro Exército, mas outros assuntos logo teriam precedência.

CAPÍTULO DEZ

SE VOCÊ FOR PARA A FLORESTA

A BATALHA DA FLORESTA DE HÜRTGEN começou em setembro de 1944 e duraria até meados de fevereiro de 1945. Foi o mais longo e demorado compromisso que os americanos já tiveram na história do exército dos Estados Unidos. O exército americano incorreria em mais de 34.000 baixas, no que se tornou uma das mais sangrentas e desastrosas campanhas da Segunda Guerra Mundial. Ainda é um assunto polêmico, e os historiadores continuam a discutir até hoje se foi ou não necessário entrar nesses bosques e lutar contra os alemães em seu próprio território. O nome Hürtgen não aparece em muitos memoriais, e enquanto algumas outras batalhas no Outono de 1944 foram mais dramaticamente decisivas, nenhuma foi mais dura ou mais sangrenta do que essa.

Abetos altíssimos e estreitos faziam da Floresta de Hürtgen um mundo sinistro e agourento onde, uma vez que as nuvens de chuva se dissipavam, o luar era atenuado para um crepúsculo assustador, que se infiltrava através de uma copa quase impenetrável para os altos pinheiros cercados por folhas encharcadas e detritos da floresta em decomposição. De tempos em tempos, valas feitas pelo homem dissecavam o matagal, que havia sido cavado quando o fogo se acalmava. Ocasionalmente, o chalé de um lenhador podia ser visto escondido entre as árvores, em uma cena diretamente saída de um conto de fadas germânico. A *Hürtgenwald*, para dar-lhe seu nome em alemão, é suficientemente sombria em tempos de paz, mas, em 1944-5, foi uma terrível armadilha mortal, com inimigos ocultos, balas que chicoteavam e ogivas que arrebentavam com trovões, reduzindo as árvores a fósforos e perfurando o solo com crateras em forma de conchas, cadáveres em decomposição e homens feridos.

Em 12 de setembro, a 1ª Divisão de Infantaria e 3ª Divisão Blindada haviam chegado à fronteira ocidental da Alemanha na pequena cidade de Roetgen, ao sul de Aachen. A 3ª Força Tarefa de Combate Blindada B Lovelady, sob o comando do Tenente-Coronel William B. Lovelady, foi a primeira força Aliada a entrar na área. O clima inclemente, um sistema de abastecimento pouco confiável e um inimigo muito organizado logo começaram a dificultar seu progresso. Esta região acabaria se tornando sinônimo de uma tragédia sem precedentes e de um sofrimento terrível para todos os que ali lutavam. A decisão de entrar na região privaria os soldados americanos que lutaram através deste inferno verde de todas as vantagens táticas anteriores.

A 60ª Infantaria, 9ª Divisão, já havia experimentado um sabor sinistro do que estava previsto. Foi comandada pelo Major General Louis A. Craig, que havia conduzido seus homens através de tempos difíceis, dos desertos do norte da África e de toda a França. Quando chegou a Hürtgen, o 60º Regimento de Infantaria da divisão já estava operando com menos de 40% da força. Os outros dois regimentos do 9º, o 39º e o 47º, também estavam com baixa resistência. Durante a maior parte do mês de setembro eles haviam operado em uma frente que se estendia desde Schevenhuette, perto de Stolberg, ao Sul, através da floresta de Hürtgen, e do Corredor de Monschau e até o cume Hoefen-Alzen, a sudeste de Monschau, uma distância de mais de 30 km. Eles haviam entrado na floresta e foram muito maltratados por pequenas, porém, tenazes unidades alemãs. Feridos e atordoados, logo recuaram em desordem. Eles haviam descoberto, para seu desgosto, que dentro do triângulo havia uma região de desfiladeiros profundos densamente florestados, altos cumes e trilhas estreitas. Esse terreno era ideal para uma posição defensiva, e se revelaria um tremendo impedimento para o primeiro Exército na direção do Rio Roer.

Dentro dos limites da floresta há numerosos cumes e colinas com declives vertiginosos e quase nenhuma estrada transitável. É o lar de alguns dos terrenos mais acidentados da Europa. Aninhado na base dos dois cumes principais que dividem a floresta está o rio Kall, uma via navegável que, na verdade, não passa de um riacho, dependendo da época do ano. Para piorar a situação, dois bandos da Linha Siegfried também correram para o meio da floresta. Em seus cantos mais densos, a visibilidade na floresta se estendia por apenas 15 m.

Os Aliados estavam se acostumando com recepções calorosas e exuberantes, mas isso só se aplicava quando chegavam como um exército de libertação. Uma vez que entraram na região de língua alemã da Bélgica e atravessaram fisicamente a fronteira, não houve gritos de "*Vive les allies*". Agora, eles eram um exército invasor, de ocupação, e as populações indígenas não estavam tão felizes em vê-los. Havia precursores duvidosos sobre os fatos futuros, e isto era algo que os soldados Aliados sentiam ao se aproximarem do perímetro da região da floresta de Hürtgen, na pequena cidade de Roetgen. Um GI foi ouvido cinicamente cantando: "Se você for para a floresta hoje, terá uma grande surpresa". A maioria dos soldados era supersticiosa e os presságios definitivamente não eram favoráveis.

Alfred F. Knaack, da 9ª Divisão de Informação, 60º Regimento, experimentou a floresta de Hürtgen em setembro e outubro de 1944. "Estávamos indo em apoio a outra companhia que estava tentando avançar", ele lembrou mais tarde . "A arma nº 2 estava fazendo o disparo, eu estava no bunker, na arma nº 3, retransmitindo ordens de fogo para a nº 2 pelo telefone. De repente, os caras da nº 2 disseram que estavam fora de ação e eu recebi ordens para colocar minha arma em jogo. Eu tinha acabado de disparar cinco tiros e a ordem era para mais cinco, no mesmo lugar. Então, eu tinha mais cinco prontos, disparei dois e tinha os dois próximos em minhas mãos, prontos para disparar, quando aconteceu".

"A próxima coisa de que me lembro foi eu estar de costas, olhando para cima, sem conseguir enxergar. Minhas mãos estavam dormentes, mas tudo mais parecia funcionar. Sem pensar em cartuchos caídos, levantei-me e caminhei de volta ao meu bunker. Então, isso era ser uma vítima. De certa forma, foi um alívio, pois quase todos que ficam sob ataque passam por isso mais cedo ou mais tarde". (34)

Knaack só conseguiu falar de suas experiências quase 70 anos depois. Em março de 2003, ele foi à Europa para visitar seu antigo campo de batalha. Graças à ajuda de seu filho, John, seu sobrinho, Jim Mitchell, e o ex-proprietário do Museu Hürtgenwald, Manfred Klinkenberg, conseguiram encontrar o local exato onde Alfred foi ferido. Hürtgen continua sendo um campo de batalha intacto, quase intocável, e juntos conseguiram descobrir a verdadeira trincheira de Alfred, juntamente com as trincheiras de armas nº 2 e nº 1. Eles também viram duas depressões quadradas onde os corpos tinham sido enterrados.

A CALMA ANTES DA TEMPESTADE

Quando as tropas americanas entraram na floresta, caminharam com cautela, observando cada passo à frente e sabendo que seus oponentes estavam esperando em terreno familiar. Os alemães haviam conseguido transformar a floresta em um labirinto impenetrável de casamatas bem camufladas, completas com campos de fogo interligados, resmas de arame farpado e campos minados. As poucas estradas e trilhas que atravessavam a floresta tinham sido zeradas pela artilharia inimiga. Meses antes, a Organização Todt alemã havia estabelecido um complexo tabuleiro de xadrez de casamatas construído com concreto armado e toras de madeira.

Chester H. Jordan foi o primeiro tenente da Companhia K, 47º Batalhão de Infantaria. Segundo ele: "Durante dois dias não vimos nada além de árvores. Não vimos alemães, não vimos edifícios. Nada. No segundo dia, estávamos tão perto de Zweifall que suas sirenes de ataque aéreo soaram como se estivessem na fileira seguinte de árvores. Nossos rádios captaram o aviso do ataque aéreo deles: '*Achtung! Achtung!*'" No terceiro dia, Jordan e seus companheiros estavam atacando o Nordeste, e estavam empoleirados em uma trilha na encosta de uma colina. Abaixo deles, à vista de todos, as pessoas no vilarejo de Schevenhütte prosseguiam seus negócios aparentemente sem consideração pela guerra. O tenente espantado viu, então, um oficial alemão caminhando perto de sua posição, estudando um mapa. Jordan lembrou que: "Nenhum de nós tinha ouvido falar de um oficial alemão indo sozinho a qualquer lugar, então, esperávamos que a merda voasse a qualquer minuto. Pegamos as armas e corremos ou caímos pela encosta íngreme. Era um coronel alemão, que não só ficou surpreso, mas irritado com algo terrível. Nós o capturamos e o mandamos de volta". O pelotão continuou por uma estrada e subiu outro cume. "O sargento Myers foi o último a atravessar a estrada e, quando o fez, ouviu uma motocicleta vindo do Leste. Myers ajoelhou-se ao lado de uma árvore e atirou. Ele atirou o motociclista para a vala. Pedi uma parada e pedi instruções por rádio. Eles disseram: 'Pegue o vilarejo'. Fizemos uma curva à esquerda e descemos a colina até o vilarejo. Nossa velocidade era o produto da colina íngreme, e não do zelo de combate".

"Enquanto corríamos pelos quintais, procurei a porta dos fundos mais prática. A que eu abri, levava para uma pequena cozinha comercial e, depois, diretamente para a taberna de um pequeno hotel. O único habitante era um velho digno, com um bigode grande, que usava um casaco de cauda e uma camisa de gola abaulada. Eu o movi para trás do bar e o mandei trazer cerveja para nós três no cômodo. Eu estava me preparando para uma segunda rodada quando ouvi fogo de fuzil lá fora. Ao sair do bar, pude ver a seção [americana] de metralhadoras ao lado da igreja na estrada de Gressenich [outra cidade dentro da floresta]. A seção estava indo pela estrada para montar a metralhadora, quando um jipe Volkswagen com quatro soldados *Kraut* passou correndo. Os alemães acenaram, e nossos homens retribuíram, e ambos perceberam ao mesmo tempo que estavam confraternizando com o inimigo. Eles tinham disparados alguns tiros de fuzil, mas naquele momento, o carro já tinha virado à esquerda na igreja e se dirigia para Düren. O inimigo desapareceu, abandonando o veículo por um riacho cuja ponte havia sido explodida". (35)

Durante os três dias seguintes, os soldados da Wehrmacht, não percebendo que os americanos estavam no controle, vaguearam por Schevenhütte. Os soldados utilizaram um bunker na vila com massivas comunicações como sua sede central. O comandante do batalhão, Jordan, enviou um sargento de língua alemã para interceptar mensagens detalhando os pontos de reunião. Ele imediatamente retransmitiu os dados para a artilharia. Isolados do resto da companhia, Jordan e seu pequeno grupo suportaram vários dias de rações esparsas e o barulho inquietante de uma atividade vigorosa das tropas inimigas próximas. Eventualmente, o pelotão voltou para o cume acima de Schevenhütte, enquanto outros do 47º tomaram posições na área.

Em outros lugares, outros soldados da 9ª Divisão de Infantaria entraram em um ambiente muito mais mortífero. O 39º Regimento pressionou um ataque a Lammersdorf na beira da floresta, cerca de 13 km ao sul de Schevenhütte. De uma colina com vista para aquela aldeia, os alemães martelaram os americanos com tudo, desde armas pequenas até artilharia pesada. "O inimigo atacou cinco ou seis vezes", relatou um oficial alemão. "A regularidade era surpreendente, tanto que cada ataque era repelido, principalmente, com grandes perdas. Por esta última razão, o inimigo solicitou um armistício curto de um dia para curar os feridos e enterrar os mortos. Isso foi concedido. No entanto, o ataque foi repetido no dia seguinte, na hora habitual". Levou duas semanas para que o 39º desalojasse os defensores.

O avanço do 60º Regimento em direção ao cume Höfen-Alzen, ao sul de Simmerath, provou ser igualmente frustrante. O comando e o controle se partiram, enquanto rajadas vindas das árvores derramavam estilhaços mortais sobre soldados caídos e sobre aqueles agachados em trincheiras. As áreas abertas, lotadas de fogo inimigo, e os mapas disponíveis forneceram poucas informações sobre as poucas trilhas que puderam ser encontradas. Os rádios funcionavam mal na floresta espessa e nas cavernas escondidas logo abaixo da superfície. Os bunkers de concreto reforçado com aço, muitas vezes protegidos por camadas de terra, eram impermeáveis às bombas de mochila. Muitas vezes, eram necessários até uma dúzia de golpes da artilharia de 155 mm para forçar os habitantes a se renderem. As casamatas desafiavam até mesmo os caças Aliados. Pressionados por suas posições defensivas maciças, os alemães contra-atacaram, atingindo com força o 39º e 60º regimentos. No entanto, auxiliados por tanques da 3ª Divisão Blindada, os americanos foram lentamente forjando a frente.

Os alemães apressaram-se em reforços para enfrentar a mais profunda penetração dos GIs, na cidade de Germeter, a 5 km do centro estratégico de Schmidt. Entre 6-16 de outubro, a 9ª Divisão ganhou cerca de 3 km a um custo de 4.500 homens mortos, feridos ou desaparecidos. Tendo lutado apenas a uma curta distância para dentro da floresta, a 9ª Divisão ficou esgotada e exausta. As fortes chuvas também causaram um pesado impacto sobre o pessoal e o equipamento, tornando o solo um atoleiro virtual. Mesmo quando o tempo melhorou ligeiramente, nunca foi o suficiente para que o solo saturado secasse corretamente. Os soldados em Hürtgen, muitas vezes, se encontravam chafurdando em um mar de lama que lembrava a Primeira Guerra Mundial.

O Tenente General Courtney H. Hodges, como comandante o Primeiro Exército, pode orientar uma eventual incursão dentro da floresta. Encarcerado na bela cidade belga de Ardennes, em Spa, ele se acomodou na antiga suíte de Hindenburg, no Hotel Britannique, onde se instalou para considerar suas opções para a campanha do final do Outono. Hodges estava no comando de três corporações que pertenciam ao Primeiro Exército, totalizando mais de 256.000 homens. Eles foram destacados em uma linha que corria de Norte a Sul. A XIX Corporação do Major General Charles H. Corlett estava na seção norte da fronteira germano-belga, enquanto a VII Corporação do Major General J. Lawton Collins ocupou o centro e a V Corporação do Major General Leonard Gerow foi organizada ao Sul. Já em 6 de setembro de 1944, Hodges havia dito audaciosamente a seus funcionários que, com mais dez dias de bom tempo, a guerra estaria terminada.

Ao contrário da maioria de seus contemporâneos, Hodges havia falhado na Academia Militar de West Point. Ele teve que começar do zero, subindo nas fileiras depois de se alistar como soldado raso em 1905. Ele era filho de um editor de jornais do sul da Geórgia. Fisicamente, era de altura média, com uma postura que o fazia parecer mais alto. Seu longo rosto era coroado com uma testa coberta e orelhas proeminentes. Hodges era geralmente considerado como uma figura estoica, inarticulada e pouco expressiva. Ele, raramente, visitava sua Corporação e comandantes de divisão no campo, preferindo que eles visitassem seu quartel general e o informassem ali. Ele ganhou a reputação de ser extremamente intolerante a qualquer erro e sempre foi rápido em aliviar os comandantes subordinados quando suspeitava que faltavam iniciativa e motivação. Foi dito que ele delegou grande parte do comando e controle do Primeiro Exército a seu chefe de pessoal, o Major-General William B. Kean. Eisenhower disse, certa vez, de Hodges: "Deus lhe deu um rosto que sempre pareceu pessimista".

No extremo sul da floresta estava uma das maiores barricadas do Roer, a imponente barragem de Schwammenauel. Ela fornecia energia hidrelétrica vital para o coração industrial da Alemanha, mas surpreendentemente, nem sequer foi incluída no planejamento da ofensiva na floresta de Hürtgen. O jovem Ludwig Fischer tinha apenas sete anos de idade no final de 1944 e vivia na vila de Schmidt, no limite oeste da floresta. Ele tinha visto veículos do exército americano e sabia que a guerra estava se aproximando. Logo se aproximaria demais. "Fomos evacuados pouco antes do início dos combates, mas eu voltei a viver em Schmidt depois da guerra. Não sobrou quase nada da minha outrora bela cidadezinha".

No final de setembro foi reconhecido na SHAEF que a incursão de Monty, na Holanda, havia sido um fracasso abjeto. Além disso, os exércitos Aliados, em geral, haviam conseguido apenas ganhos territoriais limitados naquele mês. Isso foi atribuído a fatores como o mau tempo e a resistência alemã, mas o verdadeiro problema enfrentado por todos os exércitos no campo era a falta de abastecimento devido a uma estrutura logística aleijada. E as coisas só pioraram com o mês de setembro transformando-se em outubro.

A BATALHA DA FLORESTA DE HÜRTGEN

A situação do exército alemão após a queda de Aachen foi difícil de ser determinada. O OKW *(Oberkommando der Wehrmacht,* ou o Alto Comando das Forças Armadas Alemãs) estava plenamente consciente da inevitabilidade de uma nova ofensiva Aliada. Se estaria pronto para enfrentá-la era outra questão inteiramente diferente. Um contra-ataque orquestrado dos alemães, naquele momento, estava fora de questão, mas eles, sem dúvida, dariam tudo o que tinham para defender a *heimat* (pátria) e estavam em melhores condições de implementar uma defesa resoluta do que estavam em setembro.

O *Generalfeldmarschall* Walter Model estava em pleno controle da situação e era um dos poucos comandantes no campo que ousava contradizer Hitler. Além disso, apesar dos bombardeios quase contínuos orquestrados pelos Aliados, ele ainda era capaz de extrair um considerável contingente de mão-de-obra. Patton suspeitava, instintivamente, que o exército alemão estava longe de ser uma força desgastada, como provaria mais tarde.

Em outubro de 1944, estavam ocorrendo mudanças radicais nas forças armadas alemãs. Nesse mês, foram introduzidas as unidades *Volksgrenadier* e *Volksturm*. Qualquer coisa em alemão com o prefixo *volks* implicava que era "do povo" ou "das pessoas". As unidades *Volksgrenadier* eram, na verdade, os remanescentes das unidades *Heer* (exército regular) que receberam um novo nome para enfatizar que agora estavam lutando por seu povo e cumprindo um dever patriótico. Os *Volksturm* eram bem diferentes. Estas unidades ad hoc tinham sido, em grande parte, montadas por aqueles que antes eram considerados fora dos parâmetros normais para o recrutamento, tais como rapazes adolescentes e pensionistas.

O problema do ponto de vista de Model era um pouco mais desconcertante. Ele era estritamente contra a remoção das unidades da Frente Leste e a sua implantação no Oeste. Isso se devia ao acúmulo maciço de forças do Exército Vermelho, que estavam atualmente superando as posições alemãs no outono de 1944. Ele viu que essencialmente roubava Pedro para pagar a Paulo e que, a longo prazo, isso custaria caro ao exército alemão (apenas um em cada nove soldados alemães morreu lutando no teatro ocidental). No

GIs de Companhia E, 110º Regimento, 28ª Divisão de Infantaria dos EUA na floresta de Hürtgen, perto do cruzamento da rodovia Raffelsbrand.

entanto, embora a Frente Oriental tenha sido responsável por um número muito maior de mortos alemães, após a guerra, o general alemão Rudolf Christoph Freiherr von Gersdorff ainda sustentava que, "eu me engajei nas longas campanhas na Rússia, bem como em outras frentes, e acredito que a luta em Hürtgen foi a mais pesada que já testemunhei".

A Batalha da Floresta de Hürtgen não terminou oficialmente até fevereiro de 1945, com os grandes combates ocorrendo durante os três meses úmidos, frios e miseráveis de meados de setembro até meados de dezembro de 1944. A batalha reivindicou 24.000 americanos, mortos, desaparecidos, capturados e feridos, além de outros 9.000 que sucumbiram ao pé de trincheira, doenças respiratórias e ao combate à fadiga.

Neste mesmo período, 120.000 soldados americanos avançaram sobre os alemães através da floresta e tomaram 70 km quadrados de imóveis que tinham um valor tático questionável para operações futuras. Por outro lado, eles tinham destruído tropas inimigas e reservas que os alemães não podiam se dar ao luxo de perder. Os alemães, por sua vez, e com apenas recursos escassos, atrasaram um grande avanço dos Aliados por três meses árduos. No final de novembro, as barragens da área ao longo do rio Roer ainda estavam em mãos alemãs. Sua importância só seria percebida no final dos combates e, entre 4 e 11 de dezembro, a RAF lançou aproximadamente 2.000 toneladas de bombas sobre essas represas, de forma ineficaz, como acabou se revelando. De fato, pedir apoio aéreo nas barragens de Hürtgen era, muitas vezes, supérfluo e contraproducente por causa da densa copa das árvores, de modo que, geralmente, era deixado à infantaria fazer o trabalho duro no solo.

Se Hodges e seu Primeiro Exército tivessem ido para as represas do rio Roer no início dos combates, entrar na floresta de Hürtgen teria sido excedente às exigências. Um ataque diretamente do Sul para capturar as represas teria reduzido o número de vítimas Aliadas e teria sido taticamente mais eficaz. Há muito tempo, foi acordado entre os historiadores que aqueles que lutaram na floresta de Hürtgen se envolveram em uma batalha mal concebida e basicamente infrutífera que poderia, e deveria, ter sido evitada.

Hodges, sem dúvida, o menos talentoso de todos os generais dos EUA na ETO (Teatro Europeu de Operações), permaneceu inflexível; ele tinha toda a intenção de se ater à sua agenda. Ele decidiu que antes de poder avançar para seu objetivo, era imperativo limpar e proteger a área de Monschau a Schmidt, e isso implicava limpar a floresta de Hürtgen. Seus oficiais de inteligência lhe garantiram, de forma errante, que esse objetivo poderia ser alcançado em questão de semanas. O General "Lightning Joe" Collins defendeu mais tarde a incursão na floresta quando disse: "Alguém tinha que cobrir a floresta de Hürtgen. Acontece que, desta vez, eu fui o azarado. Mas nem tudo, porque mais tarde, a área foi entregue a uma Corporação diferente, que fez a verdadeira luta na floresta. Nós lutamos à margem da floresta, a maior parte dela. Finalmente, limpamos a parte superior da floresta, mas foi difícil. Qualquer um que tivesse que lutar lá, teria tido o mesmo problema. Ninguém estava entusiasmado em lutar lá, mas qual era a alternativa? Os alemães não contra-atacaram contra meu flanco, porque tínhamos lá algumas tropas que os teriam impedido de fazê-lo, mas se tivéssemos afrouxado em Hürtgen e deixado os alemães vaguearem por lá, eles poderiam ter atingido meu flanco. É fácil voltar a adivinhar e dizer: 'Bem, você não deveria ter feito isso'. Então o que você teria feito? Quem o teria limpado? Quanto tempo teria demorado? Ninguém estava entusiasmado com isso, muito menos o 704º, mas tínhamos que fazer isso. Aquele era parte de nosso trabalho, mas não lutamos contra tudo isso. A Corporação V assumiu mais tarde. A floresta possuía uma série de barragens sobre as quais nosso pessoal de inteligência tinha nos alertado". (36)

Collins, que muitas vezes ensinava que os três aspectos iniciais mais importantes de qualquer campanha eram "terreno, terreno, terreno", aparentemente não tinha absorvido sua própria lição quando decidiu mover sua Corporação através de Hürtgen. Além disso, foi um soldado americano que havia vivido na área quando menino que alertou as forças norte-americanas sobre a presença das represas. Ninguém na SHAEF tinha ideia de que estava tão perto das forças atacantes.

Os defensores alemães acharam bastante inexplicável que os americanos lançassem uma ofensiva neste terreno florestal inóspito e quase impenetrável. Os estrategistas alemães acreditavam que nenhum adversário sensato procuraria se infiltrar no lugar que tinham sido cercados por emplacamentos de proteção grossa, capazes de fornecer fogo cruzado assassino.

Depois que a VII Corporação tentou, sem sucesso, abrir caminho através da floresta, Hodges atribuiu a tarefa de capturar Schmidt à V Corporação do Major General Leonard T. Gerow. Gerow que, por sua vez, ficou perfeitamente feliz em passar a missão para a 28ª Divisão de Infantaria do General Norman 'Holandês' Cota. Cota havia sido o herói do Dia D, o oficial mais velho e, possivelmente, mais graduado a liderar o assalto na praia de Omaha à frente de sua chamada "Brigada Bastarda". Desafiando seus 51 anos, Cota atravessou repetidamente a praia sob fogo, liderando, dirigindo e encorajando centenas de soldados americanos, muitos dos quais estavam se abrigando atrás de obstáculos da praia, tanques Sherman quebrados e paredes de telha abaixo das casamatas alemãs. Reverenciado por seus homens e colegas oficiais, Cota e sua 28ª Divisão foram vistos como os substitutos ideais para assumir os ataques à floresta de Hürtgen.

"AS PIORES CONDIÇÕES EM QUE JÁ TIVE QUE LUTAR"

Na época das primeiras infiltrações na região de Hürtgen, o Grupo do Exército B do Marechal de Campo Walter Model e o Sétimo Exército do General Erich Brandenberger ocupavam posições lá. Brandenberger só conseguiu colocar em campo duas Corporações de baixa resistência para manter tanto Hürtgen como Aachen. Seu flanco esquerdo foi mantido pelo 353º, com cinco batalhões de *Landsschutzen* (tropas de segurança) e vários batalhões da fortaleza Luftwaffe de segunda linha. Em agosto, uma nova unidade chamada *Panzer Jager 519* foi formada com uma companhia de 14 Panthers, duas companhias armadas com 14 armas de assalto Stug e três *Jagdpanthers*. A nova unidade foi entregue pela primeira vez ao 1º SS *Panzer Korps*, mas posteriormente foi realocada para a 116ª Divisão Panzer na floresta de Hürtgen.

Agora era a vez da 28ª Divisão entrar na ofensiva naquela floresta de presságio. Schmidt foi considerado um objetivo importante devido a sua localização geográfica em terreno elevado, próximo à barragem de Schwammenauel. O primeiro problema que a 28ª Divisão encontrou foram os mapas. Os modelos topográficos que utilizavam eram principalmente as versões padrão 1:25.000 e foram considerados precisos. O problema era que eles indicavam estradas entre as duas aldeias de Vossenack e Schmidt que, na verdade, eram apenas caminhos estreitos. Os mapas também não forneciam a elevação correta dos dois cumes nas proximidades. Entre esses cumes íngremes havia um desfiladeiro íngreme e, na base, o rio Kall, que geralmente era um riacho calmo, pitoresco e balbuciante, mas algumas semanas de chuva torrencial o transformaram em um rio de fluxo rápido.

O objetivo geral do segundo ataque a Schmidt era fornecer rotas adicionais de abastecimento para o ataque planejado da VII Corporação ao norte, enquanto cobria seu flanco direito do contra-ataque. Tudo isso culminaria em uma ofensiva maciça contra as represas do Roer. Também se esperava que um ataque a Schmidt fizesse com que o exército alemão sifonasse as reservas que poderiam ser implantadas contra a unidade principal do Primeiro Exército no Leste. Parecia bom no papel, mas a 9ª Divisão já havia tentado e falhou em tomar Schmidt em outubro. Apesar disso, os planejadores militares indicaram que ela permaneceu um espinho no lado dos planos ofensivos da VII Corporação. Geralmente, foi reconhecido no QG do Primeiro Exército que, ao fornecer uma força para tomar Schmidt, eles seriam compelidos a aproveitar a força do esforço principal. Hodges alterou a situação redesenhando os limites da Corporação para que a V assumisse a responsabilidade de tomar Schmidt da VII Corporação.

O cabo Bob Bradicich, do 110º Regimento de Infantaria, 28ª Divisão, escreveu mais tarde: "O tempo estava miserável, muito frio, estradas enlameadas e a neve conseguia infiltrar-se nas pesadas árvores da floresta. A

Os tanques americanos percorrem uma estrada estreita na floresta de Hürtgen, 18 de novembro de 1944.

espessa cobertura de folhas de pinheiro conseguiu manter a lama congelada por baixo. Andando pela floresta, seus pés ficavam molhados e, com a temperatura de congelamento, ele ia direto para os ossos. Apenas caminhando para a frente, eu estava pronto para sair. Se isto não fosse suficiente, tínhamos que enfrentar os alemães e os 88s que sempre explodiam no alto nas árvores. Estas foram chamadas de 'explosão de árvores'. As copas eram quebradas e vinham caindo, você esperava que não caíssem sobre você. Juntamente aos galhos e as copas das árvores, as bombas que explodiam faziam chover estilhaços em cima de nós. Para resumir, eu estava lutando contra o frio, com os pés molhados, a neve, as copas das árvores, os 88s, os estilhaços e não esqueçamos os alemães. Estas foram as piores condições sob as quais eu já tive que lutar. Não tínhamos nenhum suporte de artilharia porque eles não podiam atingir os bunkers, e os cartuchos explodiriam nas árvores, que era onde estávamos. Algo a ver com o ângulo em que o cartucho entra, e não se pode atirar morteiros em uma floresta. Esse era o buraco mais infernal de todos os buracos do inferno. Eu não acho que o inferno possa ser tão ruim assim". (37)

A 28ª Divisão de Infantaria dos EUA recebeu a ordem de tomar a área de Vossenack, Schmidt e Lammersdorf com o objetivo de circunavegar os alemães que estavam no corredor de Monschau. A hora zero era 2 de novembro às 9 horas da manhã. A data foi pungente para os alemães porque é o Dia de Todas as Almas.

Os cumes densamente arborizados de Vossenack, Brandenberg, Hürtgen, Kommerscheidt e Schmidt eram uma perspectiva assustadora para qualquer exército na ofensiva, devido à inclinação íngreme de suas inclinações, com gradientes 1 em 2 e 1 em 3 não incomuns. O dossel da floresta tinha impedido qualquer reconhecimento e apoio aéreos, portanto, seria deixado às unidades de artilharia em Roetgen para amolecer os alvos, se eles pudessem zerá-los. Os defensores alemães estavam totalmente preparados e tinham previsto outro ataque a Schmidt, apenas não sabiam exatamente quando isso ocorreria. O General Cota admitiu, mais tarde, ter "sérias dúvidas" em relação à operação mas, na ocasião, relutantemente sancionou o ataque.

Nem Cota, nem sua equipe, haviam ordenado o reconhecimento suficiente da área alvo. Consequentemente, eles tinham pouca ideia das disposições e forças do inimigo ou da localização dos obstáculos e das casamatas reforçadas. A inteligência da Corporação tinha identificado as 275ª e 89ª divisões alemãs que defendiam a leste de Schmidt. O que eles não sabiam era que a 272ª Divisão *Volksgrenadier,* juntamente com o 1023º Regimento de Grenadier de Reserva, o 189º Batalhão Fusilier e o 1403º Batalhão de Infantaria *Festung* (Fortaleza) se preparavam para aliviar a 89ª quando a 28ª Divisão de Cota atacou. A 28ª seria, de fato, superada em número de quatro para um. Ao sul da posição da 28ª Infantaria estava a Hill 400, que foi ocupada por uma unidade de artilharia alemã. Ela estava no ponto mais alto da floresta e tinha uma vista panorâmica perfeita de toda a área. No topo da trilha de Kall há um planalto aberto que, efetivamente, tornava todos os tanques Sherman vulneráveis assim que surgiam. Era uma zona perfeita para a matança dos alemães.

Hans Herbst, da 116ª Divisão Panzer alemã, LXXIV Corporação, 5º Exército Panzer, Grupo B do Exército, disse que "Model ordenou que mudássemos para o setor no início de novembro. Sabíamos exatamente onde estavam os americanos. Eu não entendia o porquê de quererem lutar lá, não era um bom lugar para eles. Mesmo nosso blindado tinha dificuldade em passar por aqueles bosques, mas logo conhecemos os nossos caminhos. Isso foi graças a alguns de nossos homens que eram da região e o conheciam muito

General Norman "Holandês" Cota, 28ª Divisão de Infantaria em sua sede em Rott, perto de Hürtgen, Alemanha, 8 de novembro de 1944, logo após o ataque a Schmidt.

bem. Em terreno aberto, os americanos tinham a vantagem que tinham na Normandia, mas não em Hürtgen, não, não, nós a tínhamos lá. Esta foi a primeira parte da Batalha do Bulge para nós, e nós lhes demos um período muito difícil. Eu tinha uma arma antitanque *panzerfaust* e graças à boa cobertura em Hürtgen, foi possível chegar bem perto dos veículos americanos, e disparar quase sem apontar. Mas o clima era um problema sério. Nunca fiquei completamente seco o tempo todo em que estive lá dentro. Eu estava sempre úmido e com frio, até a roupa íntima, o tempo todo". (38)

Sessenta minutos antes da hora zero, uma barragem de artilharia americana ensurdecedora, mas em grande parte ineficaz, abriu o processo. O primeiro ataque foi ordenado a partir das 9h00 do dia 2 de novembro, com o 109º Batalhão de Infantaria apoiado pelo 2º Batalhão do 112º liderando o caminho em direção ao Norte, em direção a Hürtgen. Eles tiveram problemas quase imediatamente quando tropeçaram em um campo densamente minado. O 110º Batalhão de Infantaria, apoiado por dois batalhões do 112º, foi cronometrado para se unir ao meio-dia. Quando os soldados do 109º Regimento saíram de suas trincheiras, o 112º Regimento avançou sobre uma fina camada de neve e logo ficou evidente que três fatores iriam impedir o progresso desta batalha: o terreno, o clima e o inimigo. O 112º se saiu um pouco melhor. Seu 2º Batalhão capturou Vossenack e começou a cavar, sem saber que os alemães estavam observando cada movimento em um cume próximo. Mais ao Sul, o ataque do 110º Regimento a Simonskall prevaricou depois de receber um forte fogo cruzado emanado de uma rede de campos minados, arame de concertina e casamatas perto de Raffelsbrand. Na confusão resultante, os soldados se separaram de suas unidades e o caos geral se instalou.

Cota esperava que a trilha da carroça através do desfiladeiro de Kall, a principal rota de abastecimento, fosse transitável. À medida que as coisas iam acontecendo, a passagem de tanques pelos desfiladeiros de Kall, de Vossenack a Schmidt, se mostrou quase impossível. A neve leve que caíra de madrugada havia se transformado em um chuvisco saturado que encharcou as GIs até a pele e fez com que os veículos dos EUA escorregassem e deslizassem em todas as direções. O General Cota não se deu por satisfeito, com o fato de não gostar do plano de batalha original que exigia separar suas divisões e o enviar em três missões divergentes. No entanto, de volta à sede da V Corporação, o General Gerow permaneceu intransigente, um fator que determinou o resultado final do engajamento.

Empurrando, a 28ª Divisão entrou em uma área florestal desfigurada, repleta de destroços da 9ª Divisão e dos defensores alemães. Chuvas torrenciais de outono asfixiaram as tropas. De acordo com os planos iniciais, o ataque deveria ter apoio aéreo, mas o mau tempo manteve os aviões imobilizados quando os primeiros ataques entraram. Levaria até o meio-dia para colocá-los no ar e, mesmo assim, seu efeito seria limitado. Estes aviões infligiram danos colaterais ao bombardear acidentalmente uma posição de artilharia americana, matando sete e ferindo 17 GIs.

No final de setembro, o 893º Batalhão Destroyer de Tanques tinha estado fortemente envolvido com o inimigo ao longo da Linha Siegfried e tinha tido um papel importante na batalha em Aachen. Em 4 de novembro, em apoio à 28ª Divisão de Infantaria, ele foi enviado para capturar a vila de Schmidt sob a liderança do Tenente Turney W. Leonard. Também foi encarregado de proteger a represa de Schwammenauel de ser sabotada pelos alemães. Leonard foi ferido, mas não necessitou de evacuação. Sua unidade de tanques ajudou a reverter o ataque alemão e capturou a vila de Vossenack no processo.

Enquanto o frio amargo e a chuva caíam, os Panzers alemães contra-atacaram em 4 de novembro, empurrando as unidades americanas de volta para Kommerscheidt Hill. A segurança ao longo da gelada estrada Vossenack-Kommerscheidt tornou-se um tremendo problema quando tanques americanos deslizaram em valas e foram atrasados por minas terrestres. Em 5 de novembro, a Companhia C, comandada pelo Capitão Pugh e pelo Tenente Leonard, novamente enfrentou o inimigo. As baixas foram altas e as munições poucas, pois as forças americanas receberam ordens para manter sua posição e avançar. Na manhã de 6 de novembro, o fogo intenso continuou de ambos os lados, resultando novamente na perda de homens e tanques na Companhia Charlie. Leonard foi ferido novamente, mas permaneceu com seus homens. Para auxiliar a unidade de Leonard, o Capitão Pugh foi chamado para apoiar ou cobrir a artilharia. Para evitar ser invadido, Leonard assumiu o comando e reorganizou os infantaria sem líderes, levou-os a cobrir os flancos, consolidou suas munições e estabeleceu uma linha de resistência antes de ser ferido uma terceira vez.

O Sargento John R. Vitchock, de Republic, Pensilvânia, lembrou: "Quando entramos no combate em Kommerscheidt, o Tenente Leonard avançou sozinho sob forte fogo inimigo para repelir os pelotões-tanque alemães. Saindo e voltando para direcionar nosso fogo, ele subiu e desceu uma grande colina com fogo concentrado de tanques e morteiros inimigos. Ele encontrou tanques inimigos em um palheiro e nossos Destroyers os derrubaram. Quando os líderes de várias unidades de infantaria foram mortos, ele assumiu esses grupos e os reorganizou para mantê-los na luta". (39)

O ataque resultante dos tanques Tiger Mark VI alemães foi diretamente sobre a posição de Leonard. Na luta, a ele foi creditada a eliminação de seis tanques inimigos antes de ser incapacitado. Um projétil explodindo estilhaçou seu braço esquerdo logo abaixo do ombro, mas, de alguma forma, ele conseguiu aplicar um torniquete com seu cinto antes de dirigir-se para a estação de ajuda de campo. Ele ficou gravemente ferido e muito doente para ser carregado, de modo que os médicos do exército o cobriram com folhagem para esconder sua posição. Mais tarde, ele foi declarado MIA *(Mythmaking in America)* e seu corpo só foi recuperado após a guerra. Ele tinha 23 anos de idade na época de sua morte.

No relatório após a ação, o Capitão Pugh relatou que todos os líderes de pelotão da Companhia Charlie haviam sido mortos. As unidades americanas em Kommerscheidt foram ordenadas a se retirarem em 9 de novembro e se infiltrarem através das linhas inimigas para retornar às posições americanas. A Companhia C destruiu 17 tanques inimigos, perdeu 11 de seus próprios tanques e sofreu grandes baixas, com apenas um oficial e 27 homens capazes de recuar, muitos em macas.

A citação da Medalha de Honra do Tenente Turney W. Leonard diz: "Ele demonstrou um heroísmo extraordinário ao comandar um pelotão de armas móveis em Kommerscheidt, Alemanha, nos dias 4, 5 e 6 de novembro de 1944. Durante o feroz engajamento de 3 dias, ele enfrentou repetidamente o fogo inimigo esmagador antes de seu pelotão, para dirigir o fogo de seu destruidor de tanques de posições expostas e desmontadas. Ele foi em missões solitárias de reconhecimento para descobrir que oposição seus homens enfrentavam, e em uma ocasião, quando disparado por uma metralhadora hostil, avançou sozinho e eliminou o local inimigo com uma granada de mão. Quando um forte ataque alemão ameaçou invadir posições amistosas, ele avançou com artilharia, morteiro e fogo de armas leves, reorganizou unidades de infantaria confusas cujos líderes haviam se tornado vítimas, e as exortou a manterem-se firmes. Embora ferido no início da batalha, continuou a mandar fogo de sua posição avançada até que foi incapacitado por um projétil altamente explosivo, que quebrou seu braço, forçando-o a se retirar. Ele foi visto pela última vez em um posto de assistência médica, que foi posteriormente capturado pelo inimigo. Por sua extrema coragem, liderança inspiradora e espírito de luta indomável, o 1º Tenente Leonard permitiu que nossas forças segurassem o ataque inimigo e foi pessoalmente responsável pela direção do fogo que destruiu 6 tanques alemães". (40)

O CONTRA-ATAQUE ALEMÃO

Ironicamente, o nome do comandante alemão original que se opôs ao ataque anterior a Schmidt era General Schmidt da 275ª Divisão. Ele ainda mantinha a frente no início de novembro. O 275º era parte da LXXIV Corporação do General Straube que operava sob os auspícios indolentes do Sétimo Exército do General Brandenberger. Os defensores alemães em Hürtgen eram, naquela época, uma coleção peculiar, composta de alguns casos de restos requisitados de outras unidades alemãs para o período.

Hubert Gees, da 275ª Divisão de Infantaria, escreveu: "Na manhã de 2 de novembro (Dia de Todas as Almas), uma enorme barragem irrompeu em nossas posições. O 109º Regimento dos EUA atingiu o Norte. Todas as nossas conexões telefônicas e de rádio falharam, por isso, nossos observadores e eu mesmo, fomos ordenados a informar ao batalhão o mais rápido possível sobre a situação".

"Apressamo-nos e vimos o cabo telefônico quebrado a cerca de 500 jardas de nossa posição. De repente, a apenas 20 passos à nossa frente, um grupo de americanos apareceu com espingardas prontas para atirar. Ficamos chocados, mas mesmo antes que os GIs tivessem tempo de atirar, desaparecemos de volta para a floresta. Corremos por nossas vidas. Um de nossos oficiais gritou e começou a cambalear. Uma bala o havia atingido. Assim que voltamos às nossas posições, olhamos mais de perto a ferida dele. Ele tinha sido baleado no cotovelo. Ele tinha uma "ferida flagrante" que o levaria para casa, eu o invejava naquele momento".

"Na tarde de 2 de novembro, fomos imediatamente para o campo de minas "Wild Boar", que já havia sido colocado no lado oeste da estrada atrás de nós. Mantivemos esta posição até 20 de novembro".

"Em 3 de novembro, nossos líderes jogaram a 116ª Divisão Panzer na briga entre Schmidt e Hürtgen. No dia 4 de novembro, começaram os contra-ataques determinados. Na área de Vossenack e Schmidt, a luta foi feroz, acompanhada de fogo de artilharia pesada e fogo de tanque. A Força Aérea dos EUA interveio constantemente nas batalhas terrestres. Felizmente, em alguns dias, o mau tempo (neblina) os impediu". (41)

Às 9 horas da manhã, a 112ª Infantaria liderou o principal esforço da 28ª e começou seu ataque para tomar Schmidt. Mas, assim que as companhias líderes saltaram e cruzaram a linha de partida, começaram a receber fogo cruzado da artilharia alemã. Os alemães haviam desenvolvido um método de atirar nas copas das árvores para causar o que as GIs chamavam de "explosão de árvores". Esse método combinava lascas de madeira mortíferas com os fragmentos de seus cartuchos de artilharia que choviam sobre as cabeças dos GIs nas proximidades, causando ferimentos horríveis e morte. Aparentemente, a melhor maneira de lidar com esta situação era abraçar uma árvore. As lascas choviam em estilo guarda-chuva até o chão, então, a pessoa que pudesse chegar mais perto do tronco da árvore quando os cartuchos impactavam acima, estava mais segura.

O capitão *(Hauptmann)* Erwin Kressman, unidade de destruição de tanques pesados 519 (*Jägerabteilung*), ganhou uma Cruz de Cavaleiro em Hürtgen. Ele lembrou: "Eu era um capitão da minha unidade 519. Em outubro de 1944, nós nos tornamos membros da 116ª Divisão Panzer e fomos transferidos para a Frente Ocidental. Naquela época, minha companhia tinha 14 *Jagdpanthers*. Mudamo-nos para Nideggen, não muito longe de Schmidt, em 3 de novembro. Naquele dia, os americanos a haviam tomado. Toda nossa divisão estava inteligentemente escondida na pequena cidade, e nossos veículos, que tinham tamanho considerável, estavam camuflados no meio das casas. Comecei imediatamente a explorar as possibilidades de lançar um contra-ataque".

"Até então, tínhamos visto combate em Wurselen, na área de Aachen e em Stolberg. Na manhã de 4 de novembro avançamos em direção a Harscheidt, onde contatamos o 1055º Regimento de Infantaria Alemão da 89ª Divisão de Infantaria. Temia-se que os americanos continuassem seus ataques, então, o General Bruns, Comandante da 89ª Divisão de Infantaria, deu a ordem de iniciar um ataque contra as posições americanas. Nosso ataque começou às 08h00, a oeste de Schmidt. Atacamos um local mantido pela infantaria inimiga. Não sabíamos se os americanos tinham tanques superiores. Então, eu queria infiltrar-me na infantaria inimiga e atraí-los para fora porque enquanto estávamos estáticos, nossos pesados *Panthers* eram muito vulneráveis a eles. Uma das grandes vantagens que tínhamos sobre os americanos era o alto alcance de nossas armas de 88 mm, e queríamos tirar o máximo proveito delas. É claro que também atiramos em trincheiras individuais quando reconhecemos soldados americanos nelas. Por volta das 11h00, nossas forças conseguiram tomar Schmidt".

"Um de meus comandantes era um cabo que usava uma Cruz de Cavaleiro dourada, mas não me lembro de seu nome. Ele era a pessoa mais composta sob fogo que eu já havia visto. Mesmo em batalha ele era calmo, sua tripulação gostava e confiava nele implicitamente. Quando chegamos à saída norte de Schmidt, ao meio-dia, as coisas mudaram. Cerca de uma hora depois, recebemos ordens para continuar o ataque. Eu não podia acreditar em meus ouvidos, atacar em plena luz do dia, com forte superioridade da artilharia inimiga e boa visibilidade, o que poderia tornar possível o uso de caças-bombardeiros inimigos a qualquer momento. Conseguimos manter nossas posições e infligir muitos danos. Quando terminou, aplaudimos nosso comandante". (42)

No dia 3 de novembro, assistido por um comando de combate da 5ª Divisão Blindada, o 112º Regimento capturou Schmidt. Quando os blindados de reforço atingiram a trilha de Kall, tornou-se óbvio que a estrada era muito estreita e instável para suportar os veículos. Os engenheiros foram imediatamente despachados para ampliar a trilha, mas, à medida que o primeiro tanque descia a trilha, rolou sobre uma mina e perdeu uma esteira. Consequentemente, apenas três tanques foram capazes de reforçar o batalhão para manter um tênue domínio sobre Schmidt. Na manhã seguinte, os alemães contra-atacaram com tanques da 116ª Divisão Panzer apoiados pela infantaria. Cota já havia comprometido suas reservas para ajudar a 4ª Divisão de Infantaria que se encontrava em Monschau, de modo que nenhuma ajuda poderia ser esperada para o batalhão americano em Schmidt.

Os defensores alemães agarraram rapidamente a oportunidade de contra-atacar e superaram Schmidt em questão de horas. Quando os relatórios chegaram a Cota, sentindo a iminência da perda, ele deu ordens para reorganizar os restos do 3º Batalhão destroçado, 112º de Infantaria, e 3º Batalhão,

Um soldado de infantaria americano ajuda seu amigo a subir uma encosta na floresta de Hürtgen, 18 de novembro de 1944.

110º de Infantaria, e os abasteceu com sete tanques. Em seguida, em um erro de julgamento pouco usual, ordenou-lhes que recapturassem Schmidt. À medida que a infantaria e tanques americanos subiam na trilha de Kall, eles começaram a receber fogo preciso de armas pequenas e de artilharia inimiga. A luta que se seguiu foi um encontro vicioso e caro, pois ambos os lados tentaram ganhar vantagem. Ao cair da noite, a situação havia chegado a um impasse. Os sobreviventes americanos exaustos começaram uma dispendiosa retirada pela trilha que sinalizou o fim do segundo ataque a Schmidt. A 28ª Divisão de Infantaria sofreu 6.184 baixas, com a 112ª Infantaria sozinha perdendo 2.093, incluindo 544 que sucumbiram ao congelamento e ao pé de trincheira devido às terríveis condições climáticas.

Em 13 de novembro, a divisão foi aliviada pela 8ª Divisão de Infantaria e enviada para o setor aparentemente inócuo de Ardennes, para descansar e se reequipar. Durante seu tempo em Hürtgen, os alemães se referiram ignominiosamente ao emblema da 28ª Divisão como o "Balde Sangrento". Os sacrifícios americanos que ocorreram lá durante esta batalha de desgaste seriam, em grande parte, ofuscados pela Batalha do Bulge, que se seguiria, mas os veteranos alemães frequentemente se referiam à luta em Hürtgen como a "Batalha do Bulge, parte um", e subsequentemente afirmavam que era a vitória deles.

"Parecia tão estranho ver um arame enfiado entre duas árvores com perus enfiados nelas para o Dia de Ação de Graças enquanto eu andava na parte de trás de um caminhão com outros substitutos na floresta de Hürtgen. A próxima coisa que vi foi um soldado alemão morto deitado perto da estrada de lama e achei que ele deveria ser movido para evitar ser atropelado", disse o sargento Robert Westerman quando passou seu primeiro e último Dia de Ação de Graças na floresta de Hürtgen, e experimentou alguns dos piores combates durante aquelas últimas semanas de novembro de 1944. "Eu continuei e me juntei ao meu pelotão. Sempre me lembrarei que dias depois parecia que havíamos chegado ao fim da floresta, mas ninguém disse isso".

"Uma noite, Nicolas Antounex e eu recebemos ordem para levar um jipe para o comandante do batalhão. Nick dirigiu e no caminho ficamos presos na lama até o fundo do jipe. Ele acelerou tanto no motor que os alemães, aparentemente, nos ouviram. Eles atiraram com 88s contra nós, e quando vieram, nos deitamos em uma vala ao lado do jipe. Nicky, um católico, rezou tão alto, quase gritando, e eu me senti incluído. Como protestante, eu não entendia todas aquelas contas, mas fiz a cruz e foi um conforto. Mais tarde, Nicky me deu um rosário".

"Finalmente, tiramos o jipe da lama e o levamos ao comandante do batalhão. Ele estava na frente, dando instruções ao seu batalhão. Lá estávamos nós, no bosque ao lado de um campo aberto, do tamanho de um campo de futebol. Os alemães estavam do outro lado do bosque, onde a terra de ninguém se encontrava. Foi-nos dito que uma arma antitanque 105 sobre rodas precisava ser movida para um lugar na floresta onde nosso pelotão antitanque estava esperando, mas não podia ser movida através das árvores onde estávamos. Ela foi engatada ao jipe, e a Nicky e eu, e disseram que era para rebocá-la por outro caminho através da floresta e levá-la até onde o pelotão antitanque estava esperando. Nós o fizemos, e nos disseram, mais tarde, que isso ajudou. Nós dois recebemos Estrelas de Bronze."

"Em Hürtgen, os alemães construíram boas trincheiras e, às vezes, nós as assumíamos. Na floresta, pegamos um de nossos mortos de uma dessas trincheiras alemãs. Sempre me perguntei se ele havia sido atingido e rastejado até lá e morrido, mas a resposta é desconhecida... Em Hürtgen, andando na floresta perto de uma estrada lamacenta, [eu] ouvi e senti uma explosão estrondosa. Um dos jipes havia atingido uma mina na estrada. Eu caminhei e vi que a frente direita do jipe estava muito danificada. O GI na frente direita estava inconsciente, e o motorista estava falando coisas sem sentido. O comandante da companhia, Capitão Mullins, subiu e disse-lhe que eu estava bem. O motorista do jipe fez, então, um comentário que não fazia sentido: 'Capitão, desculpe ter estragado o jipe'."

"Em Hürtgen, eu só vi um de nossos tanques e ele não tinha ninguém dentro dele, mas tinha sido deixado em uma posição embaraçosa. A parte da frente dele estava presa a cerca de 2 metros de altura em uma grande árvore. Fiquei embaixo dele para me proteger porque os Messerschmitts alemães estavam deslizando ao longo das copas das árvores, nos metralhando. Foi uma sensação muito desamparada. Podíamos perceber a diferença entre nossos aviões e os aviões alemães".

"Lembro-me do número maciço de nossos bombardeiros sobrevoando e fiquei preocupado quando vi a fumaça preta das armas alemãs explodindo no ar, ao seu redor. Outra coisa que acabei de lembrar, em um dia claro, parecia estar nevando, mas, em vez disso, nossos aviões estavam jogando fora pequenos pedaços de folha de alumínio para bagunçar o radar alemão".

"Foi a sensação mais maravilhosa quando as tropas americanas entraram para nos substituir. De Hürtgen, nós mudamos para o Sul. Meu pelotão estava na cidade de Echternach, no Grão-Ducado de Luxemburgo". (43)

"NÃO PODEMOS CONTINUAR ASSIM"

Um dia após sua chegada, as tropas da 4ª Divisão iniciaram um ataque para eliminar uma saliência que se estendia até o Vale Weisser Wehe. Marcus Dillard, da 12ª Companhia de Infantaria M, tinha 18 anos de idade, e mais tarde se lembrou que: "Quando avançamos sobre uma barreira de tiros, havia um campo minado e arame farpado. O comandante da companhia pisou em uma mina. Então, os alemães começaram a nos bombardear. Eles deviam ter um observador na floresta. Quase todos os suprimentos tinham que ser carregados por trilhas e caminhos com espaço quase insuficiente para andar. Nunca tínhamos encontrado um terreno como este. Quando o regimento renovou seu impulso, em 9 de novembro, as Companhias I e K foram designadas como as principais unidades de assalto, mas um campo minado de 500 jardas de largura as separou. A Companhia I teve que se retirar de sua posição na linha de frente, e um pelotão de apoio da Companhia L a substituiu. A Companhia K se moveu rapidamente até chegar a um arame de concertina coberto pelo fogo de metralhadora. Durante todo esse tempo, nós da Companhia M estávamos colocando uma barragem de morteiros na frente da Companhia K. A Companhia I, que circulou em torno do campo minado, subiu na parte de trás da K, depois foi para a esquerda. Eles também pegaram fogo intenso de armas pequenas. Ambas as companhias de infantaria estavam pedindo nossos morteiros de 81 mm, mas os alemães estavam bem entrincheirados. (Companhias) K e I tiveram que cavar para passar a noite, o tempo todo sob fogo intenso de artilharia e morteiros". (44)

Em 28 de novembro, o Major Goforth liderou seu 1º Batalhão, 22º de Infantaria, 4ª Divisão de Infantaria, no ataque a Grosshau e Gey no perímetro oriental de Hürtgen. Avançado em uma série de colinas arborizadas ao longo da borda da floresta, em seu ponto de checagem sombrio, sob um cavalete iluminado por lanternas, o Major Goforth discutia a situação com seu oficial executivo, Swede Henley. Um novo comandante da companhia chegou e disse: "Estamos caçando oficiais, a Companhia G só tem mais dois. Perdemos três esta tarde. Não podemos continuar assim, major". Goforth balançou a cabeça. "Eu sei, rapaz, mas onde vou conseguir? A Divisão diz que podemos contratar qualquer bom homem aqui mesmo no campo. Mas, quem?" Ele escaneou o arco de rostos sujos e barbados, observando através da escassa luz. "Há o McDermott", disse Swede. "Não posso disponibilizá-lo", retrucou Goforth indignado, "Praticamente corre G-1. Ele é o último sargento disponível. Nós já encomendamos seis". "Acho que teremos que depender de substitutos", respondeu Swede. Então, o comandante da companhia interceptou: "O problema com os substitutos é que eles não têm experiência suficiente. Caminhões trouxeram 30 para mim esta manhã; 18 foram atingidos mesmo antes de conseguirem entrar na fila". Enquanto ele falava, o cobertor que cobria a porta da escavação foi empurrado para o lado e três jovens tenentes entraram, saudaram e disseram que estavam se apresentando para o serviço. "Aí está, Jack", disse Goforth. "Substituições para você. Leve-os com você quando voltar".

O batalhão de Goforth conseguiu transitar por aquelas colinas arborizadas íngremes, aproximando-se da estrada que liga Grosshau a Gey. Enquanto isso, outro batalhão lutou para manter suas posições um pouco fora da floresta de frente para Grosshau, ao mesmo tempo em que sofria perdas com a artilharia. Durante à noite, uma ordem veio do quartel general dizendo que Grosshau tinha que ser tomada até 29 de novembro. Isso levaria as tropas para o campo aberto, mas também implicaria um ataque frontal assassino.

No dia seguinte, às 9h00 e sob um céu nublado, os primeiros soldados de infantaria emergiram de suas trincheiras, buracos de projéteis e abrigos para uma verdadeira torrente de metralhadoras inimigas da aldeia em ruínas. Os GIs foram apoiados por dois tanques destruidores M10, que se moveram em frente da infantaria atacante e seguiram para a periferia da aldeia, perto o suficiente das posições alemãs para silenciar suas armas. Em seguida, os atiradores americanos avançaram para dentro de 150 m atrás dos M10 em direção à vila. Ao se aproximarem, 50 alemães de aparência abatida saíram de seus esconderijos e porões com as mãos acima da cabeça gritando *"Kamerad"*. Da torre de sua M10, um sargento fez um gesto para eles saírem do caminho e se renderem à infantaria atacante. Uma luta castigadora de casa em casa se seguiu.

Levou três horas para tomar a aldeia, mas os americanos finalmente conseguiram chegar a um campo aberto além de seu perímetro. O batalhão do Major Goforth lutou para se defender dos contra-ataques violentos. Ele usou todos os homens à sua disposição, uma coleção de cozinheiros, guardas e até mesmo um grupo de engenheiros da sede do Coronel 'Buck' Lanham e ele, eventualmente, conseguiu repelir os alemães.

O amigo de Lanham, Ernest Hemingway, descreveria memoravelmente a floresta de Hürtgen como o equivalente à sangrenta Batalha de Passchendaele, da Grande Guerra, exceto "com rajadas de árvores". Uma noite, durante um breve intervalo, dois escritores americanos notáveis se encontraram. Hemingway esteve brevemente parado a apenas uma milha do acampamento de J. D. Salinger. Salinger ainda estava com a 12ª Infantaria, e, alguns meses antes, os dois haviam se encontrado durante a libertação de Paris. Enquanto lutavam em Hürtgen, Salinger voltou-se para um colega soldado e sugeriu fazer uma visita para ver Hemingway. Os dois homens atravessaram a floresta densa até os aposentos de Hemingway, uma pequena cabana confortável iluminada por seu próprio gerador. Durante duas ou três horas, eles conversaram e beberam champanhe nos copos da cantina. Nem Hemingway, nem Salinger, jamais esqueceriam sua experiência na imperdoável Hürtgen.

Ernest Hemingway com seu amigo Coronel Charles T. (Buck) Lanham, da 4ª Divisão de Infantaria, 18 de setembro de 1944. Hemingway disse que a floresta de Hürtgen era como Passchendaele, com rajadas de árvores.

O INFERNO DE HÜRTGEN

Matthias Hutmacher, da 116ª Divisão Panzer *Windhund* (Galgo) da *Sturmgeschutzbrigade,* tinha apenas 17 anos quando se alistou no exército alemão. Ele escreveu: "Eu nasci em Schmidt. A Batalha de Hürtgen foi a matança mais terrível que eu já testemunhei. Havia cadáveres de ambos os lados, deitados em todos os lugares. Nossos oficiais nos disseram que os americanos iriam ser fáceis, mas não foi o caso, porque lutaram corajosamente. No início de novembro, minha unidade foi de carro até Kreuzau, e de lá para Brandenberg. Tinham nos dito que deveríamos atacar Vossenack. Lembro-me dos americanos atirando em nós com bazucas e causando sérios danos. Não tínhamos infantaria boa o suficiente para ripostar, mas causamos muitas baixas americanas. Houve muitos ataques fúteis naquela floresta, mas, eventualmente, os americanos foram fortes demais para nós. O tempo estava ruim em novembro. Chuva e neve na maior parte do tempo, mas tínhamos estado na frente russa e por isso não foi tão ruim para nós. Os americanos lutaram muito bem e mantiveram suas posições apesar de tudo o que atiramos contra eles. Foi uma batalha terrível e nunca esquecerei". (45)

Muitas divisões dos EUA seriam derramadas no que ficou conhecido como o "Moedor de Carne", antes que a vitória final fosse alcançada. O ataque final das forças americanas a Hürtgen ocorreria no ano seguinte, em 5 de fevereiro de 1945. Algumas semanas depois, o Primeiro Exército finalmente poria um fim à sua longa e cara incursão na região antes de avançar para Colônia e o Roer.

O custo emocional e físico para os soldados era excessivamente alto. Uma taxa de baixas espantosa de mais de 25% implica que mais de 24.000 soldados americanos foram vítimas de batalhas, com mais 9.000 sucumbindo a doenças ou ao cansaço do combate. Mais de 120.000 soldados americanos lutaram e sofreram na floresta de Hürtgen, nas condições mais deploráveis imagináveis.

As forças americanas enfrentaram resistência de cerca de 80.000 adversários alemães, seis divisões completas, juntamente com unidades auxiliares de outras divisões. Além da proteção que obtiveram da densa floresta, estas tropas também tinham casamatas de concreto armado e posições escavadas para cobri-las dos enfileirados americanos. Os soldados inimigos estavam, frequentemente, barricados dentro de edifícios e usavam pequenas cidades para proteção. A cobertura e a camuflagem usada pelos alemães limitavam drasticamente a eficácia do fogo indireto dos EUA, bem como o bombardeio aéreo quando estava disponível. Os densos e abundantes pinheiros tornaram o movimento de blindagem quase impossível, exceto ao longo de estradas bem estabelecidas, e não havia muitas delas. O terreno pantanoso também dificultava qualquer movimento mecanizado de travessia do país. Os alemães multiplicaram, muitas vezes, a eficácia dos obstáculos naturais através do uso eficaz de arame, armadilhas e campos minados. O arame era bem protegido por armas pequenas e metralhadoras, dificultando o avanço das tropas mais do que alguns pés ou jardas de cada vez.

Um dos principais problemas encontrados pelas forças dos EUA foi devido a uma grande subestimação da capacidade dos alemães de defender esta área, e uma superestimação da capacidade do exército dos EUA de manter o ímpeto e a vantagem que o sustentavam desde os sucessos da campanha da Normandia. Além disso, a ação ofensiva que foi empreendida cobriu uma frente demasiadamente ampla para transitar com sucesso. Isso resultou na necessidade de reduzir e canalizar a área de ataque e, frequentemente, contornar os objetivos, o que ocasionalmente levou as tropas atacantes a ficarem completamente cercadas.

As forças alemãs podem ter sido severamente esgotadas na Normandia, mas ainda tinham reservas e munições à sua disposição e, ao contrário da crença popular na ETO, elas não estavam à beira do colapso total. As divisões enviadas para a floresta de Hürtgen descobriram que os combates lá não tinham precedente ou comparação em suas batalhas anteriores. Na floresta de Hürtgen, os alemães tiveram a vantagem de poder conter a maioria dos ataques de suas posições bem defendidas e entrincheiradas, o que significa que centenas de baixas desnecessárias nos EUA foram sustentadas por causa da exposição excessiva às condições da linha de frente que resultaram em fadiga de batalha e enfermidades debilitantes, relacionadas ao tempo, como pé de trincheira e hipotermia. As substituições estavam, frequentemente, inexperientes e despreparadas para os horrores dos que enfrentavam Hürtgen. Isso, constantemente, resultou em um desperdício terrível de homens e equipamentos muito necessários.

Com o tempo, o inferno de Hürtgen seria ofuscado pela Batalha do Bulge, mas nunca seria esquecido por aqueles que sobreviveram a ele.

CAPÍTULO ONZE

UM CAMINHO PARA O MAR

QUANDO, DURANTE A TARDE de 4 de setembro de 1944, a 11ª Divisão Blindada Britânica chegou à Antuérpia, significava que um dos maiores portos do noroeste da Europa estava agora em mãos Aliadas. Monty estava relativamente indiferente a esta conquista vital, estando, na época, preocupado com seus planos de chegar a Berlim, e mais tarde, admitiu que um dos maiores erros de sua carreira era ter subestimado a importância do porto da Antuérpia. Os alemães podem ter perdido a Antuérpia, mas os Aliados não tinham ganhado o uso de seu porto. A cidade fica a cerca de 80 km do interior do Mar do Norte e, em setembro de 1944, ambas as margens do estuário do Escalda, que atravessa a cidade, eram controladas pelos alemães.

Adolf Hitler poderia estar fisicamente e mentalmente deficiente nesta época, mas ele compreendeu completamente a importância de negar este porto e suas instalações aos Aliados. Ele decidiu segurar a área de forma honrosa até o último homem e emitiu a seguinte diretiva: "Devido ao avanço dos tanques das forças inimigas em direção à Antuérpia, tornou-se muito importante para o progresso da guerra segurar as fortalezas de Boulogne e Dunkirk, a área de defesa de Calais, a Ilha Walcheren com porto de Flushing, a cabeça de ponte na Antuérpia e a posição do Canal Albert até Maastricht. Para este fim, o propósito do 15º Exército é trazer as guarnições de Boulogne e Dunkirk, e a área de defesa de Calais para a força por meio de unidades completas. A força defensiva das fortalezas deve ser aumentada por meio de suprimentos adicionais de munições do 15º Exército, especialmente munições antitanque, trazendo provisões de todo tipo e evacuando toda a população. Os comandantes da área de defesa de Calais e da Ilha Walcheren recebem a mesma autoridade que um comandante de fortaleza". (46)

Em 15 de setembro, o general canadense Henry Duncan Graham 'Harry' Crerar, enviou uma diretiva aos comandantes de sua Corporação, delineando o que seria necessário para tornar o porto da Antuérpia operacional. A tarefa havia sido confiada ao Primeiro Exército canadense. O título "Primeiro Exército Canadense" era, na verdade, um pouco equivocado, pois, embora fosse designado como tal, continha uma quantidade significativa de tropas britânicas e polacas, incluindo toda a I Corporação britânica. Os contemporâneos de Crerar o consideravam um homem politicamente astuto, mas não um estrategista particularmente dotado, e haviam circulado rumores de que ele não estava no melhor da saúde.

Em 27 de setembro, poucos dias após o abjeto fracasso do Market Garden, Monty se arrependeu da abertura do porto da Antuérpia quando disse que agora era "absolutamente essencial antes de podermos avançar para o interior da Alemanha". A captura oportuna da Antuérpia tinha, em grande parte, comprometido seriamente as três Corporações (67º, 86º e 89º) do 15º Exército Alemão, que se encontrava em um potencial beco sem saída a oeste da cidade e ao sul do Escalda. No dia em que Antuérpia caiu, o diário do Comandante do Quartel-General do Chefe do Oeste alemão observou que o avanço britânico sobre Antuérpia havia, de fato, cercado o 15º Exército de Zangen. Uma oportunidade foi desperdiçada aqui porque um avanço Aliado para o Norte, alguns quilômetros até a cidade holandesa de Breda, teria cortado a rota de fuga do 15º Exército através de Escalda por meio de Walcheren e South

Beveland. Infelizmente, a inércia militar do lado dos Aliados permitiu que o 15º Exército fugisse sem impedimentos.

Para as unidades canadenses já na cidade, podem ter faltado algumas provisões, mas estavam bastante contentes em entreter os habitantes locais. Regimentos tais como o Essex escocês se beneficiaram muito desse hiato temporário e permitiram que um número significativo de homens tirasse suas licenças na Antuérpia o que, de fato, transformou o lugar em uma cidade canadense alegre, onde as tropas fizeram muita diversão com álcool e banquetearam-se com alimentos anteriormente indisponíveis. Eles tinham sofrido uma dura luta ao sair da França e tomar a costa oeste da Bélgica, então, era compreensível que eles quisessem relaxar um pouco. O problema era o timing.

Em 14 de setembro, Eisenhower escreveu ao seu chefe, General George C. Marshall, Chefe do Estado-Maior do Exército dos EUA. Ele informou a Marshall que os avanços inesperadamente rápidos no norte da França o haviam levado a optar por um avanço total para a fronteira alemã e, possivelmente, para o Reno antes de fazer uma pausa para reagrupar. Nesta carta, ele enfatizou que uma "corrida até Berlim" era impossível e era "um pensamento desejável". Ele, então, relatou os detalhes de sua visão estratégica, como havia feito anteriormente aos Chefes de Gabinete Combinados, Montgomery e Bradley. Entre outros objetivos anteriormente mencionados, ele encarregou Montgomery de desobstruir os acessos à Antuérpia, abrindo assim aquele porto vital para uso dos Aliados. Os Chefes de Gabinete Combinados aprovaram o plano de Eisenhower. Eles também mencionaram a necessidade absoluta de abrir a Antuérpia antes do início do tempo inclemente.

Estava se tornando evidente que os Aliados tinham feito demasiadas suposições a respeito da força e do moral das tropas alemãs. Isso havia sido claramente demonstrado durante a Operação Market Garden, quando duas divisões da SS, supostamente de baixa resistência e com necessidade de reequipamento, haviam bloqueado com sucesso o avanço dos Aliados para o Reno.

Eisenhower não perdeu tempo em ordenar a Monty que fizesse da captura da Antuérpia sua primeira prioridade. É inteiramente possível que Eisenhower tenha sido motivado pela recente captura do segundo maior porto da França, em Brest, que havia sido utilizado pelos alemães como uma base de submarinos vital.

Monty tinha percebido a gravidade de seu erro em não fazer mais pela captura da Antuérpia, mas passariam anos até que ele o admitisse publicamente. No entanto, ele retribuiu as preocupações de Eisenhower, e despachou imediatamente todo o poder ofensivo disponível do Segundo Exército Britânico para ajudar os canadenses na abertura do porto. Mas, não seria uma tarefa fácil devido ao terreno de todos os lados do estuário. Esse é o país de canais e grande parte da terra está abaixo do nível do mar. Os holandeses, por necessidade, tinham se tornado mestres na habilidade de recuperação de terras, mas isso acabaria prejudicando os Aliados. Em 1914, no início da Primeira Guerra Mundial, o diminuto exército belga havia efetivamente demonstrado que a água poderia ser usada como arma quando interrompeu o progresso do exército alemão em seus caminhos, abrindo as comportas e inundando áreas consideráveis do Flandres Ocidental. Hitler vinha servindo na região e não perdeu tempo ordenando às forças alemãs que inundassem a península de Walcheren na esperança de aumentar as defesas lá.

Não havia ambiguidades de nenhum dos lados quanto à importância de capturar os portos do Canal da Mancha. Os alemães haviam demonstrado claramente que pretendiam lutar por eles com unhas e dentes. O reconhecimento aéreo havia erroneamente relatado as áreas de Boulogne, Calais e Dunkirk como desertas, mas isso estava longe de ser verdade. Dunkirk não se renderia até maio de 1945. Adolf Hitler havia designado os portos do Canal como fortalezas (*Festungen*) e eles provaram ser alvos difíceis para os Aliados. Le Havre caiu no dia 12 de setembro, mas os outros portos apresentaram uma defesa mais forte, e Monty ficou um pouco exasperado com a situação. Ele disse a Crerar, em termos inequívocos, para redirecionar seus esforços para a Antuérpia e deixar Boulogne e os outros portos do Canal sozinhos por enquanto, pelo menos.

OPERAÇÃO WELLHIT

A filosofia dos oficiais britânicos em todo o teatro europeu difere muito da perspectiva americana. Os oficiais britânicos desenvolveram o hábito de se referir audaciosamente às operações militares como um "show". Bem, nenhum espetáculo está completo sem um público, e no caso de um determinado compromisso militar planejado oficialmente chamado Operação Wellhit, foram emitidas instruções específicas que estabeleciam os preparativos para os espectadores visitantes. O objetivo do plano era atacar Boulogne. Um memorando militar referente ao próximo "show" escreveu: "Está se tornando evidente que um grande número de espectadores está planejando assistir à Operação "WELLHIT"; estes incluem pessoal naval, militar e da força aérea, bem como correspondentes. É imperativo que tais espectadores não se posicionem em uma sede operacional onde o pessoal esteja engajado em combater. Assim, foi previsto que todos esses espectadores serão enviados ao estande do espectador, que foi devidamente marcado".(47)

Monty finalmente redirecionou sua atenção para a Antuérpia. Era imperativo expulsar os alemães do sul de Beveland e da península de Walcheren, logo após a fronteira na Holanda. A operação para conseguir isso exigiria a mobilização combinada de forças anfíbias, juntamente com forças conjuntas navais, aéreas e terrestres. O planejamento orquestrado foi realizado imediatamente no final de setembro e início de outubro no Quartel General do Primeiro Exército Canadense.

A BATALHA DE ESCALDA

Havia muito trabalho para ser feito. Até agora, o Vigésimo Primeiro Grupo do Exército tinha conseguido tomar portos franceses como Boulogne, que foi capturado após a Operação Wellhit, em 22 de setembro, mas que só abriu as portas para os negócios em 14 de outubro. Calais caiu em 30 de setembro, mas não estaria operacional até 30 de novembro. O último porto tomado pelos canadenses na costa belga foi Ostend, que se rendeu em 9 de setembro e estava recebendo a navegação dos Aliados em 28 de setembro.

Allan Notman, da 17ª Cavalaria Real Canadense do Duque de York (7º Regimento RECCE) disse: "A libertação da Holanda foi, provavelmente, a experiência mais memorável de todo o meu serviço na Europa. Foi chamada Batalha de Escalda. A batalha principal foi no estuário do Escalda, que estava situado logo acima da Antuérpia, na Bélgica. Esta era uma área que os alemães queriam manter a qualquer custo, pois era uma rota de abastecimento direto do porto da Antuérpia através da Holanda para os exércitos Aliados no noroeste da Europa. Os alemães no estuário do Escalda, com suas armas pesadas, controlavam todo o transporte marítimo para aquele porto; e os Aliados tinham que tirar a área deles a qualquer custo".

"Trabalhamos junto com as forças da Resistência Holandesa e da Brigada Branca [de Resistência] da Bélgica. Estávamos, quase sempre, na água, até os joelhos, por horas a fio devido aos franco-atiradores alemães. Libertamos muitas aldeias durante o mês, alguns dos nomes eram Waterland, Uitdam, Watervliet, Sint-Margriete, Maldegem. De fato, em Maldegem nosso coronel, Coronel Lewis, foi morto; e está enterrado no cemitério de Maldegem, no Corredor D, Sepultura 23. Outros lugares próximos foram as cidades holandesas de Sluis, Oostburg e Aardenburg".

"Aardenburg tem uma memória particularmente sentimental para mim, porque minha seção de nove homens foi a primeira tropa a entrar naquela cidade. Nós invadimos uma casa lá, e os alemães saíram correndo pela porta dos fundos. O café que eles estavam bebendo ainda estava quente quando entramos. O quartel-general do inimigo estava no porão da casa. O prefeito nos deu uma grande recepção quando todos os alemães foram removidos no dia seguinte".

"Em uma missão perigosa em particular, nosso oficial, o tenente Banks, gritou: 'Notman, você lidera'. Então, McKewan, o motorista, Bill Thompson, o artilheiro, e eu, nos movemos para a frente da seção e da coluna. E os outros carros blindados e os transportadores seguiram ao longo desta estreita estrada, em algum lugar do Escalda".

"Passamos por holandeses empurrando seus pertences em carrinhos de mão, carroças, bicicletas e qualquer coisa que pudessem encontrar, tentando sair da área em que estávamos entrando porque estávamos indo para um reduto dos alemães. Foi uma visão terrível ver as mães carregando bebês e idosos com o olhar de puro horror no rosto, tentando fugir de sua cidade, que ficava a apenas alguns quilômetros de distância. Finalmente, chegamos à cidade. Mal tivemos a oportunidade de tomar banho ou trocar de roupa. Se ficássemos encharcados, não importava a hora do dia, bastava usar o uniforme e deixá-lo secar no corpo".

"Depois que os alemães foram retirados das ilhas, nos mudamos para Nijmegen, onde nosso regimento era responsável pela segurança da grande ponte que estava lá. Fomos colocados sob a ponte no lado da cidade e entramos em serviço, disparando metralhadoras contra qualquer objeto em movimento que flutuasse pelo rio Reno. Isso foi feito para evitar que os mergulhadores trouxessem explosivos para fixar na ponte". (48)

Após os Aliados terem acordado uma estratégia prática para libertar o Escalda, o Primeiro Exército canadense começou a fazer preparativos para executar o plano. O General Crerar havia retornado à Inglaterra devido a um surto de disenteria, e o Primeiro Canadense foi colocado sob o comando do Tenente-General Guy Simonds. Monty ficou satisfeito com esta mudança de comando, porque não confiava em Crerar, e já havia lançado certas aspersões a respeito da capacidade tática do homem. O que Monty não conseguiu evitar era o fato de Crerar ser um veterano altamente condecorado da Primeira Guerra Mundial, um excelente oficial de equipe e, depois do Market Garden, Monty deveria ter reservado suas opiniões. Aqueles que vivem em casas de vidro...

Bill Davis, do Black Watch, Regimento das Terras Altas Reais (Canadá), lembrou: "Depois que lutamos para sair da Antuérpia, nos foi dado o trabalho de selar o vale desta península e tomar uma cidade chamada Woensdrecht, que ficava no próprio gargalo da península. Essa foi uma das ocasiões em que a ordem veio de cima, que era assim que faríamos e nada de "se", "e" ou "mas", apenas o faríamos".

Bill Davis, do Black Watch, Regimento das Terras Altas Reais. Eles lutaram em condições terríveis através da inundada península Walcheren contra a dura oposição.

"E nos movemos para lá, deixamos nossa posição de reserva por volta das 2h30 da manhã [de 13 de outubro de 1944] e marchamos até onde estava nosso ponto de decolagem e, por volta das 6h00 ou 6h30, fizemos o ataque, nem caminhamos 50 pés e fomos cortados por pesados tiros de metralhadora e não sei, tudo o que podia nos apanhar".

"Voltamos, então, ao nosso ponto de partida, que era uma vala que se encaminhava por uma estrada e, novamente, por volta do meio-dia, creio que era meio-dia, ordenaram um segundo ataque. Estávamos atravessando mil jardas do chamado *polder land*, onde os holandeses tinham construído diques, drenado a água e os utilizado para fazendas de hortaliças".

"Atravessamos lá, mil jardas, sem cobertura, sem nada. A única coisa que havia era a beterraba. Como diabos atravessamos, não sei, porque os alemães estavam esperando em um grande dique do outro lado, que continha a ferrovia e uma estrada, a única maneira de chegar a Walcheren [Ilha]. Ficamos lá até, não sei, 2h00 ou 3h00 da manhã e a palavra finalmente chegou para sair e tudo o que restava da minha companhia eram 19 de nós, 18 de nós caminhando".

"Nosso comandante de companhia, Popham, tinha sido baleado no início do dia, na cabeça. Eu era o mais velho que restava, então, fui pegar sua pasta de mapas e quaisquer papéis que ele pudesse ter, e ele me assustou muito, estava vivo. Então, coloquei um curativo em sua cabeça e saímos para a área de feridos onde eles tinham jipes de ambulância para levar as pessoas de volta ao hospital, e eles nos carregaram em caminhões e nos levaram de volta para onde tínhamos começado no dia anterior. O cara levou um tiro na cabeça e viveu, exerceu a advocacia em Montreal por muitos anos depois. Ele era um sujeito duro".

"Você pode achar isso difícil de acreditar, mas não foram as brigas que o incomodaram. Você daria seu braço direito para ter uma noite de sono decente em um lugar agradável, quente e seco. Esse se tornou o objetivo. Os alemães estavam no caminho, impedindo que tivéssemos isso. Não eram as brigas que realmente incomodavam a maioria das pessoas. Eram as condições. Eram um Outono e um Inverno terríveis na Holanda, o pior que eles tinham tido em 50 anos".

"Estávamos nos movendo para uma pequena cidade chamada Goes, na península Beveland. E todos foram para a vala de repente e eu saltei, e depois voltei para ver o que estava acontecendo. Um dos meus rapazes tinha caído na estrada e todos pensavam que era um franco-atirador que o tinha abatido. Ele apenas adormeceu caminhando e caiu. Estava chovendo, nevando e tudo mais. Mas, era assim que os rapazes estavam abatidos".

"Então, quando saímos de lá e eles nos levaram para Cuijk, foi como estar de férias para nós, sabe. Quatro ou cinco dias na fila e sair por, talvez, três dias ou mesmo uma semana, e apenas limpar armas e fazer um pouco de trabalho de campo. Para nós, era como ter um feriado".

"A guerra é uma coisa terrível. E as pessoas sobrevivem à guerra tendo um pouco de humor. Oh, elas costumavam fazer todo tipo de coisas bobas quando estávamos fora da linha. Eu tinha um companheiro que, hoje chamam isso de desordem pós-estresse ou algo assim. Naqueles dias, chamávamos de malucos de bombas. Os homens ficavam meio malucos e corriam por aí, faziam coisas diferentes, mas esse sujeito já tinha voltado do que chamavam de acampamento do sono".

"Se você fosse maluco de bombas, eles o mandariam de volta para esse lugar, lhe dariam uma injeção e o colocariam para dormir por 48 horas. Eles deveriam mantê-lo lá por alguns dias, até que você se recuperasse, e o mandassem de volta. Na segunda vez, eles deveriam colocá-lo em um batalhão trabalhista, para que você não voltasse e participasse de qualquer luta. Mas, nós tínhamos tão pouca gente que eles lhe davam o sono de 48 horas, entregavam um fuzil e lhe mandavam de volta".

"Agora, este sujeito tinha voltado duas vezes e os outros pelotões não o queriam porque ele se levantava assim que qualquer cartucho ou morteiro aterrissava, ele começava a correr e a gritar. Mas ele era um bom soldado. Eu disse que o levaria. Quando ele se levantava, eu o mantinha comigo, se ele tentasse se levantar e correr por aí, eu apenas lhe dava um soco e o derrubava, e nos tornamos muito bons amigos. E em mais de uma ocasião, ele salvou minha pele".

"Costumávamos chamá-lo de Duque, porque quando estávamos em Groesbeek, onde os paraquedistas e os planadores eram largados, havia milhares e milhares de paraquedas pendurados nas árvores e no chão. Nós estávamos recolhendo-os. Eu mandei um monte de seda para casa, para minha família. Havia o melhor da seda naqueles dias em paraquedas. Com ela, ele fazia como uma gravata, e usava ao redor do seu pescoço. Ele sempre parecia um almofadinha".

"E todos tinham algum tipo de arma alemã, pistolas Luger ou o que você tivesse, e a ordem vem de cima, 'Todas as armas alemãs deveriam ser entregues'. Então, estávamos nesta pequena cidade de Cuijk e havia um pub ao lado que vendia cerveja que era tão forte quanto água, mas melhor que nada. Estávamos lá, cerca de 20 de nós, quando a Polícia do Exército (MP) chegou em dois ou três jipes. Todos tinham uma pistola alemã ou algo assim. O sargento dos MPs disse: 'Vocês têm que entregar essas ou eu os colocarei sob uma acusação'".

"E o Duque virou um John Wayne. Ele estava usando duas pistolas. 'Se você as quer, tem que vir buscá-las'. É claro, os MPs haviam visto. Aqui estavam 20 caras armados até os dentes. Eles acabaram voltando para os seus jipes e saíram de carro. Esse tipo de coisa se tornou uma lenda no exército e rendeu boas gargalhadas". (49)

O desafio apresentado ao Primeiro Exército canadense foi particularmente assustador devido à geografia única da área visada. Ao norte do estuário do Escalda era a província holandesa de South Beveland, era um campo de baixa altitude que deu àqueles que ocupavam posições defensivas uma vantagem marcante. Além de South Beveland estava a ilha de Walcheren, que havia sido reforçada e transformada em um poderoso reduto alemão. O plano dos Aliados para abrir o estuário implicou na implementação de quatro operações-chave. A primeira era limpar a área ao norte da Antuérpia e garantir o acesso a South Beveland. A segunda, era absolutamente necessário atacar a cidade de Breskens e limpar o que ficou conhecido como o bolso de Breskens, atrás do amplo Canal Leopold. A terceira fase exigiria a tomada de South Beveland e, finalmente, a última fase, a captura da Ilha Walcheren. O bolso de Breskens era um lugar de resistência alemã fortificada contra o Primeiro Exército canadense. Estava situado, principalmente, na margem sul do estuário do Escalda, no sul da Holanda, próximo à fronteira com a Bélgica.

OPERAÇÃO SWITCHBACK

O 15º Exército a Alemão tinha escapado para o Leste, mas o General von Zangen era um homem cauteloso. Como medida de precaução, ele deixou duas guarnições para manter o norte e o sul do Escalda. A 64ª Divisão de Infantaria foi instruída a defender até o último homem na área de Breskens, enquanto a 70ª Divisão de Infantaria mantinha a Ilha Walcheren. Na opinião de Zangen, o objetivo destas tropas fortalezas era bilateral. O primeiro era negar as instalações portuárias aos Aliados e o segundo, segurar o maior número possível de tropas Aliadas. Mais tarde, ele alegou que não tinha ideia definida de quanto tempo Walcheren iria aguentar, mas esperava que levaria pelo menos três a quatro semanas para que os Aliados assegurassem as áreas. Os alemães ainda tinham muita vontade de lutar e iriam demonstrar isso.

Os canadenses já tinham saboreado como seria lutar através de posições de planície quando atacaram o Canal de Gante. Esta é a hidrovia sinuosa que ligava as cidades históricas de Gante e Bruges. Os alemães fizeram pleno uso das pontes destruídas para retardar o avanço para o Escalda. Ao anoitecer de 8 de setembro, os Highlanders de Sutherland e os Argyll, do Canadá, atacaram com força através do canal perto de Moerbrugge, 5 km ao sul de Bruges. Pensava-se que a travessia seria relativamente simples e sem obstáculos. Quando os Argylls lançaram dois ataques, a artilharia alemã os atingiu com uma barragem de morteiros e artilharia de 88 mm, que infligiu danos terríveis e forçou os Argylls a se abrigarem. Levou até à meia-noite para efetuar a travessia.

Em 6 de outubro, os canadenses lançaram a Operação Switchback, pela qual a 2ª Divisão de Infantaria canadense iniciou seu avanço ao norte da Antuérpia, enquanto a 3ª Divisão de Infantaria canadense, apoiada pela 4ª Divisão Blindada canadense, iniciou o assalto sobre o Canal Leopold.

O soldado Les Garnham, da 10ª Brigada de Infantaria do Regimento Algonquin, 4ª Divisão Blindada canadense, disse: "O Canal Leopold era outro lugar assustador. Eles nos enviavam por barco; e antes de eu entrar lá, eu costumava ser um guia que remava canoas. De qualquer forma, eles me colocaram em uma tripulação de barco. Eles levaram 18 homens no barco, através do Canal Leopold, e havia cerca de quatro deles. Eu sabia que era um equipamento de suicídio. Deus, eu pensei, que diabos eles estão tentando fazer, matar a todos? Mas eles eram bons alemães. Encostamos o barco e eu tinha 18 homens comigo; e assim que coloquei os remos dentro do barco, havia um metralhador a cerca de quatro pés dele com uma Schmeisser [submetralhadora]. E, eu acho, havia apenas um par de alemães.

"Então, todos os caras que estavam no meu barco se entregaram. É claro, eu fui treinado para o Dia D e você não para pôr nada, você vai até fim. Eu saí por trás do barco e fugi. E acho que os dois alemães estavam revistando os 18 homens, eles não me viram partir. Então, eu me deitei ao lado de uma carroça perto do rio. E quando eu estava deitado lá, estava bem escuro. Pude ver que eles levaram cerca de 75 de nossos homens como prisioneiros. Deus do céu, eu não sabia o que fazer. Tinha que me esgueirar até o celeiro de lá. Eu me esgueirei até lá; e pensei, Deus, que podia ouvir alguns canadenses falando. Então, eu me esgueirei até o celeiro. Havia um pouco de inclinação sobre aquele celeiro e ao virar no canto da parede, havia uma pequena macieira ali. Então, me escondi ali; e Deus, eu não sabia o que fazer. Eu estava sozinho e estava assustado, magricelo; e não sabia o que fazer. Todos os outros tinham sido levados como prisioneiros".

"Depois de um tempo, iria voltar pelo caminho que vim. Iria voltar sorrateiramente para lá; e iria nadar naquele maldito canal. Ao dobrar um canto, malditos sejam, havia quatro alemães. Eles tinham suas espingardas penduradas sobre os ombros; e eles estavam rindo e falando. Eu encostei meu rifle contra uma parede, ia me entregar e pensei, oh, não, Deus, eles levaram 75 prisioneiros nossos há 15 minutos atrás, eles não querem me levar, eles vão atirar em mim, provavelmente. Eles não se incomodariam com um só homem. Eu pensei, Deus, eu peguei meu rifle novamente e disse, mãos para cima! *Nicht bewegen!* [Não se mexa!] Suas espingardas caíram de seus ombros. Encostei-os contra uma parede, quatro deles, pensei, oh Deus, agora o que vou fazer? Meu rifle tremia ali e eu pensei: oh, que diabos? Agora eu estava pensando rápido. Deus, eu não quero atirar nos pobres caras. Eu pensei, bem, eu não sabia o que fazer".

"Eu era um grande crente em carregar granadas de mão em ambos os lados do meu cinto. E eu tinha o rifle sobre eles e tirei uma granada de mão da minha cinta e puxei o pino. Quando se aperta a alavanca para baixo, o pino quase cai para fora. Puxei-o com meus dentes; e mostrei-o a eles. E os encostei contra a parede e seus rifles estavam, Deus, a 15 pés de distância deles. Eu apenas mostrei a eles e eu, que diabos? Então, eu a joguei entre os pés deles. Eles tinham que se afastar daquela granada antes que ela explodisse, naquela hora, eu já tinha corrido como o inferno. Minha granada de mão não explodiu até que eu estava atingindo o canal. Deixei cair meu rifle e nadei. Ainda fiquei do outro lado, tudo o que eu tinha era uma granada de

Soldado Les Garnham. Regimento de Algonquin, 10ª Brigada de Infantaria, 4ª Divisão Blindada canadense viveu os amargos combates que ocorreram no Canal Leopold, na Bélgica, em 1944.

mão na minha cintura. E então pensei, oh Deus, tirei minhas meias e as torci, calcei minhas botas".

"Meu uniforme, minha túnica, estavam cada vez mais apertados; e pensei, que diabos está acontecendo? É de lã e parecia ter encolhido. E eu tive que me desfazer dela. Bem, tive coragem suficiente para me esgueirar sobre o dique. Deus, havia ali uma velha casa vazia. E havia lá um par de chinelos de madeira holandeses. Então, eu tirei minhas botas novamente e os calcei; e caminhei com eles. E amarrei minhas botas juntas. Então, tive que voltar para os Algonquins antes que eles saíssem. E eu pensei, Deus, agora eu não sei a senha para o dia seguinte, então, de qualquer forma, eu voltei e antes que eles me parassem, eu disse, 'sou um Algonquin; eu não sei a senha'. Eles me impediram, você sabe. Disseram, pare, quem vem aí?"

"Mas, de qualquer forma, o cabo veio e disse: 'O coronel quer vê-lo'. Eu disse: 'Para que diabos?' Eu não sei. Então, eu fui; e ele disse: 'O que aconteceu?' Eu disse, bem, eu levei meus 18 homens no meu barco. Eu disse, eles foram todos feitos prisioneiros. E eu disse, eu fugi, fui treinado para o Dia D e fugi. Eu disse, conheci esses quatro homens e lhes disse o que tinha feito; e disse, e nadei naquele canal. E bem, disse ele, você é o vigésimo oitavo que voltou de lá para nós. Não sei por que [eles] nos mandaram para lá, na verdade foi suicídio. Eles deveriam saber melhor, não podíamos lidar com tantos, você sabe. De qualquer forma, isso foi uma missão assustadora". (50)

O Canal Leopold era um obstáculo formidável e uma extensa inundação ao Norte, deixando apenas uma estreita faixa de terra onde os canadenses podiam estabelecer uma cabeça de ponte. Ambas as divisões enfrentaram dura oposição e a luta foi feroz em ambas as áreas. As forças alemãs bem centradas dificultaram o avanço das forças Aliadas. O primeiro desafio para a 3ª Divisão canadense foi atravessar o Canal Leopold, com cerca de 18 m de extensão e margens íngremes. Com o apoio dos lança-chamas da Wasp, duas cabeças de ponte foram alcançadas na margem oposta do canal, mas os canadenses enfrentaram uma forte resistência e o progresso foi laborioso.

GARANTINDO O TERRENO

À meia-noite de 9 de outubro, após algumas partidas falsas e um atraso de 24 horas, uma força de assalto anfíbia embarcou em Gante, rastreou veículos de pouso e navegou pelo canal que levava à cidade holandesa de Terneuzen. O objetivo era atingir a parte de trás do bolso de Breskens e aterrissar a leste da vila de Hoofdplaat. Ambos os batalhões canadenses atacando, conseguiram chegar à terra perto de Biervliet contra uma oposição insignificante. Às 9 horas da manhã havia sido estabelecida uma cabeça de ponte e logo o batalhão de reserva pousou, avançando para Hoofdplaat. Os alemães em defesa se retiraram para bunkers de concreto ao longo da costa e mais combates se seguiram. Em 3 de novembro, a costa sul do Escalda tinha sido assegurada.

A 2ª Divisão de Infantaria canadense, avançando para o Norte, para fechar o extremo leste de South Beveland, fez bons progressos contra os paraquedistas do General Kurt Chill que estavam tentando barrar o caminho. As baixas foram pesadas quando as tropas canadenses atacaram em terreno aberto e inundado, mas em 16 de outubro eles tinham tomado a cidade de Woensdrecht, na entrada de South Beveland. A Ilha Walcheren foi atacada de três direções simultaneamente: através da estrada do Leste, do Sul pelo Escalda e do Oeste por mar. Para dificultar as defesas alemãs, os diques da ilha foram destruídos por pesados bombardeios da Força Aérea Real, que inundaram a área central e permitiram o uso de veículos anfíbios.

As coisas não correram exatamente como o plano para o 248º Esquadrão de Ataque Blindado Britânico dos Engenheiros Reais, que tomou posição em um campo próximo à vila de Ijzendijke. A tropa nº 3 foi designada para operar um dispositivo de desminagem conhecido como Condor, que consistia em uma mangueira de lona de 90 m de comprimento lançada vazia através de uma área minada e depois bombeada cheia de nitroglicerina líquida que era detonada, abrindo um amplo caminho através do campo minado. Ao descarregar a nitroglicerina de três caminhões canadenses, uma tremenda explosão sacudiu a área, enviando ondas de choque que achataram tudo em seu caminho. Árvores, edifícios agrícolas e veículos militares foram incendiados ou completamente destruídos pela explosão. Os três caminhões carregando a nitroglicerina simplesmente evaporaram, deixando três grandes crateras no local. Esta explosão acidental, presumivelmente uma das maiores durante a Operação Switchback, tirou a vida de 26 soldados britânicos e 15 canadenses, e feriu outros 43.

O Tenente-General Simonds concentrou-se na área ao norte de South Beveland. A 4ª Divisão Blindada canadense, que tinha sido engajada no Canal Leopold, moveu-se para o norte do Escalda e dirigiu com força para a cidade holandesa de Bergen-op-Zoom. Em 24 de outubro, a entrada em South Beveland tinha sido violada e assegurada, permitindo que a 2ª Divisão Canadense, auxiliada por um desembarque anfíbio da 52ª Divisão Britânica, se movimentasse em South Beveland. Até 31 de outubro, os Aliados haviam garantido a área.

Entre 31 de outubro e 7 de novembro, as tropas Aliadas executaram a Operação Infatuate. Isso envolveu dois ataques anfíbios britânicos na fortaleza da ilha de Walcheren, localizada no canto noroeste do estuário. Simultaneamente, a 52ª Divisão atacou a costa leste de Walcheren. Em 6 de novembro, a capital da Ilha Walcheren, Middelburg, foi assegurada e, em 8 de novembro, toda a oposição inimiga na área havia sido erradicada.

Finalmente, entre 3 e 25 de novembro, os varredores de minas da Marinha Real empreenderam o Calendário de Operações para limpar o Escalda das minas. Já em 1º de novembro, havia sido feita uma tentativa de passar os varredores de minas até Breskens, mas eles foram levados de volta por baterias alemãs perto do porto belga de Zeebrugge. Foi somente depois que a 3ª Divisão canadense ocupou Zeebrugge, em 3 de novembro, tendo sofrido tenaz oposição alemã, que a ameaça de ataques em terra foi removida e os varredores de minas conseguiram limpar o canal, permitindo finalmente aos navios mercantes fazer uma passagem segura pelo estuário até a Antuérpia.

Até 26 de novembro, o Calendário de Operações havia sido concluído com sucesso, com um total de 267 minas removidas do estuário. Nesse mesmo dia, os três primeiros navios Aliados chegaram à Antuérpia. Em 28 de novembro, o primeiro comboio, liderado pelo cargueiro canadense *Fort Cataraqui*, entrou no porto e a Antuérpia estava mais uma vez aberta aos negócios. Mais importante ainda, esta linha de abastecimento crucial poderia agora fornecer combustível e provisões vitais para o avanço dos Aliados para liberar a Europa. Mas, ainda havia trabalho a ser feito. Ainda não havia terminado.

Naqueles meses de Outono de setembro, outubro e novembro, estima-se que os Aliados sofreram mais de 56.000 baixas em batalha. Por mais assustador que seja esse número, ele se desvanece em comparação com as baixas russas. Durante os meses de abertura da Operação Bagration, do exército soviético, enquanto faziam seus 650 km vindos de Vitebsk até a periferia de Varsóvia, os soviéticos sofreram 178.000 mortes ou desaparecimentos e 590.848 feridos. Uma das razões pelas quais o exército soviético sofreu tantas baixas foi devido a suas táticas muitas vezes deploráveis. Quando seus soldados da linha de frente precisavam de apoio da artilharia, estavam em apuros porque a maioria das unidades não tinha rádios e nunca lhes era permitido solicitar qualquer tipo de apoio.

A estratégia e as táticas empregadas pelo Leste e Oeste eram substancialmente diferentes. Os generais anglo-americanos usavam táticas que tinham como objetivo cercar e capturar seus adversários. No Leste, o Exército Vermelho não era preponderante por quaisquer considerações táticas. Ele frequentemente empregava ataques frontais, quase suicidas, com força bruta, que não parava até a aniquilação total. A disparidade em números reflete a diferença. No decorrer da Segunda Guerra Mundial, forças Aliadas no teatro ocidental, com mais de três milhões de pessoas, ceifaram a vida de 834.314 soldados alemães. No Leste, onde nenhum dos lados tinha uma força de bombardeio estratégica, menos de seis milhões de alemães mataram 11 milhões de soldados soviéticos e pelo menos sete milhões de civis. O General Eisenhower escreveu em seu livro de memórias: "Quando voamos para a Rússia, em 1945, não vi uma casa entre as fronteiras ocidentais do país e a área ao redor de Moscou. Através desta região invadida, o Marechal Zhukov me disse, tantos foram os números de mulheres, crianças e homens velhos que haviam sido mortos que o governo russo nunca seria capaz de estimar o total". A maioria dos historiadores concorda que o nível de barbaridade em massa, infligido por ambos os lados na Frente Leste era quase indescritível.

No Oeste, inúmeras aldeias, vilas e cidades foram libertadas no Outono de 1944. Algumas permanente, outras temporariamente. Seja qual for o resultado, enquanto os civis e soldados que participaram durante aqueles meses turbulentos nunca esqueceriam, muitos preferiram não se lembrar. Muitos soldados Aliados ficaram profundamente traumatizados por suas experiências durante a Segunda Guerra Mundial, tanto pelo combate real quanto pela subsequente interação com os civis locais. Um desses soldados foi Albert Salomon Charest, que serviu como soldado particular no *Le Royal 22e Régiment* do Canadá. Ele disse: "Se alguma vez você for para a Holanda, você se sentirá mais do que em casa. Isso é verdade, é quase impossível imaginar como fomos bem recebidos naquele país. Para eles, os franco-canadenses são deuses, fomos nós que salvamos suas vidas. Lembro-me que em Amsterdã os alemães eram realmente terríveis, verdadeiros porcos. Eles tinham crucificado nove pessoas no fundo de um enorme monumento, se você estiver em Amsterdã, é o grande monumento em que eles fazem todas as suas grandes cerimônias em frente, há um enorme monumento, eles os crucificaram, os mataram na frente de milhares de pessoas. Os alemães eram a escória podre".

"Eu vi coisas ainda piores. Na Itália, eu vi uma mãe com seus três filhos pequenos. Eles tinham uma pilha de feno para suas mulas, suas cabras; isso era tudo o que tinham para o inverno. [Os alemães] levaram a mulher, amarraram-na perto do feno, junto com seus três filhinhos, atearam fogo e roubaram os animais. Isso são os alemães! É verdade o que estou dizendo, não estou inventando uma palavra disso".

"Eu vi algumas mulheres pobres. Elas passavam de manhã quando estávamos tomando o café da manhã. Não nos era permitido dar-lhes nossos restos, nossas torradas. Tínhamos que pegá-las e jogá-las no lixo, em vez de dá-las às mulheres. As mulheres tinham dois bebês pequenos com elas, cerca de dois ou três anos de idade. Pobrezinhas, estavam malvestidas, mas estavam vestindo tudo o que tinham. Vieram nos ver com pequenos potes para recolher algo para comer para seus filhos. Eu não ficava chateado; às vezes, eu não comia minha torrada e a jogava na panela delas. Algumas vezes, eu era pego, mas eu dizia: 'Olhe aqui. Estes são seres humanos como qualquer outro. Vamos jogar tudo isso fora, quando poderíamos estar dando a eles para ajudá-los a comer e sobreviver. Se você vai me castigar, estou pronto, não será tão ruim quanto não fazer nada".

"Eles viram o que a guerra é na televisão, mas na televisão a guerra é apenas uma coisa. É um jogo, um jogo que eles estão jogando. É uma comédia".

CAPÍTULO DOZE

LUTANDO POR SEU PAÍS

OS EXÉRCITOS ALIADOS QUE CORRIAM através de toda a Europa no Outono de 1944 eram heterogêneos. Os relatos americanos, britânicos e canadenses têm a tendência de ignorar um belo exército que contribuiu para o avanço dos Aliados e se mostrou indomável na batalha. A 1ª Divisão Blindada polonesa ajudou a infligir uma derrota esmagadora aos alemães em Falaise e, depois, da Normandia, a divisão lutou obstinadamente pela Bélgica e Holanda, libertando Ypres, Gante e Passchendaele. Eles provaram, sem qualquer dúvida, que eram lutadores tenazes e dedicados. Uma brilhante manobra de flanco do General Stanisław Maczek, um talentoso comandante de tanque polonês, forçou os alemães a sair de Breda, na Holanda, permitindo aos poloneses tomar a cidade sem sequer disparar um tiro. Pena que isso não tenha ocorrido antes que o 15º Exército alemão escapasse!

pitulação formal das forças do Exército Doméstico. Os 70.000 civis restantes em Varsóvia foram deportados. Quando a poeira finalmente assentou, apenas 1.000 pessoas permaneceram no que havia sido uma cidade de 900.000 almas. Esses poucos sobreviventes foram, então, enviados para campos de concentração ou para trabalhos forçados no Reich. Para acrescentar insulto aos feridos, nos três meses seguintes, os alemães procederam à erradicação sistemática do que restava da cidade, edifício por edifício.

O jovem Andrei Borowiec foi pego no meio da ação, lutando nos escombros da capital, rastejando através dos esgotos e sobre os membros de seus camaradas, esperando o Exército Vermelho de Stalin, que estava na margem distante do rio Vístula, para vir em auxílio da cidade. Quando a situação chegou a seu nadir, Andrei lembrou de ter visto outro jovem por perto, disparando uma metralhadora contra os alemães até que suas munições fossem gastas. Ele acenou para ele e recebeu um aceno amigável de volta. À medida que a luta se intensificou, mais e mais combatentes da resistência polonesa começaram a ficar sem munição, deixando-os incapazes de ripostar à medida que balas e estilhaços voavam em todas as direções ao seu redor. A cada poucos momentos Andrei olhava para ver se o jovem ainda estava lá, até que, de repente, um projétil de tanque alemão impactou o muro diretamente atrás dele. A onda do impacto derrubou Andrei. Quando ele finalmente se levantou, coberto de poeira e sangue, o jovem com a metralhadora havia desaparecido. Aqueles que sobreviveram à investida tentaram rastejar através dos destroços e chegar ao rio.

Mais tarde, Andrei descreveu sua parte na revolta: "Eu era um homem muito jovem, com apenas quinze anos de idade. No início, tudo isso foi recebido com entusiasmo por todos na Polônia. Mas, então, todos perceberam que os alemães não seriam derrotados tão facilmente sem ajuda externa. Assim, as pessoas esperavam apenas o melhor. Eu não estava acostumado com a ideia de matar alguém. Mas, quando chegou a hora de puxar o gatilho, foi um sentimento forte e eu esperava apenas acertar o inimigo". (52)

Como Andrei Borowiec, Ted Stoniczynski era um mero adolescente quando lutou na revolta. Em 2017, ambos os homens se encontraram inesperadamente e descobriram que estavam vivendo em bangalôs adjacentes em uma casa de cuidados Devon. Andrei, 87 anos, e Ted, pitulação formal das forças do Exército Doméstico. Os 700.000 civis restantes em Varsóvia foram deportados. Quando a poeira finalmente assentou, apenas 1.000 pessoas permaneceram no que havia sido uma cidade de 900.000 almas. Esses poucos sobreviventes foram, então, enviados para campos de concentração ou para trabalhos forçados no Reich. Para acrescentar insulto aos feridos, nos três meses seguintes, os alemães procederam à erradicação sistemática do que restava da cidade, edifício por edifício.

O jovem Andrei Borowiec foi pego no meio da ação, lutando nos escombros da capital, rastejando através dos esgotos e sobre os membros de seus camaradas, esperando o Exército Vermelho de Stalin, que estava na margem distante do rio Vístula, para vir em auxílio da cidade. Quando a situação chegou a seu nadir, Andrei lembrou de ter visto outro jovem por perto, disparando uma metralhadora contra os alemães até que suas munições fossem gastas. Ele acenou para ele e recebeu um aceno amigável de volta. À medida que a luta se intensificou, mais e mais combatentes da resistência polonesa começaram a ficar sem munição, deixando-os incapazes de ripostar à medida que balas e estilhaços voavam em todas as direções ao seu redor. A cada poucos momentos Andrei olhava para ver se o jovem ainda estava lá, até que, de repente, um projétil de tanque alemão impactou o muro diretamente atrás dele. A onda do impacto derrubou Andrei. Quando ele finalmente se levantou, coberto de poeira e sangue, o jovem com a metralhadora havia desaparecido. Aqueles que sobreviveram à investida tentaram rastejar através dos destroços e chegar ao rio.

Mais tarde, Andrei descreveu sua parte na revolta: "Eu era um homem muito jovem, com apenas quinze anos de idade. No início, tudo isso foi recebido com entusiasmo por todos na Polônia. Mas, então, todos perceberam que os alemães não seriam derrotados tão facilmente sem ajuda externa. Assim, as pessoas esperavam apenas o melhor. Eu não estava acostumado com a ideia de matar alguém. Mas, quando chegou a hora de puxar o gatilho, foi um sentimento forte e eu esperava apenas acertar o inimigo". (52)

Como Andrei Borowiec, Ted Stopczynski era um mero adolescente quando lutou na revolta. Em 2017, ambos os homens se encontraram inesperadamente e descobriram que estavam vivendo em bangalôs adjacentes em uma casa de cuidados Devon. Andrei, 87 anos, e Ted,

89, nem sequer sabiam da existência um do outro, até que um funcionário polonês que cuidava de Andrei percebeu a conexão de guerra entre eles. Os homens acabaram sendo apresentados, e Andrei ficou surpreso ao perceber que Ted era o jovem com a metralhadora que lhe acenou e depois desapareceu todos aqueles anos atrás. 'Alguém tinha que me dizer quem ele era', admitiu ele. Mas, quando percebi quem ele era, lembrei-me dele. É uma enorme coincidência". (53)

É consenso que a Revolta de Varsóvia falhou por uma série de razões. A relação entre os Aliados ocidentais e os soviéticos era tênue, na melhor das hipóteses. Os diplomatas britânicos e americanos não queriam exigir que Stalin estendesse a assistência a seus Aliados poloneses. A raiz deste problema teve origem na primavera de 1943, quando Stalin havia cortado relações diplomáticas com o governo polonês no exílio, depois que procuraram estabelecer quem foi responsável pela morte de milhares de oficiais poloneses em Katyn. Esta era uma área florestal próxima ao que é hoje Smolensk, na Rússia, onde 21.000 oficiais poloneses haviam sido capturados e posteriormente assassinados pelos soviéticos no início de 1940, após a invasão da Polônia pelo Exército Vermelho em 1939 (pelos termos do Pacto Molotov-Ribbentrop, uma vez que a Alemanha declarou guerra à Polônia em setembro de 1939, foi acordado que o regime de Hitler ocuparia o oeste do país enquanto os russos assumiriam a metade oriental). O governo polonês no exílio exigiu uma investigação da Cruz Vermelha Internacional sobre a execução em massa, uma vez descobertos os corpos em 1943, mas Stalin prevaricou e tentou colocar a culpa na porta dos alemães. A verdade da responsabilidade dos soviéticos por esta atrocidade permaneceria encoberta por mais 50 anos.

O simples fato era que os soviéticos não tinham qualquer interesse em ajudar o Exército Doméstico na libertação de Varsóvia. Assim como em 1939, era intenção de Stalin anexar a Polônia oriental e mantê-la na esfera de influência soviética, uma vez terminada a guerra. Além disso, os Aliados ocidentais haviam concordado secretamente com esta anexação na conferência de Teerã, em dezembro de 1943. Os poloneses, alheios a estas terríveis maquinações políticas, permaneceram confiantes de que poderiam contar com os britânicos e americanos para manter sob controle as ambições soviéticas. Afinal de contas, eles eram Aliados. Embora a RAF e a Força Aérea dos EUA tenham

feito algumas baixas de armas sobre Varsóvia no final da revolta, era tarde demais. Estes ataques aéreos foram ainda mais comprometidos pelos soviéticos, que recusaram a permissão para aviões Aliados pousarem ou se reabastecerem em aeroportos sob seu controle. O Exército Vermelho pode ter lutado contra o mesmo adversário, mas eles nunca foram verdadeiros Aliados.

Os poloneses tinham feito uma aposta calculada e tinham lutado com paixão, tenacidade e uma coragem incrível. Mas, sua confiança e sua fé não haviam sido recompensadas e nunca seriam. Eles contavam com aqueles que pensavam ser Aliados para ajudá-los e haviam perdido. A última culpa estava aos pés do Exército Vermelho, que incitou a revolta, estava em estreita proximidade e tinha o poder de afetar o resultado. A amargura que a revolta desovou, apodreceria juntamente com os sentimentos de ter sido totalmente traída pelos Aliados. O Exército Vermelho tinha observado do outro lado do rio como as forças de Hitler exigiam sua terrível vingança, destruindo e despovoando uma cidade magnífica. O que aconteceu com Varsóvia excedeu em muito os danos sofridos pelos russos em Stalingrado e Leningrado.

OS HOMENS 'OLD HICKORY' ("VELHA NOGUEIRA")

Enquanto isso, Frank Towers e sua unidade estavam tendo algum descanso merecido após alguns meses de combate quase contínuo. Eles não tinham ideia de que iriam entrar em campo novamente contra seus velhos adversários, a 1ª Divisão SS (*Leibstandarte SS Adolf Hitler*) no maior confronto desde a Batalha de Mortain. Aqueles homens 'Old Hickory', o nome dado à 30ª Divisão de Infantaria em homenagem a Andrew Jackson, tinham visto o pior e foram colocados contra o melhor que os nazistas tinham a oferecer. Frank Towers serviu na Companhia M da 120ª Infantaria e como oficial de ligação do regimento entre a sede da 120ª e da 30ª Divisão. Sua posição de dever durante a guerra lhe permitiu testemunhar a história da 30ª Divisão de Infantaria como poucos outros. Após a guerra, ele se tornou um membro muito ativo desta associação, ocupando numerosos cargos desde presidente até secretário executivo e tesoureiro desde os anos 60 até os anos 2000. Eles haviam recentemente incorrido em 160 homens mortos e 1.058 feridos. O General Simpson, comandante do Nono Exército, ficou tão impressionado com esta conquista de táticas combinadas de blindagem feito algumas baixas de armas sobre Varsóvia no final da revolta, era tarde demais. Estes ataques aéreos foram ainda mais comprometidos pelos soviéticos, que recusaram a permissão para aviões Aliados pousarem ou se reabastecerem em aeroportos sob seu controle. O Exército Vermelho pode ter lutado contra o mesmo adversário, mas eles nunca foram verdadeiros Aliados.

Os poloneses tinham feito uma aposta calculada e tinham lutado com paixão, tenacidade e uma coragem incrível. Mas, sua confiança e sua fé não haviam sido recompensadas e nunca seriam. Eles contavam com aqueles que pensavam ser Aliados para ajudá-los e haviam perdido. A última culpa estava aos pés do Exército Vermelho, que incitou a revolta, estava em estreita proximidade e tinha o poder de afetar o resultado. A amargura que a revolta desovou, apodreceria juntamente com os sentimentos de ter sido totalmente traída pelos Aliados. O Exército Vermelho tinha observado do outro lado do rio como as forças de Hitler exigiam sua terrível vingança, destruindo e despovoando uma cidade magnífica. O que aconteceu com Varsóvia excedeu em muito os danos sofridos pelos russos em Stalingrado e Leningrado.

OS HOMENS 'OLD HICKORY' ("VELHA NOGUEIRA")

Enquanto isso, Frank Towers e sua unidade estavam tendo algum descanso merecido após alguns meses de combate quase contínuo. Eles não tinham ideia de que iriam entrar em campo novamente contra seus velhos adversários, a 1ª Divisão SS *(Leibstandarte SS Adolf Hitler)* no maior confronto desde a Batalha de Mortain. Aqueles homens 'Old Hickory', o nome dado à 30ª Divisão de Infantaria em homenagem a Andrew Jackson, tinham visto o pior e foram colocados contra o melhor que os nazistas tinham a oferecer. Frank Towers serviu na Companhia M da 120ª Infantaria e como oficial de ligação do regimento entre a sede da 120ª e da 30ª Divisão. Sua posição de dever durante a guerra lhe permitiu testemunhar a história da 30ª Divisão de Infantaria como poucos outros. Após a guerra, ele se tornou um membro muito ativo desta associação, ocupando numerosos cargos desde presidente até secretário executivo e tesoureiro desde os anos 60 até os anos 2000. Eles haviam recentemente incorrido em 160 homens mortos e 1.058 feridos. O General Simpson, comandante do Nono Exército, ficou tão impressionado com esta conquista de táticas combinadas de blindagem e infantaria utilizadas pela 30ª Divisão que, na verdade, os persuadiu a refazê-las para o benefício dos comandantes recém-chegados. Frank não estava disposto a impressionar ninguém. Um banho quente e uma refeição quente eram sua única consideração, e eram urgentes.

A 28ª Divisão de Infantaria havia sido dizimada. Oitenta por cento de seu número haviam sofrido baixas em Hürtgen. Era preciso tempo para reequipar e substituir esses homens. Para isso, a Divisão foi enviada para um setor silencioso conhecido como as Ardennes. Nada estava acontecendo lá, mas de volta ao Bletchley Park, no final de novembro, eles estavam interceptando algumas mensagens bastante sinistras a respeito do movimento das tropas alemãs de Leste para o Oeste. Eles seriam despachados para o "setor calmo" da linha de frente ao longo da fronteira Alemanha/Luxemburgo para aguardar sua próxima comissão. Como a 30ª Divisão, eles não teriam que esperar muito tempo.

resistência holandesas. Mas, Monty e seus planejadores tiveram apenas uma semana para montar uma operação complexa e arriscada, e estavam lidando com várias outras fontes de informação também, algumas delas contraditórias. Em resumo, simplesmente não havia tempo suficiente para coletar e processar todos os dados necessários para garantir que a Market Garden fosse tão perfeitamente planejada quanto poderia.

A isto se acrescentou o problema de que a resistência holandesa era conhecida por ter sido infiltrada pela *Abwehr*, o serviço de inteligência do exército alemão. As informações que a resistência forneceu poderiam ser sempre confiáveis?

ULTRA

Enquanto os Aliados estavam se infiltrando na França e na Bélgica, enfrentando uma oposição em grande parte ineficaz, eles tinham criado uma falsa sensação de segurança. Isto foi rapidamente dissipado quando começaram a invadir as fronteiras do Terceiro Reich. Agora, mais do que nunca, eles precisavam conhecer a força da oposição. Onde estavam estas unidades de velhos homens alemães e jovens pubescentes de que tinham sido falados, por exemplo? Quando as primeiras patrulhas americanas pesquisaram e cruzaram a fronteira, a inteligência Aliada na Linha Siegfried era, na melhor das hipóteses, vaga, na pior das hipóteses, quase inexistente. A maior parte da inteligência datava de 1940 e, nos quatro longos anos que se seguiram, muitos dos bunkers e casamatas da Linha Siegfried haviam se tornado inconfortavelmente cobertas com folhagem para camuflar. O reconhecimento aéreo que tinha funcionado tão bem na Normandia, era menos eficaz quando se tratava de florestas e bosques que agora estavam diante do avanço dos Aliados.

Em setembro de 1944, um membro da equipe de inteligência de Eisenhower havia previsto, com otimismo, que a vitória na Europa estava "à vista, quase ao alcance". O chefe da inteligência do Primeiro Exército foi um passo adiante, declarando que era improvável que a resistência alemã organizada continuasse para além de 1 de dezembro de 1944. Tudo parecia bom demais para ser verdade, e assim foi.

A partir de outubro de 1944, os Aliados começaram a encontrar níveis desconcertantes de resistência alemã à medida que avançavam para o

Reno. Em 25 de setembro, a ULTRA havia interceptado e decodificado uma mensagem enviada entre os comandantes alemães. A mensagem tinha sido enviada uma semana antes e afirmava enfaticamente que todas as unidades da SS da Frente Ocidental estavam sendo retiradas e atribuídas a um novo Sexto Exército Panzer.

A Alemanha estava perdendo a guerra, mas em alguns dias era difícil dizer se os Aliados estavam ganhando. Tudo agora se baseava em uma inteligência precisa. A partir de 1944, três destacamentos americanos foram designados pela SHAEF para trabalhar com os serviços de coleta de informações britânicos no Bletchley Park. Isto marcou o início do compartilhamento do tráfego de comunicações alemão de alto nível decodificadas entre a Grã-Bretanha e os EUA.

As informações da SHAEF G-2, emitidas em suas revisões semanais de inteligência, geralmente refletiam os relatórios recebidos das Divisões de Inteligência tanto a nível do Exército como do Grupo do Exército. O G-2 era uma seção do pessoal de inteligência militar de uma unidade do Exército dos Estados Unidos. Estes resumos incorporavam informações adicionais obtidas da Cruz Vermelha Britânica e de outras fontes. Havia restrições, porque nem toda a inteligência podia ser transmitida por medo de colocar em perigo ou revelar suas fontes. Informações específicas e, frequentemente, altamente confiáveis, fornecidas pela ULTRA, raramente, se é que alguma vez, seriam incluídas nos resumos semanais da SHAEF.

No início de novembro, agindo sobre os relatórios de inteligência, o Major General Sir Kenneth William Dobson Strong, chefe de inteligência da SHAEF, mencionou a existência do novo 6º Exército Panzer alemão e que o 5º Exército Panzer havia, de alguma forma, evaporado da linha em Alsace, onde o 3º Exército de Patton estava lutando. Houve também relatos de movimentos ferroviários pesados na região de Eifel, abaixo de Aachen. Strong conhecia bem os alemães. Ele havia servido como adido militar assistente em Berlim pouco antes do início da guerra, em 1939. Em fevereiro de 1943, ele foi nomeado G-2 do Quartel-General das Forças Aliadas no Mediterrâneo e tinha ajudado nas negociações de armistício com os italianos. Na primavera de 1944, ele foi nomeado G-2 da SHAEF.

A inteligência Aliada foi, frequentemente, mal assumida durante o Outono de 1944, mas ninguém podia diminuir o maravilhoso engano

da fotografia aérea, mas isto foi severamente dificultado durante os meses de inverno, quando a neblina e a nuvem baixa cobriram a maior parte da Europa, tornando o método temporariamente obsoleto.

Fora da rede ULTRA, a coleta de informações confiáveis era um jogo espúrio e perigoso. Um ex-agente dos serviços secretos britânicos que trabalhou durante a guerra disse: "O trabalho de inteligência envolve necessariamente trapaça, mentira e traição, que tem um efeito deletério sobre o personagem. Nunca conheci ninguém profissionalmente engajado em quem eu devesse confiar em qualquer cargo." Mas, em 1944, a ULTRA estava fazendo a diferença, a certa altura ela ficou aflita com uma complacência que causou um dos grandes fiascos de inteligência de toda a guerra: o fracasso em identificar o verdadeiro propósito do crescimento significativo das forças alemãs em North Rhine-Westphalia.

Omar Bradley observou em sua autobiografia que, "Uma grande falha de nosso lado foi que nossa comunidade de inteligência tinha vindo a confiar demais na ULTRA, excluindo outras fontes de inteligência". Em dezembro de 1944, o Décimo Segundo Grupo do Exército de Bradley era uma das maiores forças terrestres de combate já criadas nos EUA. Dentro da sede de Bradley, o Grupo de Apreciação operava uma sala ULTRA que recebia e montava o material para Bletchley, com outras fontes, para fornecer estimativas dos números e disposições do exército alemão. O Décimo Segundo Grupo do Exército realizou dois briefings diários da ULTRA, ambos com a presença de Bradley. A inteligência que a ULTRA forneceu foi considerada tão sensível que os dados fornecidos por Bletchley foram proibidos de serem incluídos nos relatórios ou resumos de inteligência escritos dos Aliados.

Outro problema era que os alemães estavam tão convencidos da infalibilidade de seus códigos, e não tinham noção de que poderiam ter sido violados, mas havia dissidentes. Quando os submarinos alemães foram localizados em locais obscuros, o chefe da marinha do país, almirante Doenitz, suspeitou que as mensagens estavam sendo interceptadas, mas não tomou nenhuma medida para confirmar ou negar isso.

Quando 1944 chegou ao fim, os homens no campo de batalha tinham pouco conhecimento do que estava por vir. Eles haviam sofrido terríveis problemas climáticos e de abastecimento no avanço pós-Dia D para libertar a Europa, e agora a comida, roupas quentes e uma cama da fotografia aérea, mas isto foi severamente dificultado durante os meses de inverno, quando a neblina e a nuvem baixa cobriram a maior parte da Europa, tornando o método temporariamente obsoleto.

Fora da rede ULTRA, a coleta de informações confiáveis era um jogo espúrio e perigoso. Um ex-agente dos serviços secretos britânicos que trabalhou durante a guerra disse: “”O trabalho de inteligência envolve necessariamente trapaça, mentira e traição, que tem um efeito deletério sobre o personagem. Nunca conheci ninguém profissionalmente engajado em quem eu devesse confiar em qualquer cargo.” Mas, em 1944, a ULTRA estava fazendo a diferença, a certa altura ela ficou aflita com uma complacência que causou um dos grandes fiascos de inteligência de toda a guerra: o fracasso em identificar o verdadeiro propósito do crescimento significativo das forças alemãs em North Rhine-Westphalia.

Omar Bradley observou em sua autobiografia que, “Uma grande falha de nosso lado foi que nossa comunidade de inteligência tinha vindo a confiar demais na ULTRA, excluindo outras fontes de inteligência”. Em dezembro de 1944, o Décimo Segundo Grupo do Exército de Bradley era uma das maiores forças terrestres de combate já criadas nos EUA. Dentro da sede de Bradley, o Grupo de Apreciação operava uma ‘sala ULTRA’ que recebia e montava o material para Bletchley, com outras fontes, para fornecer estimativas dos números e disposições do exército alemão. O Décimo Segundo Grupo do Exército realizou dois briefings diários da ULTRA, ambos com a presença de Bradley. A inteligência que a ULTRA forneceu foi considerada tão sensível que os dados fornecidos por Bletchley foram proibidos de serem incluídos nos relatórios ou resumos de inteligência escritos dos Aliados.

Outro problema era que os alemães estavam tão convencidos da infalibilidade de seus códigos, e não tinham noção de que poderiam ter sido violados, mas havia dissidentes. Quando os submarinos alemães foram localizados em locais obscuros, o chefe da marinha do país, almirante Doenitz, suspeitou que as mensagens estavam sendo interceptadas, mas não tomou nenhuma medida para confirmar ou negar isso.

Quando 1944 chegou ao fim, os homens no campo de batalha tinham pouco conhecimento do que estava por vir. Eles haviam sofrido terríveis problemas climáticos e de abastecimento no avanço pós-Dia D para libertar a Europa, e agora a comida, roupas quentes e uma cama para passar a noite eram suas prioridades imediatas. Sem acesso aos relatórios fornecidos pelo serviço de coleta de informações de seus exércitos, eles tinham pouca ou nenhuma ideia do quadro geral que estava sendo formado pelos oficiais superiores, embora, alguns tivessem notado um aumento da atividade do inimigo e adivinhassem que algo estava prestes a acontecer.

Enquanto isso, com a chegada do Natal, a SHAEF assegurou que todas as entregas festivas para as equipes de combate tivessem prioridade. No final de novembro de 1944, nada menos que seis milhões de pacotes haviam chegado ao continente, e estavam sendo transportados manualmente para as seções da frente e da base. Isto representava apenas 20% do total estimado que os serviços postais estavam se preparando para processar naquele inverno. Um determinado navio transatlântico foi carregado com um recorde de 130.000 sacos de pacotes e 2.593 sacos de cartas. Ele descarregou em Boulogne, juntamente com outros navios similares programados para transportar a maior parte dos 30 milhões de pacotes previstos. O Departamento de Guerra anunciou que 50 milhões de pacotes foram enviados pelo correio para todos os teatros entre 15 de setembro e 15 de outubro de 1944. Foi considerado como o maior movimento em massa de pacotes dos EUA na história.

UMA FALSA SENSAÇÃO DE SEGURANÇA

Até agosto de 1944, os Aliados controlavam quase toda a França, Bélgica e Luxemburgo, e estavam a 80 km de Ruhr, o base industrial do Terceiro Reich. A campanha de bombardeio estratégico dos Aliados estava dificultando seriamente a produção alemã de petróleo e era óbvio que a outrora poderosa máquina de guerra alemã estava sendo martelada tanto na Frente Oriental como na Ocidental. Os comandantes Aliados e oficiais de inteligência ainda acreditavam que os alemães estavam tão derrotados que não conseguiam montar um contra-ataque eficaz. Agora, era apenas uma questão de se manter e aguentar até que o tempo melhorasse, com novas ofensivas planejadas para fevereiro. Muitos comandantes da SHAEF acreditavam que qualquer acúmulo de defesas alemãs era simplesmente porque estavam esperando um ataque dos Aliados. A ideia de qualquer tipo de contraofensiva foi descartada. Havia demasiado desdém por esta hipótese entre os escalões superiores.

O Terceiro Reich ainda poderia convocar cerca de 10 milhões de homens uniformizados, incluindo 7,5 milhões já servindo em seu exército. Com essa força, Hitler acreditava de corpo e alma que se a Alemanha pudesse manter o Ruhr, ele ainda teria a capacidade de forçar um impasse e trazer os Aliados para a mesa de negociação. Ele escreveu: "Em toda a história mundial, nunca houve uma coalizão que consistisse em elementos tão heterogêneos, com objetivos diametralmente opostos. Estados ultra capitalistas de um lado, Estados ultra marxistas do outro. De um lado, um império moribundo, o da Grã-Bretanha, e do outro, uma "colônia", os Estados Unidos, ansiosos por assumir a herança. A União Soviética está ansiosa para colocar as mãos sobre os Balcãs, os Dardanelles, a Pérsia e o Golfo Pérsico. A Grã-Bretanha está ansiosa por manter seus ganhos ilícitos e se tornar forte no Mediterrâneo. Esses estados já estão em desacordo, e seus antagonismos estão crescendo visivelmente de hora em hora. Se a Alemanha puder desferir alguns golpes pesados, esta frente unida artificialmente entrará em colapso". [54]

No final do Outono de 1944, Hitler estava sofrendo de alguns problemas de saúde graves, intensificados pela tentativa de assassinato contra ele na Toca do Lobo, em julho daquele ano. Seu médico, o meio-judeu Theodor Morell, mantinha um diário médico das drogas, tônicos, vitaminas e outras substâncias que administrava a Hitler, geralmente por injeção (até 20 vezes por dia) ou em forma de pílula. Hitler tinha estômago fraco, por isso preferia injeções a comprimidos, os quais costumava ter problemas para digerir. O problema era que os experimentos de Morell, às vezes, continham compostos tóxicos e viciantes, como a heroína. Foi até mesmo sugerido em alguns setores que as combinações de drogas de Morell foram fundamentais para acelerar a saúde já em deterioração de Hitler. Em novembro de 1944, alguns próximos a Hitler ficaram tão preocupados que até tentaram remover Morell, em quem o Führer confiava tão implicitamente.

Há indícios de que Hitler era viciado em uma droga opiácea conhecida como Eukodal, frequentemente administrada por Morell. Testemunhas disseram que o efeito das drogas sobre o Führer foi nada menos que milagroso. Em um minuto, Hitler estava tão frágil que mal conseguia ficar de pé, no próximo, ele explodia em uma fúria apoplética e reclamava de quem tivesse o azar de estar por perto. Esse comportamento errático e imprevisível é altamente característico dos viciados e Hitler não foi exceção.

Além das questões de saúde, Hitler vinha ruminando há algum tempo sobre a perspectiva de montar uma grande ofensiva no Oeste. Ele pensou

O Terceiro Reich ainda poderia convocar cerca de 10 milhões de homens uniformizados, incluindo 7,5 milhões já servindo em seu exército. Com essa força, Hitler acreditava de corpo e alma que se a Alemanha pudesse manter o Ruhr, ele ainda teria a capacidade de forçar um impasse e trazer os Aliados para a mesa de negociação. Ele escreveu: "Em toda a história mundial, nunca houve uma coalizão que consistisse em elementos tão heterogêneos, com objetivos diametralmente opostos. Estados ultra capitalistas de um lado, Estados ultra marxistas do outro. De um lado, um império moribundo, o da Grã-Bretanha, e do outro, uma "colônia", os Estados Unidos, ansiosos por assumir a herança. A União Soviética está ansiosa para colocar as mãos sobre os Balcãs, os Dardanelles, a Pérsia e o Golfo Pérsico. A Grã-Bretanha está ansiosa por manter seus ganhos ilícitos e se tornar forte no Mediterrâneo. Esses estados já estão em desacordo, e seus antagonismos estão crescendo visivelmente de hora em hora. Se a Alemanha puder desferir alguns golpes pesados, esta frente unida artificialmente entrará em colapso". (54)

No final do Outono de 1944, Hitler estava sofrendo de alguns problemas de saúde graves, intensificados pela tentativa de assassinato contra ele na Toca do Lobo, em julho daquele ano. Seu médico, o meio-judeu Theodor Morell, mantinha um diário médico das drogas, tônicos, vitaminas e outras substâncias que administrava a Hitler, geralmente por injeção (até 20 vezes por dia) ou em forma de pílula. Hitler tinha estômago fraco, por isso preferia injeções a comprimidos, os quais costumava ter problemas para digerir. O problema era que os experimentos de Morell, às vezes, continham compostos tóxicos e viciantes, como a heroína. Foi até mesmo sugerido em alguns setores que as combinações de drogas de Morell foram fundamentais para acelerar a saúde já em deterioração de Hitler. Em novembro de 1944, alguns próximos a Hitler ficaram tão preocupados que até tentaram remover Morell, em quem o Führer confiava tão implicitamente.

Há indícios de que Hitler era viciado em uma droga opiácea conhecida como Eukodal, frequentemente administrada por Morell. Testemunhas disseram que o efeito das drogas sobre o Führer foi nada menos que milagroso. Em um minuto, Hitler estava tão frágil que mal conseguia ficar de pé, no próximo, ele explodia em uma fúria apoplética e reclamava de quem tivesse o azar de estar por perto. Esse comportamento errático e imprevisível é altamente característico dos viciados e Hitler não foi exceção.

Além das questões de saúde, Hitler vinha ruminando há algum tempo sobre a perspectiva de montar uma grande ofensiva no Oeste. Ele pensou

O Dr. Theodor Morell, médico pessoal de Hitler, administrou todos os tipos de tratamentos, desde tônicos para os nervos até Pervitin, um tipo de anfetamina comum na Alemanha na época. Os diários pessoais de Morell listam nada menos que 74 medicamentos que ele deu ao Führer.

elogiaram os confiáveis Shermans, mas admitiram que seus tanques americanos eram ultrapassados em relação ao King Tiger II, que, além de tudo, tinha uma velocidade de 40 km/h.

O King Tiger II pesava 68,5 toneladas e apresentava uma armadura inclinada de 15 cm de espessura no casco dianteiro, que a distâncias normais poderia facilmente desviar os cartuchos americanos de 75 e 76 mm. Apresentava uma torre automatizada, que podia girar 360 graus em 19 segundos, o que era impressionante. E enquanto o Tiger II era capaz de uma excelente mobilidade tática em terreno aberto, com seus trilhos largos de 90 cm, era menos eficaz em ruas estreitas de paralelepípedos em cidades e vilarejos. As tropas alemãs em movimento descobriram que o melhor era mantê-lo parado, camuflá-lo em torno das áreas construídas e esperar até que os Aliados em avanço estivessem ao alcance antes de se abrirem. Os resultados foram, muitas vezes devastadores.

A inovação técnica alemã se estendeu também à aviação, mas por mais impressionantes que fossem seus novos caças a jato, tudo seria muito pouco tarde demais. Já em julho de 1944, os pilotos Aliados haviam relatado ter visto jatos alemães nos céus acima da Normandia. Com o Me 262, a indústria aeronáutica alemã tinha criado uma aeronave que, em teoria, poderia ter restaurado o comando dos céus sobre a Alemanha para a Luftwaffe. Em comparação com os caças Aliados da época, era mais rápido e tinha um empuxo muito maior. Apesar do potencial óbvio destes jatos, durante anos, o seu desenvolvimento foi prejudicado pela falta de interesse oficial, e pela insistência pessoal de Hitler de que o jato campeão do mundo deveria ser usado somente como um bombardeiro! No Outono de 1938, foi pedido a Messerschmitt que estudasse o projeto de um caça a jato, e o Me 262 resultante produziu resultados notavelmente positivos durante os voos de teste. Apesar dos numerosos obstáculos, as aeronaves de produção estavam sendo entregues em meados de 1944.

Era um dia claro sobre Munique, em 26 de julho de 1944, quando uma aeronave de reconhecimento RAF Mosquito solitária voou a 8.500 m acima da cidade. Seu piloto, o Tenente de Voo A.E. Wall, do Esquadrão 544, manteve a aeronave estável. Seu navegador, o Oficial Piloto A.S. Lobban, operou a câmera que captou imagens em preto e branco dos principais alvos da cidade.

A essa altura, eles se sentiam relativamente seguros contra o fogo antiaéreo e estavam confiantes de que poderiam fugir de qualquer um dos Bf-109s elogiaram os confiáveis Shermans, mas admitiram que seus tanques americanos eram ultrapassados em relação ao King Tiger II, que, além de tudo, tinha uma velocidade de 40 km/h.

O King Tiger II pesava 68,5 toneladas e apresentava uma armadura inclinada de 15 cm de espessura no casco dianteiro, que a distâncias normais poderia facilmente desviar os cartuchos americanos de 75 e 76 mm. Apresentava uma torre automatizada, que podia girar 360 graus em 19 segundos, o que era impressionante. E enquanto o Tiger II era capaz de uma excelente mobilidade tática em terreno aberto, com seus trilhos largos de 90 cm, era menos eficaz em ruas estreitas de paralelepípedos em cidades e vilarejos. As tropas alemãs em movimento descobriram que o melhor era mantê-lo parado, camuflá-lo em torno das áreas construídas e esperar até que os Aliados em avanço estivessem ao alcance antes de se abrirem. Os resultados foram, muitas vezes devastadores.

A inovação técnica alemã se estendeu também à aviação, mas por mais impressionantes que fossem seus novos caças a jato, tudo seria muito pouco tarde demais. Já em julho de 1944, os pilotos Aliados haviam relatado ter visto jatos alemães nos céus acima da Normandia. Com o Me 262, a indústria aeronáutica alemã tinha criado uma aeronave que, em teoria, poderia ter restaurado o comando dos céus sobre a Alemanha para a Luftwaffe. Em comparação com os caças Aliados da época, era mais rápido e tinha um empuxo muito maior. Apesar do potencial óbvio destes jatos, durante anos, o seu desenvolvimento foi prejudicado pela falta de interesse oficial, e pela insistência pessoal de Hitler de que o jato campeão do mundo deveria ser usado somente como um bombardeiro! No Outono de 1938, foi pedido a Messerschmitt que estudasse o projeto de um caça a jato, e o Me 262 resultante produziu resultados notavelmente positivos durante os voos de teste. Apesar dos numerosos obstáculos, as aeronaves de produção estavam sendo entregues em meados de 1944.

Era um dia claro sobre Munique, em 26 de julho de 1944, quando uma aeronave de reconhecimento RAF Mosquito solitária voou a 8.500 m acima da cidade. Seu piloto, o Tenente de Voo A.E. Wall, do Esquadrão 544, manteve a aeronave estável. Seu navegador, o Oficial Piloto A.S. Lobban, operou a câmera que captou imagens em preto e branco dos principais alvos da cidade.

A essa altura, eles se sentiram relativamente seguros contra o fogo antiaéreo e estavam confiantes de que poderiam fugir de qualquer um dos Bf-109s e Fw-190s da Luftwaffe. No entanto, suas aeronaves estavam desarmadas e eram construídas quase inteiramente com madeira, tornando-as indefesas e vulneráveis. Sua tripulação estava em alerta desde que decolou de sua base na RAF Benson, Oxfordshire, bem cedo naquela manhã.

Após alguns minutos circulando sobre a cidade, Wall e Lobban tiraram as fotos de que precisavam. Lobban retomou seu lugar e eles começaram a ir para casa quando, de repente, ele gritou: "Ei, o que é isso? Bandido às 6 horas! E chegando rápido!". Wall foi tomado de surpresa. Como poderia um combatente inimigo ter alcançado sua altitude tão rapidamente, sem ser avistado? Não havia tempo para ponderar o problema, o piloto teve que se afastar do atacante com pressa. Ele empurrou os manetes para a frente e reajustou a mistura de combustível para ficar completamente rica. Os poderosos motores do Mosquito responderam imediatamente, e eles saltaram à frente.

A velocidade máxima oficial do Mosquito era de 675 km/h, mas Wall sabia que poderia ultrapassar isso quando exigido. Tudo o que ele tinha que fazer era manter os aceleradores totalmente abertos e voar em linha reta, e o inimigo seria deixado muito para trás. Ele subestimou seu atacante. Wall estava incrédulo de que, embora estivesse atingindo a velocidade máxima, o perseguidor estava rapidamente diminuindo a distância entre eles. Para ajudar a acelerar, Wall colocou a aeronave em um mergulho raso. O indicador de velocidade atingiu o pico de 760 km/h, causando vibrações incríveis que deixaram o Mosquito em perigo de se quebrar em pedaços. Wall puxou o manche para trás e nivelou o Mosquito. Não só a aeronave inimiga permaneceu com eles, como também estava se aproximando. Em seguida, ele começou a disparar seus canhões, enviando balas passando pelo Mosquito, centímetros acima da cabine.

Wall respondeu recuando os aceleradores, e balançando à esquerda. O atacante passou por ele e, ao mesmo tempo, eles olharam bem para ele pela primeira vez. Eles notaram que o inimigo não tinha hélices. Era um monoplano de asas baixas com duas grandes cápsulas de motor, e uma configuração diferente de qualquer outra que tinham visto antes.

A estranha aeronave estava agora voltando para eles, mas não parecia ser tão manobrável, provavelmente, devido à incrível velocidade que estava viajando. Parecia necessitar de um grande espaço para se virar. Wall percebeu que se ele pudesse virar mais apertado que as outras aeronaves, ele poderia ser capaz de evitar levar um tiro. Ele acrescentou potência e inverteu

Em 18 de agosto de 1939, o Ministério do Interior do Reich divulgou um decreto exigindo que todos os médicos, enfermeiros e parteiras informassem o recém-nascido bebês e crianças com menos de três anos de idade que apresentavam sinais de grave deficiência mental ou física. A partir de outubro de 1939, as autoridades de saúde pública começaram a incentivar os pais de crianças com deficiência a admitir seus filhos pequenos em uma das várias clínicas pediátricas especialmente designadas em toda a Alemanha e Áustria. Esta foi uma finta mortal porque, na realidade, as clínicas eram lugares de infanticídio.

O primeiro centro de matança em massa foi localizado na área de Warthegau, na Polônia, anexada à Alemanha em dezembro de 1941. Os assassinados eram, em sua maioria, judeus, mas ciganos também foram exterminados usando furgões a gás móveis. Em 1942, como um componente do *Aktion Reinhard* (o programa para exterminar judeus), os nazistas encomendaram e construíram três campos de morte totalmente operacionais, equipados com câmaras de gás estacionárias hermeticamente seladas em Belzec, Sobibor e Treblinka. No início, o meio escolhido para a eliminação foi asfixia pelos gases de escape dos motores a diesel. Mas logo isto foi considerado uma prática ineficiente e a busca por um novo método começou.

Após algumas experiências com prisioneiros de guerra soviéticos, os nazistas descobriram que um inseticida comercial chamado Zyklon B produzia um gás apropriado para suas necessidades. Uma forma de cianeto de hidrogênio, o Zyklon B foi imediatamente colocado em uso no centro de extermínio em massa de Auschwitz-Birkenau. As câmaras de gás Zyklon B também foram construídas nos campos de concentração de Mauthausen, Neuengamme, Sachsenhausen, Stutthof e Ravensbrück, embora nenhuma delas tenha sido utilizada para matanças em massa de rotina como em Auschwitz. Na Primavera de 1943, Auschwitz tinha quatro câmaras de gás operacionais. No auge das deportações, até 6.000 judeus eram assassinados todos os dias em Auschwitz-Birkenau. Em novembro de 1944, mais de um milhão de judeus e dezenas de milhares de ciganos, poloneses e prisioneiros de guerra soviéticos haviam morrido ali.

No Outono de 1944, as SS começaram a tentar cobrir seus rastros em Auschwitz-Birkenau, ordenando o assassinato de alguns dos prisioneiros judeus designados no Sonderkommando, que operava os crematórios e as câmaras de gás. Isto resultou em um pequeno motim que irrompeu em 7 de outubro e deixou 450 mortos, e um dos crematórios demolido. Por

Em 18 de agosto de 1939, o Ministério do Interior do Reich divulgou um decreto exigindo que todos os médicos, enfermeiros e parteiras informassem o recém-nascido bebês e crianças com menos de três anos de idade que apresentavam sinais de grave deficiência mental ou física. A partir de outubro de 1939, as autoridades de saúde pública começaram a incentivar os pais de crianças com deficiência a admitir seus filhos pequenos em uma das várias clínicas pediátricas especialmente designadas em toda a Alemanha e Áustria. Esta foi uma finta mortal porque, na realidade, as clínicas eram lugares de infanticídio.

O primeiro centro de matança em massa foi localizado na área de Warthegau, na Polônia, anexada à Alemanha em dezembro de 1941. Os assassinados eram, em sua maioria, judeus, mas ciganos também foram exterminados usando furgões a gás móveis. Em 1942, como um componente do *Aktion Reinhard* (o programa para exterminar judeus), os nazistas encomendaram e construíram três campos de morte totalmente operacionais, equipados com câmaras de gás estacionárias hermeticamente seladas em Belzec, Sobibor e Treblinka. No início, o meio escolhido para a eliminação foi asfixia pelos gases de escape dos motores a diesel. Mas logo isto foi considerado uma prática ineficiente e a busca por um novo método começou.

Após algumas experiências com prisioneiros de guerra soviéticos, os nazistas descobriram que um inseticida comercial chamado Zyklon B produzia um gás apropriado para suas necessidades. Uma forma de cianeto de hidrogênio, o Zyklon B foi imediatamente colocado em uso no centro de extermínio em massa de Auschwitz-Birkenau. As câmaras de gás Zyklon B também foram construídas nos campos de concentração de Mauthausen, Neuengamme, Sachsenhausen, Stutthof e Ravensbruck, embora nenhuma delas tenha sido utilizada para matanças em massa de rotina como em Auschwitz. Na Primavera de 1943, Auschwitz tinha quatro câmaras de gás operacionais. No auge das deportações, até 6.000 judeus eram assassinados todos os dias em Auschwitz-Birkenau. Em novembro de 1944, mais de um milhão de judeus e dezenas de milhares de ciganos, poloneses e prisioneiros de guerra soviéticos haviam morrido ali.

No Outono de 1944, as SS começaram a tentar cobrir seus rastros em Auschwitz-Birkenau, ordenando o assassinato de alguns dos prisioneiros judeus designados ao *Sonderkommando*, que operava os crematórios e as câmaras de gás. Isto resultou em um pequeno motim que irrompeu em 7 de outubro e deixou 450 mortos, e um dos crematórios demolido. Por ordem do *Reichsführer* SS Heinrich Himmler, foram feitos preparativos em novembro e dezembro daquele ano para destruir os três crematórios restantes em Auschwitz-Birkenau. A maioria das instalações técnicas nas câmaras de gás e as salas de fornos de Crematorium II e III foram desmontadas. O Crematorium V e suas câmaras de gás adjacentes permaneceram totalmente operacionais até a segunda quinzena de janeiro de 1945. Na mente delirante de Himmler, destruir dois dos três crematórios restantes foi uma forma de se colocar sob uma luz mais favorável com os Aliados, pois ficou claro que a Alemanha iria perder a guerra. O homem que havia sancionado e orquestrado o maior crime contra a humanidade estava tentando cobrir seus próprios rastros e os do Führer.

AS REGRAS DO GOVERNO MILITAR

Foi observado que havia uma ocasional falta de coesão entre o pessoal Aliado na SHAEF, e isto era ocasionalmente problemático. Mas, isto foi menor em comparação com as colusões maliciosas dos ajudantes e oficiais mais próximos de Hitler. Este grupo bajulador de misantropos estava constantemente se esforçando para obter posições e favores. Quando a maré irreversível da guerra começou a virar a favor dos Aliados, as lutas pelo poder na Alemanha se intensificaram e ganharam força. Enquanto isso, Hitler preparava uma última tentativa vã de prejudicar a aliança ocidental e levá-la à mesa de negociações.

Quando os primeiros soldados Aliados invadiram o Reich, em setembro de 1944, receberam instruções rigorosas proibindo a confraternização com a população alemã. À medida que os exércitos Aliados se deslocavam com mais membros auxiliares femininos das forças americanas e britânicas, estas, eram movidas para as áreas de retaguarda por razões de segurança. A SHAEF insistiu que os soldados Aliados deveriam apresentar uma imagem moralmente impecável para os civis. Para ajudar nesta tarefa, a SHAEF organizou uma série de 14 dias de proclamações de cinco dias para o povo alemão sobre "como agir sob comando das autoridades de ocupação Aliadas". A transmissão enfatizou as seguintes proclamações:

1. O Governo Militar na Alemanha ocupada agirá com severidade e determinação, mas com justiça. Seu objetivo será a destruição do sistema nazista e o extermínio do militarismo alemão imbuído de agressão.

2. O Governo Militar governará com base em leis escritas. O Governo Militar Aliado protegerá a população alemã contra a corrupção, ganân-

dura luta para tomar a cidade de Metz. "Pouco antes de chegar à frente, a aldeia alemã de Bethingen havia sido capturada. Esta foi uma pequena ação. Seu objetivo era dar a uma companhia de infantaria seu primeiro gosto de guerra ofensiva em condições que tornassem um sucesso tático quase certo".

"Quando uma unidade nunca vivenciou uma guerra ativa, é muito importante que ela sinta o gosto do sucesso na primeira vez em que entra em batalha. Assim, sempre que possível, o sábio comandante planeja essa primeira ação com tanto cuidado e tão completamente que é quase certo que ela terá sucesso. O oficial [Coronel William L. Roberts, Comando de Combate B] que preparou a captura de Bethingen, deu-se ao trabalho de me explicar isso em detalhes. Ele a elaborou como uma operação altamente coordenada. Havia um planejamento minucioso do uso de artilharia e morteiros, e fumaça para cegar o inimigo. Desde o início, tivemos uma observação superior".

"Todos os nossos homens tinham sido bem treinados para suas tarefas específicas. Eles tinham excelentes líderes. Toda a ação [executada pela Companhia B, 20º Batalhão de Infantaria Blindada, comandado pelo Capitão "Bud" Billett] explodiu e atravessou o bosque, que beirava o ponto mais forte do inimigo. Para proteger seu movimento a pé, as quatro meias-lagartas, parcialmente escondidas na beira do bosque, abriram fogo sobre os edifícios. Em questão de minutos, todos os edifícios estavam em chamas e cerca de 50 inimigos foram mortos pelo fogo intenso das meias-lagartas. Então, como o tempo previsto por Hughes para observação dos locais de artilharia inimigos estava expirando rapidamente, os rastros direcionaram seu fogo para os dentes do dragão. Os alemães retaliaram imediatamente como o Major Madison esperava que fizessem. O Capitão Hughes anotou suas posições e apressou-se de volta às meias-lagartas com o conhecimento de que a própria artilharia do 10º seria logo capaz de dar aos jerries de seus próprios remédios. Entretanto, uma das esteiras ficou presa na lama e teve que ser guinchada por outra e, nessa altura, o inimigo começou a ter o alcance. Enquanto isso, as outras duas esteiras decolaram com muita pressa, seguidas pela terceira, que havia conseguido desatolar o quarto veículo. Esta última permaneceu na área apenas por tempo suficiente para prender seu cabo pendurado e saiu muito apressada para dar cobertura. Entretanto, todas as quatro esteiras, em sua pressa de escapar dos morteiros e do fogo das 88s, esqueceram um detalhe importante. Nenhuma delas esperou pelo Capitão Hughes, que dura luta para tomar a cidade de Metz. "Pouco antes de chegar à frente, a aldeia alemã de Bethingen havia sido capturada. Esta foi uma pequena ação. Seu objetivo era dar a uma companhia de infantaria seu primeiro gosto de guerra ofensiva em condições que tornassem um sucesso tático quase certo".

"Quando uma unidade nunca vivenciou uma guerra ativa, é muito importante que ela sinta o gosto do sucesso na primeira vez em que entra em batalha. Assim, sempre que possível, o sábio comandante planeja essa primeira ação com tanto cuidado e tão completamente que é quase certo que ela terá sucesso. O oficial [Coronel William L. Roberts, Comando de Combate B] que preparou a captura de Bethingen, deu-se ao trabalho de me explicar isso em detalhes. Ele a elaborou como uma operação altamente coordenada. Havia um planejamento minucioso do uso de artilharia e morteiros, e fumaça para cegar o inimigo. Desde o início, tivemos uma observação superior".

"Todos os nossos homens tinham sido bem treinados para suas tarefas específicas. Eles tinham excelentes líderes. Toda a ação [executada pela Companhia B, 20º Batalhão de Infantaria Blindada, comandado pelo Capitão "Bud" Billett] explodiu e atravessou o bosque, que beirava o ponto mais forte do inimigo. Para proteger seu movimento a pé, as quatro meias-lagartas, parcialmente escondidos na beira do bosque, abriram fogo sobre os edifícios. Em questão de minutos, todos os edifícios estavam em chamas e cerca de 50 inimigos foram mortos pelo fogo intenso das meias-lagartas. Então, como o tempo previsto por Hughes para observação dos locais de artilharia inimigos estava expirando rapidamente, os rastros direcionaram seu fogo para os dentes do dragão. Os alemães retaliaram imediatamente como o Major Madison esperava que fizessem. O Capitão Hughes anotou suas posições e apressou-se de volta às meias-lagartas com o conhecimento de que a própria artilharia do 10º seria logo capaz de dar aos *jerries* de seus próprios remédios. Entretanto, uma das esteiras ficou presa na lama e teve que ser guinchada por outra e, nessa altura, o inimigo começou a ter o alcance. Enquanto isso, as outras duas esteiras decolaram com muita pressa, seguidas pela terceira, que havia conseguido desatolar o quarto veículo. Esta última permaneceu na área apenas por tempo suficiente para prender seu cabo pendurado e saiu muito apressada para dar cobertura. Entretanto, todas as quatro esteiras, em sua pressa de escapar dos morteiros e do fogo das 88s, esqueceram um detalhe importante. Nenhuma delas esperou pelo Capitão Hughes, que por esta altura já havia chegado ao ponto de encontro pré-estabelecido. Cada esteira pensou que o outro tinha pegado o Batalhão S-3. E quando se deram conta, se perguntavam: "o que diabos aconteceu?" O Major Madison reapareceu no horizonte em busca de seu camarada perdido. Agindo como "a velha mãe galinha", o major se levantou em seu meio-fio e viu Hughes mergulhar em um pomar de maçãs. Ele hesitou um pouco, então, provavelmente fazendo uma oração pelo capitão, voltou novamente para Nohn. Com toda probabilidade, ele teria perdido toda sua tripulação se tivesse tentado resgatar Hughes, pois, a esta altura, os alemães já tinham zerado em sua posição. Horas mais tarde, o capitão voltou após ter se esquivado tanto do fogo de morteiro inimigo quanto da infantaria no bosque. Esta expedição em particular foi apenas uma das muitas ações dos homens da *crack ack* (fogos antiaéreos). Em muitas ocasiões, 796 baterias e pelotões serviram como pontas de lança para os Tiger blindados e infantaria, além de fornecer proteção e segurança antiaérea. O melhor testemunho de seu valor estava no grande número de aviões inimigos que seus artilheiros ensacaram durante sua parceria com a 10ª Divisão Blindada". (56)

A divisão gozou de uma breve pausa nos dias que antecederam a ofensiva alemã. Ela permaneceu em estado de alerta máximo até a chamada de 16 de dezembro para se mover para o Norte com toda a pressa. No final de novembro e início de dezembro de 1944, ainda havia problemas na SHAEF em relação a que caminho seguir.

Montgomery e o Chefe de Gabinete britânico, Alan Brooke, permaneceram totalmente contrários à estratégia de Eisenhower. Enquanto Simpson e Hodges atacavam o Ruhr, Patton tinha conseguido penetrar profundamente no Saar, enquanto Patch e o General francês de Lattre estavam fazendo ganhos significativos na região da Alsace. Todos eles estavam na ofensiva, mas não havia menção de nenhum avanço importante ou da disponibilidade de reservas. Montgomery fez um novo pedido a Eisenhower para despachar um grande número de soldados para o Norte, para ajudar em seu avanço para o Ruhr, ressaltando que esta área era de vital importância para o Reich, e acrescentando que as planícies no norte da Alemanha eram o terreno mais acessível às unidades blindadas móveis. Monty prosseguiu dizendo que, em sua opinião, se ele pudesse ir para a ofensiva lá, os alemães não teriam nem a mão-de-obra, nem o ímpeto para enfrentá-lo. Seria o fim do exército alemão. Ike não concordou e, mais tarde, provaria que estava certo.

CRIME E O EXÉRCITO

A vida na linha de frente para os Aliados tinha tido seu preço tanto fisicamente como mentalmente. Entre junho de 1944 e abril de 1945, o Departamento de Investigação Criminal (CBI) do Exército dos EUA tratou de um total de 7.912 casos. Quarenta por cento envolviam apropriação indevida de suprimentos dos EUA. Os demais foram casos de violência, estupro, assassinato e homicídio involuntário. A deserção foi um problema sério para todos os exércitos Aliados na Europa. O soldado Eddie Slovik, Companhia G, 109º Regimento de Infantaria, 28º General da Divisão de Infantaria, foi o único militar americano a ser executado por deserção na Segunda Guerra Mundial. Ele foi amarrado a um poste no pátio de uma fazenda em Sainte-Marie-aux-Mines, França, e executado por 12 fuzileiros que eram todos membros de seu regimento. Em anos posteriores, a esposa do Slovik pediu ao governo dos EUA clemência póstuma para seu marido, o que nunca foi concedido. Além do Slovik, outros 101 militares dos EUA foram executados por autoridades militares durante a Segunda Guerra Mundial, todos por estupro ou assassinato.

Mais de 40.000 soldados americanos e quase 100.000 britânicos abandonaram seus postos durante a guerra e foram listados como tendo desertado. O exército alemão foi muito mais duro com os desertores. A Wehrmacht executou cerca de 15.000 soldados por deserção durante a Segunda Guerra Mundial. Hoje, estes homens são lembrados como vítimas da guerra. Em 1988, um monumento com a inscrição "A deserção não é repreensível, a guerra é" foi erguido para eles em Ulm.

O número de execuções do exército alemão não foi nada comparado ao recorde da Rússia. Mais de 158.000 soldados soviéticos foram sumariamente executados por terem abandonado seus postos durante a guerra. Outros foram enviados a batalhões penais, o que, essencialmente, também foi uma sentença de morte. Retiradas não autorizadas não eram recomendadas no Exército Vermelho. Para evitar que isso acontecesse, Stalin ordenou a formação do que ele apropriadamente chamou de "destacamentos de bloqueio". Estas unidades geralmente tinham algumas metralhadoras e estariam estrategicamente posicionadas logo atrás da linha de frente para abater qualquer soldado que tentasse fugir. Não é de se admirar a observação famosa de Stalin, de que "é preciso um homem muito corajoso para ser um covarde no Exército Vermelho".

CAPÍTULO QUINZE

TEMPO DE INATIVIDADE

OS OBJETIVOS PRIMÁRIOS DOS ALIADOS no início de dezembro de 1944 estavam concentrados nos preparativos para uma ofensiva generalizada que contornaria as Ardennes ao norte e começaria no início de 1945. Eisenhower queria manter o impulso, mantendo a pressão sobre os alemães. Ele enfatizou que o impulso principal em direção ao Reno ocorreria no Norte, mas que também haveria recursos militares Aliados suficientes disponíveis perto do Moselle, ao sul das Ardennes, para avançar para o Reno, tendo em mente que o Norte teria prioridade. Com base nisso, ele deu permissão ao Terceiro Exército de Patton, apoiado pelo Sétimo Exército, para se preparar para uma ofensiva na região do Saar, programada para começar em 19 de dezembro. Ao mesmo tempo, Eisenhower acrescentou uma nota de advertência para seu amigo General Bradley, dizendo que ele permitiria que essa ofensiva tivesse resultados favoráveis durante uma semana.

Enquanto detalhava seus planos, a SHAEF esclareceu sua intenção de fornecer materiais e homens suficientes para o esforço principal no Norte, e que qualquer travessia do Reno pelo Sul seria restrita até que o sucesso das operações no Norte fosse garantido. Comunicados de imprensa no início de dezembro indicaram que após progredir além do Aachen, Duren, triângulo de Monschau, o Primeiro Exército de Hodges começou a se dirigir para o Leste. A 5ª Divisão Blindada dos EUA estava liderando essa nova ofensiva, que foi lançada da cidade alemã de Gey, a leste da temida floresta de Hürtgen.

Simultaneamente, o 414º Regimento de Infantaria, 104ª Divisão "Timberwolf", liderado pelo Major General Terry Alleni, atacou Schophoven e Pier na manhã de 10 de dezembro. Ele eliminou toda a resistência alemã da área, onde os combates vinham acontecendo há uma semana. Em 14 de dezembro, todos os objetivos atribuídos foram realizados e em uma mensagem subsequente às suas tropas, o General 'Lightning Joe' Collins afirmou que considerava esta operação, envolvendo a apreensão de Lamersdorf, Inden, Lucherberg, Pier, Merken e Schophoven como um dos melhores trabalhos realizados por qualquer unidade da VII Corporação de exército desde o Dia D.

A sudoeste de Duren, a 9ª Divisão de Infantaria dos EUA havia alcançado os arredores de Gurzenich, aproximadamente na estrada a leste de Colônia, e a 83ª Divisão havia aberto outra artéria rodoviária principal que conduzia ao Leste. O Nono Exército, operando no flanco esquerdo do Primeiro Exército, viu algumas ações menores, que tiveram o efeito de coordenar sua linha Roer com a das forças de Hodges. Em um movimento ao sul de Julich, o 9º limpou um pequeno bolsão inimigo no triângulo formado pelo rio Roer e um afluente conhecido como Inde. Apesar das opiniões divergentes, para alguns comandantes da SHAEF o caminho a seguir era cristalino.

Com base nisso, os comandantes britânicos e americanos trabalharam em conjunto para melhorar suas posições ao norte das Ardennes. O Nono Exército do general William Hood Simpson havia alcançado o rio Roer em meados de dezembro, mas ele estava relutante em orquestrar uma travessia enquanto os alemães controlavam as represas nos rios Urft e Roer ao sul. Em seu flanco direito, as forças do General Courtney Hodges avançaram sob grande pressão através da floresta de Hürtgen e, também, alcançaram o Roer. Nesta conjuntura, o General Bradley instruiu

Hodges a lançar um ataque para alcançar o objetivo, começando em 13 de dezembro. Ele fez isso, mas seria interrompido por outros eventos apenas três dias depois.

Enquanto isso, em 15 de dezembro, quatro divisões dos EUA avançaram em uma frente de 143 km, que ia logo abaixo de Aachen, na Alemanha, através da região das Ardennes e em Luxemburgo. A 28ª Divisão de Infantaria dos EUA foi enviada para o Sul para ocupar parte deste setor inócuo e silencioso, e para descansar e se reequipar. Seu número foi reduzido em quatro quintos durante a terrível batalha na floresta de Hürtgen, onde companhias inteiras foram reduzidas a apenas alguns homens em alguns dos combates mais amargos sofridos por qualquer soldado na Segunda Guerra Mundial.

O mesmo se aplica à 4ª Divisão de Infantaria dos Estados Unidos, que precisava reabastecer suas fileiras gravemente exauridas no Ducado de Luxemburgo. Um GI do 4º precisava cuidar de algumas questões urgentes, ou melhor, pruriginosas, de higiene pessoal. "Eu gostaria de relatar algo que aconteceu um ou dois dias depois que fomos substituídos em Hürtgen e puxados de volta para o que eu me lembro ser um antigo campo de treinamento alemão", lembrou John E. Kunkel, Companhia L, 3º Batalhão, 22ª Infantaria Regimento. "Pouco tempo depois de chegarmos lá, todos recebemos um beliche e um cobertor cinza do exército alemão. Bem, por volta da meia-noite aconteceu, todos nós começamos a nos coçar. Meu amigo disse que sentiu algo rastejando em seu pescoço. Peguei minha lanterna e, com certeza, lá estavam eles, piolhos. Agora o problema era se livrar dos piolhos. Perto do amanhecer, encontramos um velho lampião a querosene. Colocamos o querosene em um capacete de aço e com uma meia velha e suja, todos tomamos banho de esponja, feita com a meia. Foi duro na pele, mas nos livramos dos piolhos. Demorou um pouco até que pudéssemos tomar um banho de verdade com a boa e velha água. Começamos a cheirar a tal ponto que todos cheirávamos a bodes, chegava a um ponto em que não podíamos viver uns com os outros". (57)

Enquanto isso, Bing Crosby estava fornecendo sedação mental cantando para os soldados em seu jeito inimitável, mas ele tinha um pouco da alemã Marlene Dietrich, estrela de Hollywood com voz rouca, que impressionava os soldados onde quer que aparecesse. Ela tinha brilhado na tela com os melhores protagonistas, mas a coestrela mais memorável de Dietrich

General George S. Patton, comandante do 3º Exército dos EUA, com Marlene Dietrich.

foi o general George S. Patton. Enquanto entretinha as tropas durante a Segunda Guerra Mundial, ela aventurou-se a uma milha das linhas de frente alemãs no braço do general, que pessoalmente deu a ela uma cinta com uma Colt 45s para afastar potenciais assassinos. O governo nazista respondeu a essa afronta colocando uma recompensa de sete dígitos pela cabeça da atriz nascida em Berlim. Ela se tornou cidadã americana em 1939, recusando terminantemente um pedido pessoal de Adolf Hitler para retornar à Alemanha como peça central de sua campanha de propaganda. Ela apoiou ativamente a causa Aliada durante a guerra.

UMA INOVAÇÃO EXPLOSIVA

Young Jim Cooley escreveu uma nota de despedida para sua mãe em Oklahoma quando ele deixou os Estados Unidos para navegar para a Europa com a 106ª Divisão de Infantaria, para participar da Segunda Guerra Mundial: "Você vai ficar muito orgulhosa de seu filho Mãe, porque eu vou ser o primeiro GI a atravessar o Rio Reno". Esse acabou sendo o caso, mas não seria exatamente como ele havia previsto. Ele era membro do 423º Regimento, 106ª Divisão de Infantaria dos EUA, e algumas semanas depois de escrever para sua mãe, ele seria feito prisioneiro pelos alemães e forçado a passar os meses restantes da Segunda Guerra Mundial em um *Stalag* nazista. Mas, ele foi, de fato, um dos primeiros a atravessar o Reno, mesmo que tenha sido como prisioneiro em um caminhão de gado. Jim nunca esqueceu seu tempo na Europa e voltaria a visitar a região com sua família em 2000.

Durante seu período de descanso e recuperação entre a violenta Batalha de Metz e sua próxima missão de combate, a 10ª Divisão Blindada fez história ao testar a mais nova arma secreta do exército americano. Durante a maior parte da Segunda Guerra Mundial, um problema perene para as unidades de artilharia foi a previsão precisa de onde, em sua trajetória, um projétil explodiria. O melhor que os artilheiros podiam fazer ao colocar um detonador era estimar quanto tempo um projétil estaria em voo. Mas, em dezembro de 1944, o recém-criado detonador de proximidade foi revelado durante uma demonstração secreta.

"Enquanto em posição próxima a Perl, Alemanha, o 420º Batalhão de Artilharia de Campo Blindado foi selecionado para organizar e executar uma demonstração do novo, então secreto, detonador VT [tempo variável] ou POZIT. Todos os Oficiais de Campo disponíveis, particularmente os

Um dos oficiais mais admirados e respeitados do exército dos EUA na Segunda Guerra Mundial. Crit era um soldado de carreira que passou 40 anos no exército. Formado em West Point, ele lutou por seu país em três guerras. Durante a Segunda Guerra Mundial, ele perdeu um irmão e, mais tarde, perdeu outro irmão no Vietnã.

Artilheiros da XX Corporação, deveriam comparecer", escreveu o Major Willis D. "Crit" Crittenberger da QG Bateria, 420º Batalhão de Artilharia de Campo Blindado. O Oficial de Comando do Batalhão e um grupo avançado forte em Pesquisa, Direção de Fogos e Comunicações se moveu para selecionar uma "Área de Demonstração" adequada para esta missão. No dia seguinte, o batalhão seguiu cortando as principais rotas de abastecimento das três divisões em contato, e cobrindo o movimento das 43 milhas em quatro horas. A cidade mais próxima nos mapas era Marange, França, no extremo sul da XX Corporação.

"A capa do *The Journal* dizia: 'Partiu de Perl, Alemanha, às 10h45, em marcha motorizada montada para Marange, França, chegando às 15h00. A distância percorrida foi de 43,6 milhas. O clima era frio e chuvoso. O moral está bom'. Uma 'área de impacto' de terreno irregular e variado foi escolhida. Veículos e equipamentos agrícolas foram colocados como alvos identificáveis no vale, na encosta, e até na crista, para melhor ilustrar a altura padrão de estouro deste novo detonador".

"A pesquisa e o registro foram feitos quando os outros estavam colocando as bases para nós mesmos e para amarrar as linhas da Corporação de Fuzileiros caso a Sede mais alta precisasse alcançar algum dos participantes. Os serviços habituais de 'demonstração' foram instalados; latrinas, barracas de aquecimento, áreas de estacionamento, café quente, barracas de refeições quentes e sim, binóculos extras e algumas cadeiras dobráveis para os verdadeiros VIPs. No dia da 'filmagem', 11 de dezembro, amanheceu frio e chuvoso, mas felizmente não nebuloso. Nossos preparativos para um dia assim eram necessários e apreciados. O Comandante da Corporação, Walton Walker, liderou a lista de participantes, vestidos para o frio. O tiroteio correu bem. Os alvos foram colocados para mostrar que o novo detonador[sic] rebentaria os projéteis uniformemente até o alvo, seja em terreno plano ou na encosta, subindo ou descendo. A refeição quente e o café também foram grandes sucessos!"

"Após o tiroteio, os interessados conversaram com as equipes da Direção de Fogos e de Pesquisa e, também, com as equipes de arma. O restante do dia foi passado na 'limpeza do campo de batalha'. No dia seguinte, 12 de dezembro, nossas 'férias' terminaram e marchamos de volta à fronteira norte da XX Corporação, na área de Merzig-Launstroff, para acionar a Força Tarefa Polk, a Cavalaria Mecanizada da Corporação em um papel de economia de força com uma parte da 'frente'". (58)

Em 15 de dezembro tudo ficou quieto nas Ardennes, em Bastogne. Os habitantes locais tinham realmente recebido esses jovens americanos de cara nova e muitas amizades para toda a vida haviam sido estabelecidas. Um residente de Bastogne disse: "Compartilhamos tudo com os americanos, mas algumas das coisas que eles nos deram em troca não eram comestíveis, e uma barra de Hershey não era chocolate de verdade".

O Major General Troy Middleton havia estabelecido a sede da VIII Corporação em Bastogne, em uma antiga base do exército belga conhecida como o quartel Heintz, que havia sido usado pelos alemães como posto de recrutamento, entre outras coisas, durante a ocupação. A frente da VIII Corporação não se encontrava em condições particularmente boas. Era mantida pela 4ª Divisão de Infantaria, 28ª Divisão de Infantaria, 106ª Divisão de Infantaria, 14º Grupo de Cavalaria, composto pelos 18º e 32º Esquadrões de Cavalaria, e pela 9ª Divisão Blindada, menos o Comando de Combate B, que foi emprestado à Corporação V do General Gerow. Middleton tinha uma reputação impecável. Ele tinha lutado na Primeira Guerra Mundial, tinha um excelente histórico de combate e era considerado por Bradley e Patton como um dos melhores táticos do exército americano. Sua perspicácia tática logo viria a ser muito útil. O tenente americano Ernest Gessener, da 28ª Divisão de Infantaria dos EUA, foi oficialmente o primeiro americano morto em Bastogne quando a cidade foi libertada, em 11 de setembro de 1944, mas ele não seria o último. No início de dezembro, alguns GIs do 28º ainda estavam em Bastogne e nos arredores.

ESPERANDO A RESPOSTA NAZISTA

No planalto gelado de Schnee Eifel, na Alemanha, John Schaffner, da Bateria B, 589º Batalhão de Artilharia de Campo, 106ª Divisão de Infantaria, não estava contente com a localização de sua unidade. Ele disse: "Em uma posição como esta, cada membro da tripulação de armas tinha que ficar de guarda durante à noite. Isto incluía a mim e ao sargento. Vou lhe dizer, aquela primeira noite foi muito devastadora. Não sabendo muito sobre a situação ou de que direção o inimigo poderia vir, cada som era motivo de preocupação. Duas horas pareciam oito. O frio severo tornou tudo ainda mais difícil. Durante esse período, houve pouca atividade além de algumas ações de patrulha. Poucas missões observadoras foram canceladas devido à pouca visibilidade. O batalhão, no entanto, tinha um programa perturbador, que era disparado todas as noites. O observador dianteiro se ajustava pelo som, usando fogo de alto ângulo, o que fazia com que fosse necessário cavar novamente os poços de armas. Posições alternativas foram selecionadas e investigadas pelo oficial da pesquisa e seu grupo. Houve alguns relatos de atividade inimiga, mas aparentemente, nada além dos movimentos rotineiros de caminhões e tropas. As equipes de baterias da sede relataram ter recebido disparos no dia 15 e, naquela noite, um avião de reconhecimento inimigo circulou a área por uma hora ou mais. Numerosos fogos foram vistos nos flancos do batalhão e uma patrulha inimiga foi reportada como estando na área. Durante esse período, a maior parte do meu tempo foi passado em vários postos avançados próximos à posição da bateria. Não havia nada a relatar. À noite, observando através dos campos cobertos de neve, os olhos tendiam a pregar peças. Em mais de uma ocasião, um guarda do posto avançado atirava em algum movimento à sua frente, apenas para descobrir pela manhã que ele havia "matado" um tronco de árvore ou um pedregulho". (59)

Também em Schnee Eifel, Jim Cooley e outro GI da 106ª Divisão de Infantaria dos Estados Unidos batiam seus pés para evitar o frio roedor que permeava cada tendão. Ele falou em tons abafados sobre Oklahoma e reclamou de ter que puxar o serviço de guarda naquela hora esquecida por Deus. À distância, eles podiam ouvir o ruído fraco dos motores, mas não podiam determinar se eram veículos alemães ou Aliados. Jim espreitou os olhos de cobra no nevoeiro escuro e denso, encolheu os ombros e soprou em suas mãos em forma de copo antes de dizer: "Parece que alguém está em movimento, amigo". O outro GI inclinou sua cabeça: "É nosso ou deles?". Jim sorriu: "Difícil dizer".

Os comandantes Aliados ainda estavam fazendo demasiadas suposições a respeito do estado das forças alemãs. Em 12 de dezembro, Omar Bradley havia dito: "Agora é certo que o desgaste está minando constantemente as forças alemãs na Frente Ocidental e que a crosta das defesas é mais fina, mais frágil e mais vulnerável do que aparece em nosso mapa do G-2 ou para as tropas na linha". (60) Monty espelhou estas observações com algumas de suas próprias: "O inimigo está atualmente lutando uma campanha defensiva em todas as frentes; sua situação é tal que ele não pode encenar grandes operações ofensivas. Além disso, ele tem que evitar a todo custo que a guerra entre em uma fase móvel; ele não tem o transporte ou a gasolina que seriam necessárias para operações móveis. O inimigo está em mau estado". (61)

Essa sensação de que os nazistas estavam recuando foi refletida nas tropas em terra. "Em 15 de dezembro, nosso Major do Batalhão chegou à nossa posição inspecionando. Aconteceu que tínhamos acabado de raspar tudo, o conteúdo da tenda estava em ordem, nossas armas AA foram limpas. Ele nos elogiou e disse que éramos a melhor tripulação de armas que ele tinha visto naquele dia", lembrou-se Albert Honowitz, Bateria B, 796º Batalhão de Artilharia Antiaérea de Armas Automáticas. "Ele também nos informou sobre a situação da batalha na época. Ele nos disse que os homens do 10º Blindado de tanques estavam no fundo das linhas praticando manobras para a travessia do Rio Reno, mas que a maioria das unidades do 3º Exército estavam de volta, descansando. Ele disse que 'as linhas americanas eram mais estreitas do que jamais haviam sido desde o Dia D, mas que a SHAEF não espera que os alemães fizessem nada a esse respeito'. O Major, então, espaçou as palavras: 'Fiquem calmos, companheiros, todos os outros estão'". (62)

O humor que permeava a maioria das unidades Aliadas na ETO (Teatro Europeu de Operações) era de confiança e calma. Todos eles sabiam que uma nova ofensiva era iminente, mas ninguém realmente suspeitava que os alemães estivessem em condições de tomar a iniciativa. Enquanto detalhava seus planos, a SHAEF esclareceu sua intenção de fornecer materiais e homens suficientes para o esforço principal no Norte, e que qualquer travessia do Reno a partir do Sul seria restrita até que o sucesso das operações no Norte fosse garantido.

O objetivo do avanço secundário do Sul era reduzir a pressão sobre o ataque primário do Norte, engajando o maior número possível de forças alemãs. Para facilitar esse plano, um número maciço de tropas e blindagem foi concentrado na área de Aachen para garantir um movimento rápido através do terreno mais favorável. As forças restantes foram empregadas para sustentar o Terceiro Exército de Patton em sua ofensiva planejada. Este foco no Norte e Sul negligenciou considerar o setor da VIII Corporação do General Troy Middleton nas Ardennes, no flanco direito do Primeiro Exército dos EUA. Suas quatro divisões estavam cobrindo áreas que ultrapassavam, de longe, os limites de divisão prescritos, e isto inevitavelmente as tornaria vulneráveis. Enquanto uma divisão podia normalmente cobrir uma frente de aproximadamente 8 km, algumas divisões da VIII Corporação estavam perigosamente sobrecarregadas, cobrindo quase 48 km.

Acima do ombro norte das Ardennes, não muito longe de Aachen, a 30ª Divisão dos EUA estava tendo algum descanso bem-merecido. Uma banda da divisão, que havia sido designada para tarefas de guarda na Divisão CP durante todo o tempo, descobriu alguns instrumentos alemães abandonados e começou a fazer música novamente para as tropas. Além disso, havia um excelente retroprojetor para proporcionar entretenimento, e eram exibidos filmes três vezes ao dia. Não havia treinamento obrigatório a fazer, para que os soldados pudessem dormir o tempo que quisessem nos cubículos separados que permitissem privacidade e proporcionassem conforto para esses endurecidos pela batalha, porém cansados. Os regimentos se revezaram para se afastar da linha de frente e utilizar as excelentes instalações. O hiato era para ser de curta duração, no entanto. Corriam rumores sinistros sobre os nazistas reunindo forças para uma possível contraofensiva massiva, o que logo se provou ser mais do que apenas rumores.

O comandante do QG, George Schneider, 120º Regimento, 30ª Divisão de Infantaria, escreveu: "Como parte da tropa, um violonista/cantor/compositor entrou no palco e cantou sua composição mais famosa, 'You Are My Sunshine'. Ele era Jimmy Davis, que mais tarde se tornou o governador da Louisiana. Houve um pouco de humor no incidente. Ken Bedford e eu solicitamos um quarto de uma casa de campo. Encontramos um grande edredom de cetim, verde maçã de um lado e rosa do outro. Embrulhados nisto, nos deitamos para passar a noite. Durante toda à noite ficamos com comichão de algum tipo de bichos rastejantes correndo para cima e para baixo de nossas costas. De manhã, tiramos nossas camisas e camisetas longas e encontramos centenas de piolhos alinhados nas nervuras das camisetas inferiores. Recebemos um novo conjunto de roupas desalinhadas. Em meados de dezembro, tínhamos chegado às margens do rio Ruhr. Naquele momento, os alemães controlavam as represas que poderiam ser abertas para inundar nossa área e fazer uma travessia no pântano. Se cruzássemos com sucesso o Ruhr e pudéssemos estabelecer uma ponte, as represas poderiam ser abertas e ficaríamos à mercê do 6º Exército SS-Panzer do outro lado".

No início de dezembro de 1944, a frustração entre os escalões superiores da SHAEF era quase palpável. O otimismo triunfalista da vitória no

Natal havia diminuído significativamente e a realização de um provável impasse no inverno estava começando a se manifestar. De prático, eles estavam se instalando para os meses de inverno. Apesar dos oficiais de inteligência Aliados terem recebido vários avisos de que um ataque alemão estava se aproximando, nenhum destes relatórios era específico. Não havia menção de números, comandantes ou disposições de unidades alemãs. Mesmo quando a 28ª Divisão capturou inadvertidamente dois prisioneiros alemães na fronteira Luxemburgo-Alemanha, ninguém realmente acreditava em suas afirmações de que uma contraofensiva alemã maciça era iminente.

Omar Bradley havia se esforçado muito para acalmar os temores manifestados por alguns de seus subordinados e deu suas garantias pessoais de que os alemães não atacariam durante sua viagem pela região das Ardennes. Para todos os efeitos, ele não tinha nenhuma razão válida para suspeitar do contrário, apesar dos vagos relatórios que se filtraram no que diz respeito à concentração das tropas nazistas e à blindagem ao longo da fronteira entre a Bélgica, Luxemburgo e Alemanha. Relatórios crescentes de unidades alemãs sendo transferidas da Frente Leste para o Oeste não foram recebidos com nenhum nível de consternação concertada.

Os relatórios meteorológicos para meados de dezembro indicavam a construção de centros de pressão sobre o Atlântico oriental, Inglaterra e Europa Ocidental. Existia um fluxo do Sul sobre a região das Ardennes e a massa de ar era o que os meteorologistas chamavam de "frio modificado polar marítimo". Com o prolongado fluxo de ar do Atlântico, foi possível concluir que havia muita umidade disponível para suportar a neblina e a nuvem que continuava por vários dias por volta desta época. Quando a frente sobre a Inglaterra se aproximou da Bélgica, em meados de dezembro, a chuva começou a cair.

ATAQUES DE FOGUETE

Na tarde de 16 de dezembro de 1944, um cinema Rex, com 1.200 lugares, no coração de Antuérpia, estava desfrutando de uma exibição de *The Plainsman*, estrelado por Gary Cooper e Jean Arthur, quando um foguete V-2 atingiu diretamente o local.

A bomba, que destruiu outros dez edifícios, causou 567 vítimas militares e civis, com 296 dos mortos e 194 dos soldados Aliados feridos. Esse foi o maior número de mortos de um único ataque com foguete V-2 durante

1.100 cidadãos belgas e soldados Aliados estavam desfrutando de uma matiné de sábado quando um foguete V2 atingiu o local, matando 567 e ferindo quase 700. Foi o ataque mais devastador de um V2 na Segunda Guerra Mundial.

a guerra na Europa. Sobreviventes do Rex disseram que o foguete atravessou o telhado e explodiu na fila da frente do balcão. Os escombros e estilhaços foram empilhados a 5 m de altura e foram necessários seis dias para que as equipes de resgate tirassem todos os mortos.

James Mathieson era membro de uma unidade de inteligência da RAF estacionada na Bélgica, e ele se lembrou que, "O foguete atingiu o cinema justamente no ponto do filme em que Gary Cooper havia capturado um índio que o informou que o General Custer e suas tropas haviam sido exterminadas. Naquele dia, meu comandante havia decidido conceder a mim e ao meu amigo um pouco de tempo livre. Eu estava em uma fila onde apenas três assentos permaneciam presos e eu estava deitado no espaço a partir do balcão. Se eu tivesse descido para o fosso, não teria tido nenhuma chance. Considero até hoje que tenho um anjo da guarda cuidando de mim porque acho que foi um milagre absoluto ter escapado com tão poucos ferimentos". (63)

Mathieson foi levado a um hospital do exército britânico na cidade belga de Duffel (a cidade que inventou o casaco "Duffel"), onde ele recuperou a consciência alguns dias depois. Enquanto se recuperava, foi informado de que a sede de sua unidade havia sido atingida diretamente por outro V-2 no dia seguinte ao do cinema e praticamente todos dentro dela haviam sido mortos.

O rastreamento de alvos do V-2 era difícil para os Aliados porque eles eram lançados de plataformas móveis e o míssil tinha um alcance máximo de aproximadamente 320 km. Os recursos maciços dedicados ao desenvolvimento do programa V-2, sem dúvida, dificultaram mais do que ajudaram o esforço de guerra alemão. O foguete V-2 teve sucesso em alguns aspectos. O impacto psicológico de ser atingido por foguetes teve um efeito emocional significativo sobre o moral das vítimas.

Usando uma combinação de balões de barragem, caças e artilharia antiaérea para destruir a maioria das bombas antes de atingir seu alvo, os britânicos tinham, até certo ponto, aprendido a lidar com o predecessor "Buzz bombardeio" V-1. Caças como o Tempest V, Spitfire XIV e Mustang III foram os mais bem sucedidos na eliminação de mísseis em voo. As instalações de radares britânicos tiveram pouca dificuldade para detectar o V-1 enquanto ele navegava a cerca de 640 km/h sobre a água. Primeiro, os aviões de caça despistariam e chegariam a uma altitude maior, e assim que a bomba estivesse ao alcance, o piloto iniciaria um mergulho e dispararia um rápido estouro de suas metralhadoras. No entanto, esse foi um empreendimento precário, porque se o piloto atingisse a parte errada da bomba, a ogiva explodiria, inundando o caça com estilhaços e chamas. Ocasionalmente, eles usavam outra técnica chamada "basculante", na qual o piloto puxava ao lado do V-1 e trazia a asa de sua aeronave sob a asa da bomba. Esta manobra poderia causar o mau funcionamento dramático do giroscópio do V-1, falhar o alvo pretendido por milhas e, ocasionalmente, simplesmente fazê-lo mergulhar de nariz no Canal da Mancha.

As armas antiaéreas e os balões de barragem forneceram a camada final de defesa. Em combinação com aviões de caça, eles conseguiram derrubar 40% dos mísseis que chegavam. Eventualmente, os britânicos decidiram melhorar e lançar mais baterias antiaéreas para a costa, para fornecer às baterias um campo de fogo desobstruído sobre a água. Eles também introduziram detonadores de proximidade nas baterias antiaéreas, que eram muito eficazes contra estas bombas voadoras de movimento rápido. Em setembro de 1944, as defesas reestruturadas destruíram um fenomenal 83% dos V-1s.

O V-1 tinha sido um problema, mas o V-2 era outro assunto completamente diferente. Os Aliados podiam fazer muito pouco para evitar os ataques do V-2. Estes mísseis viajavam a alturas tão grandes e a velocidades extremas que abatê-los era quase impossível. A não prevenção do V-2 por qualquer meio físico significava que a inteligência britânica era forçada a usar medidas psicológicas para confundir os alemães. No Outono de 1944, os serviços de inteligência britânicos haviam detectado e prendido alguns agentes secretos alemães. Naquele estágio da guerra, era muito perigoso para a Luftwaffe despachar missões de reconhecimento sobre as Ilhas Britânicas, de modo que ficou a cargo de seus agentes a transmissão de informações incorretas a respeito da precisão dos foguetes V-2.

A inteligência britânica divulgou a desinformação de que a maioria dos V-2s destinados a Londres estavam ultrapassando a capital entre 15 e 30 km. Como resultado, a Alemanha modificou o sistema de orientação dos foguetes, fazendo com que a maioria deles aterrissassem a uma distância menor da cidade, muitas vezes, em áreas subpovoadas de Kent. Esta tática ajudou um pouco, mas o método mais eficaz para combater o V-2 foi atacar seus locais de produção e redes de transporte. Uma estatística revelou que para cada V-2 que caiu na Grã-Bretanha, o número médio de mortos era de apenas duas pessoas. Os foguetes de Hitler revelaram-se pouco mais do que outra arma de ilusão em massa.

EGOS E ERROS

O tumultuoso Outono de 1944 havia destacado a gritante falta de coesão entre os comandantes Aliados e seus homens havia pagado caro por isso. Eles tinham levado a luta para dentro das fronteiras do Terceiro Reich e, devido ao planejamento militar incompetente e à má coordenação, tinham experimentado o combate em alguns dos ambientes mais singularmente hostis. Os bombardeios Aliados e os ataques de baixo nível ao sistema de transporte na França, Bélgica e Holanda no Verão e no Outono de 1944 mataram inevitavelmente muitos civis. Esse foi o custo da libertação dos nazistas.

Na Bélgica, unidades de resistência armada localizadas principalmente na região das Ardennes no país, forneceram informações inestimáveis para os Aliados. Em outros lugares da Bélgica, a resistência passou muito tempo coletando informações e transmitindo-as aos serviços de inteligência dos Aliados. Em 1944, a resistência belga tinha o maior número de transmissores clandestinos operáveis. Os registros britânicos indicam que 80% de toda a inteligência coletada dos territórios ocupados pelos nazistas na Segunda Guerra Mundial era proveniente da Bélgica. Todos os países ocupados pelos nazistas tinham opositores e traidores, e a Bélgica não era exceção. Para muitos foi a sobrevivência, para outros, a covardia e a maldade que motivaram suas ações.

Como os combates romperam as fronteiras do Reich no Outono de 1944, estima-se que, em média, 13.536 civis alemães pereceram a cada mês, pois suas cidades foram reduzidas a cinzas. Mas os bombardeios, por si só, não conseguiam subjugá-los. Eventualmente, as forças terrestres Aliadas teriam que participar de uma luta amarga e prolongada de aldeia em aldeia e de cidade em cidade.

Erros foram cometidos que poderiam ter sido facilmente evitados com uma perspicácia tática nominal. O Outono de 1944 foi uma época em que os egos transcendiam os objetivos e eram sempre os homens do campo que pagavam o preço mais alto. Mas, mesmo que algumas reputações tenham sido destruídas, lições intrínsecas valiosas sobre como não conduzir uma campanha militar foram aprendidas ao longo do caminho. Seriam mais seis meses e muitos outros compromissos para levar a guerra a sua inevitável conclusão, mas mesmo que a guerra não tivesse terminado até o Natal, tornou-se claro a partir do final de 1944 que tudo terminaria em breve. "Pelo menos os nazistas e seus simpatizantes estavam recebendo o que mereciam", era o consenso entre os libertados. A culpa tinha sido atribuída e a retribuição era, em muitos casos, brutal.

Os colaboradores eram descobertos em cada trimestre. Alguns acabariam escapando, e alguns assumiriam novas identidades, enquanto outros, simplesmente, assumiriam as consequências. A moralidade que determina as ações humanas não é intrínseca às próprias pessoas, mas ao ambiente social que as cerca, e nas circunstâncias certas, ou erradas, as pessoas aparentemente "normais" podem se tornar capazes de qualquer coisa, mesmo o mal puro e não adulterado. O alto nível moral era frequentemente obscurecido. A Segunda Guerra Mundial provou que ninguém é imune às tentações desenfreadas da desumanidade. A humanidade e a desumanidade que ocorreram durante o Outono de 1944 afetaram e afligiram todos os que estavam lá, de uma forma ou de outra.

CAPÍTULO DEZESSEIS

AQUELES QUE CONHECEMOS

FRANÇOIS SCHAERLAECKEN, quem conhecemos no capítulo quatro e que viu Fernand Wyss e o comandante alemão de Breendonck, era meu sogro. Louis de Pauw era o avô de minha esposa. Frank Towers era o presidente da 30ª Divisão de Infantaria e um querido amigo. Eu usava o *Skype* com ele regularmente. Conheci e entrevistei George Schneider em Maastricht em 2010, e temos permanecido em contato por e-mail desde aquela primeira reunião. Ele escreveu um relato maravilhoso de suas experiências com a 30ª Divisão na Segunda Guerra Mundial, intitulado *Survivor*.

Entrevistei Rudolf von Ribbentrop por telefone há 15 anos e ele me enviou posteriormente os dois livros que ele havia publicado sobre seu pai, o ministro das relações exteriores de Hitler, Joachim von Ribbentrop, que foi enforcado em Nuremberg.

O forte de Breendonck fica a cerca de 6,5 km da minha porta da frente, e eu conheci e entrevistei muitos sobreviventes daquele campo desprezível ao longo dos anos. A sombra de Adolf Hitler e seu regime nazista paira em grande escala nos Flandres. Há alguns fascistas flamengos vivos hoje em dia que querem o acampamento reaberto para refugiados e outros imigrantes.

Após o fim da guerra, dois representantes do exército alemão e autoridades na Bélgica foram julgados e condenados. Levou seis anos para condená-los e, após o julgamento, que terminou em 9 de março de 1951, o tribunal de Bruxelas decidiu que ambos eram culpados de ordenar a deportação de 25.000 judeus, mas eles não eram responsáveis por sua posterior exterminação em Auschwitz. Segundo a lei belga de remissão, as penas de 12 anos de prisão para cada um foram reduzidas em dois terços e ambos os homens foram libertados depois de três semanas após a condenação.

O ex-prefeito da Antuérpia, Leon Delwaide, foi outro caso inteiramente diferente. Após a guerra, Delwaide foi perdoado de todas as suas transgressões malignas. As autoridades da Antuérpia até deram o nome deste indivíduo insidioso a uma doca no porto, que só foi renomeada em 2019. Delwaide foi suspenso do cargo, mas não foi preso, nem acusado, apesar de sua aquiescência ter levado à morte de milhares de judeus. Em uma transmissão de rádio e uma aparição posterior na TV, ele defendeu suas ações durante a guerra, insistindo falsamente que organizou as batidas e deportações de milhares de judeus sob coação. Isso foi uma mentira descarada. Em 1946, tanto o nome dele, como o de sua esposa, apareceram nas listas para as eleições locais, e ele foi reeleito para o cargo onde serviu como conselheiro municipal da Antuérpia por mais 20 anos antes de ser nomeado Barão do Reino. Pouco tempo depois, todas as investigações posteriores sobre suas atividades em tempo de guerra foram suspensas indefinidamente. Ele morreu em 1978 e sua esposa recebeu o título de Baronesa por decreto real.

No início da Segunda Guerra Mundial, cerca de 35.000 judeus residiam na Antuérpia. A polícia local belga, com a ajuda das autoridades nazistas, reuniu os judeus em três ocasiões. O prefeito de Bruxelas se recusou corajosamente a cooperar com os nazistas. Os alemães puderam conduzir dois grandes e vários pequenos arrastos em Bruxelas sem qualquer apoio da polícia local; eles também conduziram um arrasto em Liège sem qualquer assistência das agências policiais belgas. O número registrado de judeus da Antuérpia que foram vítimas do Holocausto é desproporcionalmente maior em comparação com os de Bruxelas. De acordo com os cálculos, 65% da população judaica total da Antuérpia e 37% da de Bruxelas foram indivíduos deportados.

Quando Antuérpia foi libertada pelas tropas Aliadas, em 4 de setembro de 1944, apenas cerca de 800 judeus haviam conseguido sobreviver na cidade com a ajuda de membros da população local, na sua maioria católica devota e ativistas da resistência dominados como comunistas. Os membros dos movimentos juvenis sionistas anteriores à guerra continuaram sua atividade no subsolo e ajudaram a contrabandear judeus para a Suíça e Espanha durante 1942-3. A aniquilação da comunidade judaica da Antuérpia foi quase total. A maioria dos judeus da Antuérpia era concatenada em bairros distintos, e o apoio recebido pelos alemães dos antissemitas flamengos locais era mais fervoroso do que em muitos outros lugares da Europa Ocidental na época. Além disso, as autoridades belgas locais, particularmente na Antuérpia, aparentemente não mostraram resistência aos alemães e possibilitaram ativamente essas deportações em massa. A assistência oferecida aos judeus da Antuérpia pela população local era nominalmente menor do que em outras cidades da Bélgica.

Em 2015, recebi dois prêmios Emmy por meu documentário *Searching for Augusta*, a história de Augusta Chiwy, uma enfermeira birracial que se voluntariou para cuidar de GIs feridos em Bastogne em 1944. Augusta era uma grande amiga e um ser humano maravilhosamente despretensioso e corajoso. Foi passado na Netflix, PBS, Amazon Prime e está disponível no iTunes. Todas as estações de TV belgas recusaram, e continuam a recusar, a exibição do documentário. Augusta recebeu o Certificado Humanitário dos Estados Unidos, tornou-se membro honorário do 327º Regimento, 101ª Divisão Aérea, e tornou-se Cavaleiro da Ordem do Reino na Bélgica.

O guarda da SS Breendonck, o flamengo-belga Richard De Bodt, foi preso em 1951 e condenado à morte. Isso foi, mais tarde, comutado para uma sentença de prisão perpétua com trabalhos forçados. Ele morreu em 1975, aos 66 anos de idade, devido a complicações à diabetes. Um tribunal militar condenou seu colega Fernand Wyss à morte em 7 de maio de 1946 pelo assassinato de 16 pessoas e pelos maus-tratos a 167 prisioneiros. No sábado, 12 de abril de 1947, ele foi executado às 6 horas da manhã com uma bala na parte de trás da cabeça.

Embora existam poucos veteranos da Segunda Guerra Mundial vivos atualmente, durante os últimos 30 anos tive a sorte de entrevistar sobreviventes desse conflito. Muitos dos entrevistados ficaram emocionados ao relatar suas experiências, mas nem todos. Houveram alguns que simplesmente exoneraram suas ações, exclamando: "Era guerra, o que mais você poderia fazer?"

Em cada conflito armado prolongado há, inevitavelmente, crimes de guerra. O fator determinante depende se esses crimes também são vistos como crimes cometidos pela liderança militar e se os perpetradores são ou não punidos em conformidade. Historiadores e cientistas sempre discutiram a questão de quão rapidamente pessoas perfeitamente normais podem se transformar em máquinas de matar quando a situação é propícia. Por outro lado, tiveram aqueles que demonstraram incrível coragem e humanidade quando confrontados com a mais terrível adversidade. O Outono de 1944 foi a época de esperança e desespero, quando as pessoas estavam no seu melhor e no seu pior. Enquanto generais e políticos discutiam e regateavam, as pessoas ousavam ter esperança e rezavam por libertação. A Segunda Guerra Mundial foi analisada, romantizada e demonizada em tantas plataformas, mas essas histórias individuais permanecem intactas e, inevitavelmente, haverá muitas mais. Algumas histórias podem ser remetidas à posteridade, mas elas vivem nos filhos, netos e bisnetos de seus contadores, e as lições permanecem onipresentes de uma forma ou de outra. O Outono de 1944 foi a estação que determinou o resultado da guerra e as experiências daqueles que lá estiveram nunca devem ser esquecidas.

NOTAS E REFERÊNCIAS

1 Rudolf von Ribbentrop, interview with author 18 June 2011; additional information from Rudolf von Ribbentrop's *Joachim von Ribbentrop: Mein Vater: Erlebnisse und Erinnerungen.* (Graz, Austria: Arles, 2008).

2 https://www.presidency.ucsb.edu/ws?pid=16515

3 Sur-les-toits-de-paris.eklablog.net/one-two-two-c25181364

4 https://en.wikipedia.org/wiki/Dietrich_von_Choltitz

5 Public records office. Telegram from Churchill.

6 Author interview, September 1997. Name of source withheld by request.

7 Pfc. Carlton H. Stauffer, 13128357, rifleman: Company G., 12 Infantry Regiment, 4th Infantry Division, World War II Unknown Binding – 1996.

8 *Churchill and Roosevelt, Volume 3: The Complete Correspondence*, edited by Warren F. Kimball. Princeton University Press.

9 Author interview, Albert Guyaux. June 1998.

10 http://veterans.heraldtribune.com/2016/06/30/soldier-helped-liberate-luxembourg/ Used with permission. Story provided by Alex Ramael. Culture Service Boom, Antwerp.

12 Author interview, George Schneider. September 2011, Maastricht.

13 Petrus Joannes de Schutter. Interview translated by author from *Ons Volk*, 1948 edition.

14 Translated by author from *Ons Willebroek*, December 1947 edition.

15 Veterans History Project: Public domain: Benjamin Elisberg. http://memory.loc.gov/diglib/vhp/story/loc.natlib.afc2001001.16160/

16 Veterans History Project: Public domain: Claude W. Hoke. http://memory.loc.gov/diglib/vhp/story/loc.natlib.afc2001001.16160/

17 Author interview, Louis de Pauw. 1989.

18 *All the Way to Berlin: A Paratrooper at War* by James Megellas, p79–80. Presidio Press, 2003.

19 *A Drop Too Many*, by Major General John Frost. Pen and Sword Aviation, 2002.
20 https://www.paradata.org.uk/article/operation-market-garden-extract-diary-major-charles-panter
21 Author interview. 2009, Oosterbeek, Netherlands.
22 *Airborne Operations in World War II, European Theater*, by Dr. John C. Warren, p.146.
23 *The Ghost Army of World War Two: How One Top-Secret Unit Deceived the Enemy with Inflatable Tanks, Sound Effects, and Other Audacious Fakery* by Rick Beyer and Elizabeth Sayles. Princeton Architectural Press, 2015. Used with permission.
24 Christian Pettinger, personal recollections from email to author.
25 Josef Bieburger interviewed by Ludwig Fischer 1986. Used with permission.
26 Author interview, August Gövert. September 2011, Nideggen Germany.
27 http://contractofficeservices.net/HarleyReynolds.htm
28 Harold Williams,105th Engineer Combat Battalion, interviewed by David Hilborn at author's request. October 2012.
29 Excerpt from *The Stanhope B. Mason Papers*, 1942–1947.
30 Kunigunde Holtz, translated from German by author, 1987.
31 Lieutenant Robert G. Botsford quoted in Selected Intelligence Reports.
32 Ray Huebner, Clarence Huebner interview, 1 April 1970. https://digital.library.unt.edu/ark:/67531/metadc5281/m2/1/high_res_d/thesis.pdf
33 *A Tank Gunner's Story*, by Louis Gruntz (self-published). Additional items from author interview, December 2013.
34 http://home.scarlet.be/~sh446368/amazing-story-alfred-knaack.html Alfred Knaak: Used with permission: Scorpio's website.
35 *A Dark and Bloody Ground: The Hürtgen Forest and the Roer River Dams, 1944–1945* by Edward G. Miller. Texas A&M University Press, 1995.
36 http://home.scarlet.be/~sh446368/conversations-j-lawton-collins.html Used with permission: Scorpio's website.
37 http://home.scarlet.be/~sh446368/recollection-robert-t-bradicich.html Used with permission: Scorpio's website.
38 Author interview, Hans Herbst. September 2008.

39 *The 893rd Tank Destroyer Battalion* by Lt. Col. Henry C. Kerlin, https://www.tankdestroyer.net/images/stories/ArticlePDFs2/893rd_Unit_History.pdf
40 http://home.scarlet.be/~sh446368/medal-of-honor-recipients.html Used with permission:Scorpio's website LEONARD, TURNEY W.
41 http://home.scarlet.be/~sh446368/erinnerungen-hubert-gees.html Translated from German by author. Used with permission.
42 Author interview, Erwin Kressman. September 2010.
43 Open letter to Scorpio from Robert Westerman. Used with permission.
44 *A Dark and Bloody Ground: The Hürtgen Forest and the Roer River Dams, 1944–1945,* by Edward G. Miller, Texas A&M University Press, 1995.
45 Matthias Hutmacher, author interview. December 2010.
46 *Führer Directives and other Top-Level Directives of the German Armed Forces, 1942–1945*, Washington, 1948.
47 Quoted in *Official History of the Canadian Army in the Second World War: Volume III: The Victory Campaign* by C.P. Stacey. Ottawa, 1966.
48 Allan Notman: http://www.thememoryproject.com/stories/WWII Used with permission.
49 Bill Davis: http://www.thememoryproject.com/stories/WWII Used with permission.
50 Les Garnham: http://www.thememoryproject.com/stories/WWII Used with permission.
51 https://www.marketgarden.com/2010/UK/veterans/kwiatkowski.html
52 Author research and telephone interview October 2016. Story inspired by article: http://www.real-fix.com/relationships/ww2-veterans-who-fought-together-are-reunited-by-chance-70-years-later/
53 Author research and telephone interview October 2016. Story inspired by article: http://www.real-fix.com/relationships/ww2-veterans-who-fought-together-are-reunited-by-chance-70-years-later/
54 *Hitler: A Chronology of his Life and Time,* second revised edition by M. Hauner. Palgrave MacMillan, 1983.
55 Author interview, 2011. Real name withheld.
56 Extract from Don Nichols self-published book *Impact* and interviews with 10th Armored Division Historian Mike Collins: Used with permission.

57 Author interview, John E. Kunkel. April 2012.
58 Interview Major Willis D. 'Crit' Crittenberger, by Michael Collins. Used with permission.
59 *United States Army Combat Forces Journal*, Volume 3. 1952.
60 *United States Army Combat Forces Journal*, Volume 3. 1952.
61 *United States Army Combat Forces Journal*, Volume 3. 1952.
62 Albert Honowitz, interview Mike Collins. Used with permission.
63 James Mathieson. Excerpt translated from Dutch by author. First appeared in a July 1945 edition of *Ons Volk*.

ÍNDICE

CRÉDITOS DAS IMAGENS

Alex Ramael, Boom Town Hall Culture Secretary: 58, 69

Getty Images: 32, 45, 78, 93, 94, 112, 135, 159, 232

Martin King: 62, 64, 99, 102, 239

National Archives and Records Administration, USA: 172

Public Domain: 19, 25, 27, 42, 49, 61, 67, 70, 89, 121, 123, 128, 155, 161, 167, 187, 198, 213, 230

The Memory Project: 181

United States Army, 10th Armored Division: 142